教育部人文社会科学重点研究基地
南京大学中国新文学研究中心
Center for Research of Chinese New Literature of Nanjing University

教育部人文社会科学
重点研究基地
南京大学中国新文学
研究中心学术文库

主　编　丁　帆
执行主编　王彬彬
　　　　　张光芒

1990年代以来汉语新诗中的语言本体论研究

以辩证装置为中心

李海鹏　著

南京大学出版社

编委会（按姓氏笔画排列）

丁　帆　　马俊山　　王爱松
王彬彬　　吕效平　　刘　俊
李兴阳　　李章斌　　吴　俊
沈卫威　　张光芒　　周安华
胡星亮　　倪婷婷　　董　晓
傅元峰　　[美]奚密　[日]藤井省三

La parole est soudaine et c'est un Dieu qui tremble.[①]
Guillaume Apollinaire，*La Victoire*

---

① 此为法国超现实主义诗人阿波利奈尔《胜利女神》中的一句诗,可译为"语言骤然而至,它就是一个颤抖的神"。

前　言

本书从诗学理论、诗歌创作实践及其历史演变两方面入手考察当代诗歌，结合八九十年代历史语境、时代语境的发展变化，以1980年代诗人吸取历史教训并受到后期海德格尔、维特根斯坦、福柯等西方二十世纪哲学家的语言哲学影响，从而发生"语言觉醒"，树立了语言本体论这一诗歌语言意识为出发点，考察1990年代以后当代中国诗人们诗歌中语言本体论的内在调整与变化。首先，在1980年代诗人中，树立了语言本体论意识者属于最为先锋的一批诗人，他们以西方现代主义诗歌为参照，并在很大程度上接续了1940年代末期中断的中国新诗现代性的书写方式。其次，围绕着语言本体论，本书提出"语言的表象价值"与"语言的存在价值"这两个核心概念，前者是对语言约定俗成的认识方式，它意味着对词与物的认知是机械论式的，或者用俄国形式主义者的概念来说，"语言的表象价值"是词的"视像"，在词与物的对应关系上，它同构于散文化的世界，或者说乏味、熟悉的表象世界。"语言的表象价值"暗含着语言内部的权力压抑机制。而"语言的存在价值"则是冲破前者的压抑和束缚的一种梦想，它希望打破机械论式的语言意识，能够让语言向本源与存在之境回溯，从而抵达海德格尔所说的"语言是存在之家"的语言境界。再次，本书将这两个核心概念之间的互动关系模式命名为阿甘本意义上的"装置"。由此指出，1980年代诗歌中的语言本体论装置，整体上呈现为一种"纯诗构想"，它唯"存在"独尊，忽略了"语言的表象价值"，二者之间不存在联动的可能性，这样的语言意识实际上窄化了语言本体论的内在丰富性，因而这样的语言装置影响下的诗歌写作也就放逐了生活世界的诸多丰富性与写作可能性。而1990年代以来诗歌中的语言本体论装置则实现了二者的有机联动，形成一个辩证装置，这一语言意识影响下的诗歌写作呈现出鲜明的历史意识、现实情景与多样面貌。最后，本书的理论突破在于，在已有的认知里，1990年代先锋诗歌与1980年代先锋诗歌之间存在着巨大的差异，是一种断裂性的关系，但是，本书的观点是，二者看似差异巨大，但是语言本体论意识仍然暗中延续着，只是其装置模式上发生了重要的调整。语言本体论并不等于"纯诗构想"式的不及物概念，它可以及物，也可以将现实世界的丰富性转变为诗歌写作的丰富性。本书的研究，不仅意在更确切地勾勒出当代诗歌的历史演变，也能对一代诗人的诗学实践做出更富有新意和启示性的理论阐释。

目 录

绪 论
- 一、"语言学转向"与文学现代性的语言意识 …… 001
- 二、问题意识与研究目的 …… 009
- 三、研究方法与章节安排 …… 012
- 四、研究综述 …… 014

第一章 总体性诗学
- 第一节 "1981与1999":两个写作的剪影 …… 020
  - 一、"表达"之难 …… 020
  - 二、"大上海计划" …… 024
- 第二节 "纯诗构想"——1980年代诗歌中的语言本体论 …… 028
  - 一、"语言觉醒"的两条路径 …… 028
  - 二、诗歌文本的具体呈现(一) …… 030
  - 三、"圣词"问题 …… 035
  - 四、"纯诗构想"与1980年代青年的感觉结构 …… 039
- 第三节 辩证装置——1990年代以来诗歌中的语言本体论 …… 040
  - 一、"纯粹"的危机 …… 040
  - 二、诗歌文本的具体呈现(二) …… 045

三、回归常态与"及物"问题 ………………………………………… 050

第二章 观念研究

第一节 "匠人"身份与"手艺"观念 ………………………………… 052
一、"手艺"与"技艺" ………………………………………………… 052
二、"手艺"观念探源 ………………………………………………… 058
三、多多与骆一禾的"手艺"观念 …………………………………… 061
四、1990年代诗歌中的"匠人" …………………………………… 064

第二节 对位法装置与对话性伦理 ………………………………… 068
一、"玻璃工厂"与"词的飞翔" …………………………………… 068
二、对位法与不纯诗 ………………………………………………… 071
三、对话性伦理 ……………………………………………………… 075

第三节 日常生活与日常语言 ……………………………………… 078
一、由"及物"到"日常生活" ……………………………………… 078
二、日常生活之诗 …………………………………………………… 081
三、日常语言 ………………………………………………………… 088

第三章 母题研究

第一节 "镜子" ……………………………………………………… 091
一、纳蕤思神话与"镜子"母题 …………………………………… 091
二、从"镜中反叛"到"砸碎镜子" ………………………………… 095
三、"晚年"的镜子与镜中的真相 ………………………………… 102

第二节 "天使" ……………………………………………………… 109
一、"淌着鼻血的天使" ……………………………………………… 109
二、"天使曾是最好的学生" ………………………………………… 118

第三节 "鸟类的传记" ……………………………………………… 127

一、"他着了魔!" ··· 127
二、"天鹅之死"与"领受天鹅" ································· 130
三、"玉渊潭公园的野鸭" ·· 143

第四章 句法研究

第一节 从"该怎样说'不'"到说"不"的游戏 ················· 150
  一、元诗意识与"该怎样说'不'" ······························ 150
  二、从唯美启示到游戏伦理 ···································· 161
  三、说"不"的游戏 ·· 166

第二节 "必须"句法与第二人称 ································· 174
  一、"必须"句法:语言存在价值的伦理化 ··················· 174
  二、第二人称:语言存在价值的内在演变 ··················· 180

结 语 "词的对表"与"感时忧国" ······························ 185

参考文献 ·· 192

后 记 ··· 204

绪 论

一、"语言学转向"与文学现代性的语言意识

已故学者余虹在其研究二十世纪中国文学理论的著作《革命·审美·解构》中，曾谈论过西方现代艺术较之以前所发生的本质性变化："西方古代艺术之思笼罩在一种工具性关系的设定中，将艺术作为一种工具性存在来思考。西方现代艺术之思则超越了工具性关系，意识到艺术的自主自律性。将艺术作为一种工具性存在来思考还是将其作为一种自主性存在来思考，是西方古代艺术之思和现代艺术之思的根本分界线。"[①]而内在于此种艺术之现代性转变的现代诗歌，或广义而提升地讲，文学之现代性，其转变则主要呈现在语言意识上。对此，余虹书中也有交代："20世纪西方诗学的'语言学的转向'，作为诗学史上的'转折性事件'，不仅仅指诗学的主题转向了诗性语言，也不仅仅指语言经验取代器具经验和社会历史经验，成为诗学的基础经验，更为重要的是指语言观的重大变革，以及由此导致的诗学眼界的更新。"[②]以往的诗学语言意识，皆是在逻各斯中心主义的理性立场控制之下，因而忽视了词语对实在的建

[①] 余虹：《革命·审美·解构——20世纪中国文学理论的现代性与后现代性》，广西师范大学出版社2001年版，第384页。

[②] 同前注，第344页。

构关系,词对物的指称性被约定俗成的认知所包裹,并被视为唯一且正确的语言方式,词语皆是在理性立场下,被表意清晰地、工具论式地使用着,在此语言意识之下,诗歌本身也通常是用来表达某些情感或抒写某些事情的工具,诗歌本身,或曰词语本身,并不是诗歌的言说对象。这种状况,到了文学之现代性的发生以后,尤其是二十世纪"语言学转向"发生以后,则轰然逆转:"真正为诗一辩,并恢复诗的荣誉当是 18 世纪以后的事,尤其是 20 世纪的事情。就语言之维而言,导致这一转变的根本原因是人们逐渐放弃了语词的工具性意识而发现了语词的存在本身。"[①]

二十世纪的"语言学转向",有多条路径,比如以维特根斯坦为代表的英美分析哲学、来自索绪尔的结构主义语言学、后期海德格尔的语言哲学,也包括俄国形式主义、英美新批评、德里达的解构主义等。这些路径各有其脉络,差异很大,但是在"语言学转向"这一大背景下,尤其是对文学之现代性意义上的语言意识的启发上,它们之间是有交汇之处的。下面仅以福柯《词与物》和后期海德格尔语言哲学为例,对此问题做简单的介绍。

1966 年,米歇尔·福柯在巴黎出版了轰动性的巨作《词与物》,其中第二章《世界的散文》中揭示出西方自十七世纪伊始,词与物之间的一种深刻分离:"词与物将相互分离。眼睛注定是要看的,并且只是看;耳朵注定是要听的,并且只是听。话语仍具有说出所是一切的任务,但除了成为所说的一切,话语不再成为任何东西。"[②]在福柯看来,十七世纪以前,书写具有首要性(the primacy of the written word),它保证了语言的存在(the being of language),西方世界中的符号体系一直是三元的:词、物、关连(conjuncture,对于文艺复兴以前)/相似性(resemblance,对于文艺复兴时期)。也就是说,在这样的三元结构里,

---

[①] 余虹:《革命·审美·解构——20 世纪中国文学理论的现代性与后现代性》,广西师范大学出版社 2001 年版,第 345 页。

[②] 米歇尔·福柯:《词与物:人文科学的考古学》,莫伟民译,上海三联书店 2017 年版,第 46 页;另外,关于此书,笔者也参考其英译本:*The Oder of Things: An Archaeology of Human Sciences*,Taylor and Francis e-Library,2005。

绪　论

语言的存在确保了词与物之间的紧密拥抱,语言是对物的有形书写。而自十七世纪以后,符号体系进入某种断裂时代,三元结构被打破,变成二元结构:词、表象(representation,对于十七、十八世纪即古典时期)/意指(signification,对于十九世纪以来即现代时期),其结果,是词与物发生了分离,物消失了,被放逐出这种符号体系,而语言由此成为一种纯表象或者纯意指,在此二元结构里,书写的首要性被悬置起来,语言的存在被遗忘,"语言不是作为物的有形书写而存在,而是只在表象符号的一般状况中发现自己的空间"[①]。

由此带来的一个语言意识后果是,语言只具有作为话语(discourse)的价值,语言的话语价值放逐了语言的存在(being)价值,词与物之间丧失了长久以来既习焉不察却又价值无限的触摸(touch)关系。这样的语言意识实际上暗中勾连到了后期海德格尔:语言是存在之家(Haus des Seins),但福柯意义上的"话语"不是,它恰好是与存在相龃龉的范畴。正如海德格尔将"物之物化"(Dingen des Dinges)视为物进入存在的方式,以此方式,物居留天地神人(即"四域"),成就一种切近(die Naehe),并由此进入存在一样[②],他还将当下时代指认为"世界之夜将达夜半",这在语言意识上的表征,如果用福柯的概念讲,正是话语遮蔽了词,物也因此消失,词与物之间无法实现触摸与切近,词如果只是话语,那么它就只是一种表象,无法追踪神圣的踪迹,语言的存在无法透过它而敞开、显露出来。正因如此,海德格尔提出了这"夜半时代"(或曰"贫乏时代")里,诗人的任务:"吟唱着去摸索远逝诸神的踪迹。因此,诗人就能在世界黑夜的时代里道说神圣者。"[③]其结果,则是"歌者的词语依然持有神圣者的踪迹"[④]。

其实,海德格尔对诗人的"海德格尔式"期待,在福柯的论述里也得到了

[①] 米歇尔·福柯:《词与物:人文科学的考古学》,莫伟民译,上海三联书店2017年版,第45页。
[②] 参马丁·海德格尔:《物》,见海德格尔《演讲与论文集》,孙周兴译,三联书店2011年版,第185—186页。
[③] 马丁·海德格尔:《诗人何为》,见《林中路》,孙周兴译,上海译文出版社2008年版,第245页。
[④] 同上注,第247页。

"福柯式"印证,他谈论十九世纪(现代时期)以来的文学语言时,认为文学语言正是塑成了一种"反话语"(counter-discourse),其作用是让语言从空余的表象或意指功能中回溯到古典时期以来已被遗忘的"语言的存在"之中。与此同时,更为重要的是,福柯也极为敏锐地指出,与文艺复兴及之前时代获得"语言的存在"的方式不同,在现代时期,符号体系依然是二元结构,"语言的存在"已不复存在,毋宁说它变成了词语的一个理想和梦幻,词语围绕着这个理想和梦幻无限运动并受制于它,"从此以后,语言的增长,不再有开端,不再有终结,不再有允诺。正是对这一空幻的但基本的空间进行的浏览才日复一日地勾画着文学文本"[①]。

正是文学语言对"语言的存在"这一理想和梦幻的无限运动与追求,才促成了语言本体论的发生。因为词与物分离了,当我们说出一个词时,其中并不包含这个物,而只是说出了一个表象或一个意指,语言丧失了理想,而十九世纪以来文学语言的任务正是要让每一个被说出的词都突破表象的界域,重新返回其存在状态中去,就仿佛在荒原中去寻找一种理想中的风景,其结果,就是现代意义上的文学语言,或曰诗。诚如本雅明在谈论波德莱尔时所说:"诗人在荒漠的街道上从词、片段和句头组成的幽灵般的大众中夺取诗的战利品。"[②]我们可以如此理解这句话,荒街上的大众并非物本身,在语言层面,它只是一种表象,是幽灵般的面貌,而诗人的任务正是从这些表象中提取语言的存在价值,剥除语言的表象价值,让语言返回存在的界域里,这构成了现代诗人的战利品。具体到作品,波德莱尔的《群盲》可作一例:

[①] 米歇尔·福柯:《词与物:人文科学的考古学》,莫伟民译,上海三联书店2017年版,第47页;另,此句中"浏览""勾画"两词,英译本分别译为"traversal""trace",有"穿越""踪迹"意,因此,此句或可译为"正是对这一虚幻又具奠基性空间的穿越,文学文本才日复一日地显现出踪迹"。表意更清晰,也更见与海德格尔"诗人语言踪迹"之间的精神关联。

[②] 瓦尔特·本雅明:《启迪——本雅明文选》,汉娜·阿伦特编,张旭东、王斑译,三联书店2008年版,第179页。

绪 论

> 看吧,灵魂;他们真令人恐惧!
> 活像一群木偶;略带一丝滑稽;
> 仿佛梦游的人,可怕而又怪异;
> 阴沉沉的眼珠子似乎漫无目的。
>
> 他们眼中的圣火早已不见踪迹,
> 仰面朝天,仿佛总是凝望天际;
> 从来没有人见过他们低头走路,
> 沉重的头总垂着沉甸甸的眼皮。①

街上的大众在这里呈现出"梦游人"的状态,作为语言在荒漠街道上的隐喻,他们宛如表象,但"凝望天际",渴望着突破话语表象,进入语言的存在之境,使"圣火在眼中重现踪迹"。诗人正是以此方式,从幽灵般的大众中寻找着"战利品",寻找着"圣火",寻找着对词语的理想。但是,对于词与物分离之后的语言来说,词语的理想已不再可能是自洽的,也就是说,"圣火"已经熄灭,丧失了复燃的可能,我们的词语能做的,只是努力显现它的"踪迹",对词语的理想的追寻,不再可能是一劳永逸的,而是需要不停追寻,无数次辛苦劳作,每一次的努力,只能换来一次"踪迹"的显现,之后,词语就又堕回话语之域。这种理想状态,被胡戈·弗里德里希命名为"空洞的理想状态",正如他谈论《恶之花》最后一首《远行》时,对诗中最后的死亡境地的阐释:"死亡会带来什么,这首诗并不知道。但是死亡诱人。因为它是通往'新'的机会。那么为何新呢?是不可确定者,是现实贫乏的空洞对立物。"②不可确定者,定义着词语的理想。这呼应着前面福柯对于现代文学语言的本质性揭示。对不可确定者踪迹的迷恋,与朝向这空洞理想日复一日的穿越,定义着现代写作者姿态"空洞的理想

---

① 夏尔·波德莱尔:《恶之花》,刘楠祺译,新世界出版社2011年版,第162页。
② 胡戈·弗里德里希:《现代诗歌的结构》,李双志译,译林出版社2014年版,第35页。

状态,不可确定的'他者'——在兰波那里还将更加不确定,在马拉美那里会成为虚无"①,其实,所有现代作家都沾染了对这一不确定者的理想,且以同样不确定的形态和方式呈现着。这一点,波德莱尔们的法国晚辈,诗人博纳富瓦也有诗为证:

  这就是寓意的归宿:
  言说者不能也不应该知道
  他的语言从何处来到何处去。②

"空洞理想"与"反话语",事实上构成了语言本体论的雅努斯两面。一方面,追求"空洞理想",意味着语言渴求建构,并渴望在建构中呈现出存在的踪迹,这让写作获得了艰辛劳作的内在品德,它不再是天才灵感的自洽,而是一种手艺人的付出和焦虑。以焦虑劳作去兑换一种空洞理想,这使得语言感染了忧郁气质,就仿佛那喀索斯徒劳地爱恋着自己水中的镜像。这一点,波德莱尔《人与海》开头是完美的注脚:

  自由的人,你将永把大海爱恋!
  海是你的镜子,你在波涛无尽、
  奔涌无限之中静观你的灵魂,
  你的精神是同样痛苦的深渊。
  你喜欢沉浸在你的形象之中……

另一方面,"反话语"则让语言获得了无尽的反讽性。这意味着,语言既反对作为表象或意指的话语,又反对着自身。反对前者,这很好理解;反对自身,

---

① 胡戈·弗里德里希:《现代诗歌的结构》,李双志译,译林出版社2014年版,第36页。
② 伊夫·博纳富瓦:《词语的诱惑与真实》,陈力川译,香港牛津大学出版社2014年版,第87页。

则因为语言自身之中永远没有使"圣火复燃"的希望,而只能呈现出对"空洞理想"的追寻。对于语言来说,其自身是不可信的,是时刻朝向话语的堕落,是"空洞理想"之永恒性的转瞬即逝的镜像。因此,反讽性意味着,语言是一种他者否定与自我否定的统一。① 忧郁与反讽,便如此定义了语言本体论雅努斯式的双重气质:因忧郁而反讽,又因反讽而忧郁,"然后把受虐者和施虐者的双重角色归于自己"②:

> 我是尖刀,我是伤口!
> 我是耳光,我是脸皮!
> 我是四肢和车轮子,
> 受刑的人和刽子手!
>
> 我是我心的吸血鬼,
> ——伟大的被弃者之一,
> 已被判处大笑不止,
> 却再不能微笑一回!

波德莱尔的诗歌,是文学现代性的语言意识,即语言本体论意识最卓越的显现者,虽然其写作远远早于"语言学转向"的发生,但其中早已孕育了"转向"的种子,若非如此,他也不会为如此之多的二十世纪文学研究者、语言哲学家

---

① 语言本体论中虽然包含着他者否定,这在文学现代性中呈现为对资本时代的批判等,但这种他者否定并非文学现代性所独有,比如十九世纪的批判现实主义文学中就明显包含着这种他者否定。因此,语言本体论的价值正在于使我们懂得,反讽作为文学现代性的内在气质,在批判上呈现为他者否定与自我否定的统一。例如,作为现代主义反讽大师的艾略特,其作品在对时代精神虚无进行批判时,抒情主体也处于虚无的自我批判状态,风景的荒原(waste Land)也是主体的空心(Hollow Man),自我否定,是将自我他者化的过程,其结果,是言说成为主体,即语言本体论。这才是反讽之为现代性的意义,也是艾略特的智性所在。

② 让·斯塔洛宾斯基:《镜中的忧郁》,郭宏安译,华东师范大学出版社2012年版,第87页。

们所看重。经由上述分析，我们可以对语言本体论的内在精神进行揭示：语言本体论绝非话语本体论，而是语言追问存在之境，不是只在表象或意指的层面确认自身。语言本体论，是在十七世纪以后，词与物分离，语言逐渐遗忘了其存在价值，而沦为话语的境遇下，现代文学语言努力塑造的"反话语"，努力让语言挣脱出话语的界域，摆脱语言的工具论，返回对"语言的存在"的记忆。但是词与物的分离并不可逆，我们只能在二元结构中，在话语的无尽之中寻找这种回归，每一次回归的完成都带有瞬间性，是一种瞬间中包孕的永恒，因此它往往是一次性的。我们若想保存这种回归，唯一之法便是不断地回归，这无始无终，日复一日，循环往复。不存在追问的结束，只存在不停的追问：写作者仿佛成为推着石头的西绪福斯，是一个周而复始地叩问存在的忧郁命名者。

而且每次回归以后，"语言的存在"究竟是什么，空洞且不确定，但这"熄灭的圣火"始终诱惑着我们——语言本体论确立了现代写作者的根本姿态与宿命，它意味着现代人对于语言的忧郁理想和激烈反讽。尽管事实上，现代日久，许多现代写作者也已经不清楚自己的语言究竟为何如此忧郁、激烈，或者兼而有之；忧郁与反讽，如今更多地被理解为裸露在现代文学语言表层的风格或修辞技法，而只有在语言本体论的意义上打量它们，我们才会清楚它们究竟来自何处。现代日久，现代文学语言本身很多时候也已经成了某种自洽之物，而在此时思考语言本体论的意义正是在于，我们需要让某种消失显现，这既是福柯意义上的"知识考古"，也是本雅明意义上的"弥赛亚时间"。波德莱尔说："现代性就是过渡、短暂、偶然，就是艺术的一半，另一半是永恒和不变。"[①]弗雷德里克·詹姆逊说："语言处于本质上是'现代主义'的'美术体系'的核心。"[②]研究语言本体论，会让我们在语言的根基之处懂得究竟何为现代。

[①] 夏尔·波德莱尔：《1846年的沙龙——波德莱尔美学论文选》，郭宏安译，广西师范大学出版社2002年版，第424页。

[②] 弗雷德里克·詹姆逊：《论现代主义文学》，苏仲乐、陈广兴、王逢振译，中国人民大学出版社2018年版，第23页。

二、问题意识与研究目的

在中国当代新诗的研究视域下，中国当代诗人语言本体论意识的觉醒，整体上发生于1980年代中期，这与当时西方的现代诗歌作品、语言哲学著作大量译介进中国直接相关。诗人们接触到这些作品和理论，尽管也存在着误读的情况，但总体上，最为新锐、先锋的那些诗人意识到，词与物的原有对应关系不是必然的，我们日常所使用的语言，只是话语，它并非语言的实质。词作为符号的可能性被打开了。那么下一个问题就是，诗人的写作，是停留在将词当成表象符号的层面，还是从这语言的表象价值出发，去追问语言的存在价值？实际上，这样的两种思路催生了中国"第三代诗人"围绕语言本体论观念而发生的两种截然相反的路径。前者是坚持"诗到语言为止"的诗人们，他们拒绝追问，实际上将话语视作语言的实质，拒绝命名，拒绝追问词的可能性。而后者则是要从语言的表象价值出发，去不懈追问语言的存在价值，这样的诗人，成了西绪福斯，忧郁的命名者。

后者的语言观念，是本书要去研究的对象。将语言的实质视作话语，这不是语言本体论在文学现代性中的目的，而在此之上不断追问词的可能性、语言的存在价值，才昭示了这种语言观的内在潜力与创造性所在。然而重要的问题是，这些"西绪福斯"的语言意识虽然深深契合于文学现代性的语言精神，但在当代新诗的历史视域下，由于当代中国历史的自身独特性，就既决定了诗人与时代、政治的变迁之间纠葛的独特性，也决定了诗人们语言本体论意识的发生与生产，不可能以西方文学现代性元典意义的方式来完成。如此状况，便决定了本书的研究虽然与西方理论之间关系密切，但它内在于当代新诗研究的学科主体性之中，而不是一个西方理论操练的产物。本书的问题意识，内在于对当代中国历史与当代新诗史的观察。

具体而言，在1990年代以前，诗人们因为语言的觉醒、对存在价值的追问而处在与语言相联姻的空前狂欢中,这使得他们整体性地忽略了语言的表象价值以及与之相对应的外在历史语境。这样的语言意识,使得1980年代诗歌中的语言本体论呈现为一种"纯诗构想",语言与经验之间造成了一种脱节。王家新1990年代的一段话对此极具概括性与反思性:"我们不能不看到,多年来在中国现代诗歌写作中占据支配地位的,一直是一种非历史化的诗学倾向及'纯诗'口味。出于对历史的反拨,七十年代末人们提出了'回到诗本身'、'让诗歌成为诗歌'的主张,这本来无可非议,然而许多人在试图摆脱意识形态的同时却陷入了另一种虚妄。到了八十年代中后期,'语言本体'以及罗兰·巴特的'不及物写作'更是被片面理解并被抬到压倒一切的位置上……我这样讲包括了对我自己的反省。的确,在那些年里,现实仅被限定为在诗歌之外谈论的事情,文本与语境老死不相往来,据说这一切都是为了艺术的'纯粹'或'自足'。"①

由此而来,本书的问题意识正在于,当1990年代以后,整体诗学策略朝向外部敞开,"及物"和"不纯"成为一种普遍性诗学追求时,语言本体论作为文学之现代性的语言意识,是否与介入历史、关注经验世界的1990年代诗学追求无法兼容？1990年代诗学追求的实现,是否意味着诗人们已经放弃了语言本体论观念,停止追问语言的存在价值,以词与物之间既有的对应关系,工具论式地表达自己对外在经验的价值判断,进而以诗歌的方式构建出了一个散文化的世界？善意的诗人、批评家们在1990年代以后也曾提出综合性的诗歌方案,比如萧开愚提出"综合才能",陈超提出"个人化历史想象力"等,这些综合性方案尽管彼此之间存在着种种差异,但都内在于一个共同的逻辑前提和认知前提:语言本体论不具备介入外物的能力,它只是语言内部的追问,正因如此,它才需要与他者合作,并由此整合出一种综合性的、成熟的诗学方案。实际上,这样的认知源自1980年代诗人们语言觉醒后,陷入语言狂欢的状态,对

---

① 王家新:《阐释之外:当代诗学的一种话语分析》,载《文学评论》1997年第2期,第64页。

语言本体论的认知发生了不自觉的窄化。1980年代诗歌中的语言本体论,问题的核心在于打破诗人主体对语言的掌控,将诗人主体转变为语言存在价值的追问者。这样的状态,帮助诗人从与政治的显性纠葛中解脱出来,艺术获得其自律性,成为与外部语境无关的"独立王国"。这样的认知,一方面,在1980年代的语境中,在摆脱人与政治的话语性纠葛中,曾经发挥过重要的作用,具有必然的历史合理性和人道主义意味。但另一方面,它又暗中将语言本体论的内涵窄化为艺术的自律性,由此,语言本体论便被认为是对外在历史语境的失明。进入1990年代以后,"及物"成为一种整体性的崭新诗学追求,然而人们对语言本体论的理解,仍然停留在"诗就是诗"或者艺术自律性这样的认知范围内。因此,语言本体论在1990年代遭遇合法性危机,便是可以理解的了。

如此,我们便明了了当1990年代诗人、批评家们提出综合性诗学方案时,他们是如何理解语言本体论的了。很清晰,在他们看来,正是因为语言本体论不具备言说外在世界的能力,所以,语言本体论才需要与外在世界合作,进而整合出一种综合性诗学方案。1980年代被窄化的语言本体论认知延伸进了1990年代以后。正是在这样的语言认知框架下,本书获得了两个主要的研究目的:其一,是纠正1980年代形成并延续至今的窄化的语言本体论认知。及物,对于语言本体论来说是其原本就具备的可能性。也就是说,语言本体论虽然追求对语言存在价值的叩问,但它并不排斥语言的表象价值以及由后者所对应的表象世界。因此,1990年代整体诗学策略的调整与综合性方案,与其说是语言本体论与外物的合作,不如说是其内在聚焦的一次转变:由主体与语言的关系,转变为经验世界与语言的关系。在这个意义上说,所谓"综合才能""个人化历史想象力"等,与其说被视作整合性诗学方案,不如说是语言本体论经历了狂欢化的1980年代后,在1990年代以来终于返回到其本应具有的丰富性之中。其二,物的丰富带来言说的丰盈。因此,本书的第二个目标就是呈现出1990年代以来,语言本体论聚焦调整过后,它在诗人具体创作中呈现出的如经验世界般纷繁复杂的实现方式与语言景观。

三、研究方法与章节安排

　　阿甘本在一篇名为《什么是装置》的文章里,将存在分为两大类,一类是"活生生的存在"(实体),另一类便是装置。他如此定义装置:"它在某种程度上有能力捕获、引导、决定、截取、塑造、控制或确保活生生之存在的姿势、行为、意见或话语。"①质言之,阿甘本意义上的装置是一种随着人类文明进程而必然出现的权力压抑机制,是权力关系与知识关系的交点。人在从本有状态被塑造、规训为文明人的过程中,必然是各种类型的装置在起着生产作用。在这个意义上讲,"权力"并不是庸俗政治学意义上的权力,而是一种整体性的、与本源相对的概念范畴。

　　语言中也必然包含着权力。阿甘本因此也将语言视为一种装置,并且或许是最古老的装置。② 在本书的研究视域内,语言的表象价值便是体现着这种语言权力的装置,它的固定意义,在人类的文明过程中被慢慢生产出来,约定俗成,由此被赋予一种社会属性。因此,追问语言的存在价值,就意味着一种反装置。在这个意义上讲,1980年代诗歌中的语言本体论模式,就构成了一种反装置:它试图对语言的表象价值造成冲击、亵渎甚至取消,希望语言的存在价值成为语言中的唯一价值,其结果,是能够被语言的表象价值清晰传达的外在表象世界,沦为这一时段诗歌中缺席之物。与此相比,1990年代诗歌中的语言本体论发生了重要的调整:它既不满足于将语言局限在高蹈的存在价值之中,也不满足于将语言束缚在表象价值里,而是想在一个身体里兼有这两种价值,相反相成,诗歌既能够呈现外在的表象世界,并对此有足够的介入和关切,又能够透过表象世界而呈现另一个可能世界。总之,1990年代诗歌中的语言本体论模式是装置与反装置的结合,是语言的表象价值与存在价值之间的联

---

①　乔吉•阿甘本:《论友爱》,刘耀辉、尉光吉译,北京大学出版社2017年版,第17页。
②　同上注,第19页。

动,是一种辩证的语言装置。

由此出发,本书的核心研究方法便是,将1990年代诗歌中的语言本体论视为一种辩证语言装置,并透过对观念、母题、句法这三个方面的研究,揭示1990年代诗歌中围绕语言本体论装置而呈现出的纷繁复杂的语言景观,以及语言言说与外在历史语境之间复杂的联动关系。

补充一点,如今"Ontology"一词,多翻译为"存在论",因此,本书的核心概念也可称为"语言存在论"。但是,在爬梳资料的过程中,笔者发现诗人、研究者们所使用的名称是"本体论",为了保持一致、尊重语境也避免认知上的误会,本书仍然沿用"语言本体论"这一名称。

具体章节安排上,本书共分四章,在逻辑上构成"总—分"的形式:

第一章为"总体性诗学"。该名称借鉴自弗雷德里克·詹姆逊《论现代主义文学》的同名绪论,如詹姆逊一样,意在对全文的问题做一个整体性的概括和把握。第一节详细考察了两段往事,意在以两个写作的剪影,两个分属于1980、1990时段的诗人写作故事,寓言式呈现出这两个时段中诗歌语言本体论装置与动机的整体异同;第二节整体把握1980年代诗歌的语言本体论装置及其与外在语境之间隐性的呼应关系,并将这一时段诗歌的语言本体论装置命名为"纯诗构想";第三节整体把握1990年代诗歌中的语言本体论装置,在创作中的实现方式,并勾勒出与1980年代诗歌之间在语言本体论装置上的整体性差异。

第二章为"观念研究"。语言本体论装置的调整,在1990年代以来的诗歌中,一方面会造成一些旧有诗学观念的调整、变化,另一方面,也会催生出一些新的诗学观念。第一节即是考察"匠人"身份与"手艺"观念在1990年代以后诗人那里发生的变化,由此揭示出1990年代诗歌中的语言本体论装置对旧有诗歌观念造成的影响;第二节则研究"对位法"这一诞生于1990年代以后的、借鉴自音乐学领域的诗歌观念,由此探究这一时段新出现的诗学观念如何呼应了语言本体论装置的调整,以及由此引发的诗歌伦理调整;第三节谈论日常生活与日常语言,将语言本体论装置的辩证性放置在外在经验世界的辩证性中去打量,由此证明1990年代语言本体论装置作为语言本体论的常态,在"及物"问题上的能力。

第三章为"母题研究"。灵感取自吴晓东《临水的纳蕤思:中国现代派诗歌的艺术母题》。与吴晓东一样,本章以原型式的目光打量1990年代以来或新变、或新生的一些艺术母题,并提取出其中蕴含的语言本体论装置,由此考察这一时段诗歌中的语言本体论装置在艺术母题上的多样生产性。具体而言,第一节考察"镜子"母题在1990年代以后书写策略上相对于1980年代的变化,以及与此呼应的语言本体论装置的变化;第二节考察"天使"母题,以比较文学的方式,深入分析张枣《卡夫卡致菲丽丝》中的"天使"与臧棣《燕园纪事》中的"天使"所呈现出的契合于"九十年代诗歌"整体语言策略的特征;第三节名为"鸟类的传记",分析了"天鹅""野鸭"等几种鸟类意象,揭示出不同时段诗人在选择不同鸟类意象时,暗中寄寓的语言本体论装置的异同。

第四章为"句法研究"。语言本体论作为一种语言意识,其内部装置性的调整必然带来诗歌语言方式的变化。而句法的变化,一方面是这种调整在文本外观层面引发的直接结果,另一方面,句法的变化也会揭示出诗人创作姿态调整的意图。因此,本章要考察两种句法,它们各有其来路和诗学意识,但是内在统一于1990年代诗歌中语言本体论装置的调整。第一节分析"该怎样说'不'"这一句法,为1990年代中期以后张枣诗歌写作所带来的变化;第二节"'必须'句法与第二人称",以元伦理学的视角打量王家新诗歌中最具特色的"必须"句法,揭示出其中强烈蕴含的道德伦理意味,从而以句法的角度,对这位"寻找词根的诗人"的语言本体论装置中强烈的伦理性进行证明。

四、研究综述

与本书相关的研究文献、研究成果,可分为以下四类:一是西方二十世纪与"语言学转向"相关且对中国当代诗人的语言意识构成重要启发和影响的哲学理论。二是国内诗人、批评家与语言本体论相关的专著、论文等。三是研究1990年代诗歌的专著、论文等。四是与本书后三章研究角度相关的一些文献。现分别综述如下：

第一，西方二十世纪与"语言学转向"相关且对中国当代诗人的语言意识构成重要启发和影响的哲学理论。分析哲学家路德维希·维特根斯坦的《逻辑哲学论》、《哲学研究》等前后期著作，皆是了解维特根斯坦语言哲学非常重要的著作。1980年代中期，中国诗人韩东等究竟如何受到其"语言的边界即世界的边界"、"边界之外需要保持沉默"等语言观念的影响，从而提出著名的"诗到语言为止"的口号，其中是否发生了误读，这些都需要进入维特根斯坦的语言哲学中去进行考察。另外，后期海德格尔在《林中路》、《演讲与论文集》等著作中提出的"语言是存在之家"这一观念，也对"朦胧诗"以降的中国当代诗人们造成了巨大的影响，比如多多、王家新、张枣等诗人都多次表达过与此密切关联的语言意识。再有，米歇尔·福柯《词与物》中提出的"知识型"概念，及其对语言中内涵的权力机制进行的解构，也对当代诗人们的语言意识构成了巨大的影响。德国学者胡戈·弗里德里希《现代诗歌的结构》是极具影响力的著作，他在书中既梳理了波德莱尔、兰波、马拉美等诗人的写作，也细致谈论了与现代诗歌的语言意识紧密相关的一些问题，因此，要了解诗学语言之现代性特征的内在含义，这本书是不可绕过的。此外，罗兰·巴尔特、雅克·德里达等的文艺理论、哲学理论，以及俄国形式主义文论、英美"新批评"、结构主义诗学等文学理论都是可资借鉴的理论资源。

第二，国内诗人、批评家与语言本体论相关的专著、论文等。王家新出版于1989年末的诗学批评文集《人与世界的相遇》是研究1980年代诗人在"语言觉醒"期的语言本体论内在特征的重要文献；王家新在该书中传达出了清晰的"纯诗"式语言意识。其内在思想来源主要是后期海德格尔与中国禅宗思想的结合，主张人的主体性在诗中淡化、消除，抵达"无我之境"，从而树立语言本体论的诗学意识,人与语言发生本体性的关系。此外,王家新在进入1990年代以后,语言本体论发生了重要的调整,"存在"不再是纯诗式的境界,而是更为开阔和丰富,与历史语境之间发生着更为深刻的关联。这一点,他在《"走到词/望到家乡的时候"》、《是什么在我们身上痛苦》、《"大地的转变者"》、《阐释之外:当代诗学的一种话语分析》等文章中都进行过专门的谈论。海子、西川、骆一禾也是1980年代诗人中间语言本体论意识很清晰的诗人。尤其是骆一禾,他不仅在创作上,而且在诗学批评上清晰地传达了自己的语言本体论思想。比如《火光》、《美神》等文章,骆一禾提出"诗歌使创世行为与创作行为相迥,它乃是'创世'的'是'字"这一极具语言本体论意味的观念,这些文章对于本研究非常重要。与此相关的一些研究著作如西渡《壮烈风景:骆一禾论、骆一禾海子比较研究》、赵晖《海子,一个80年代文学镜像的生成》、张玞编《骆一禾诗全编》(内附骆一禾自己的几篇诗歌随笔)、西川编《海子诗全集》(里面也附了海子自己的诗学文章)等,都是重要的研究成果与资料文献。张枣是著名的语言本体论者,他写于1990年代初期的诗学随笔《朝向语言风景的危险旅行》,也是中国当代诗人谈论语言本体论最具代表性的文章之一。张枣此文清晰地谈论了他著名的"元诗"观念,提出"万象皆词""词的困难即生活的困难"等极具语言本体论意味的观念。这对于研究张枣本人的语言意识以及1990年代诗歌中语言本体论的整体面貌皆有重要的文献价值。此外,张枣留下的散文随笔不多,但是与语言本体论相关的篇什不少,皆收入颜炼军编选的《张枣随笔选》中。欧阳江河的《当代诗的升华及其限度》、钟鸣的《笼子里的鸟与外面的俄尔甫斯》中提出了"圣词""词具"等概念,对于我们研究八九十年代新诗中的语言意识和词语系统皆有重要的价值。张桃洲专著《汉代汉语的诗性空间》完整而深入地研究了现代汉语自身的符号学特征与诗学可能性,可资参考。此外,陈超专著《个人化历史想象力的生成》、耿占春《一场诗学与社会学的内心论争》、臧棣《后朦胧诗:作为一种写作的诗歌》、敬文东《从唯一之词到任意一词:欧阳江河与新诗的词语问题》等著作也是研究八九十年代新诗的语言本体论问题非常重要的参考文献。

第三,研究1990年代诗歌的专著、论文等。九十年代诗歌的肇始之作是程光炜《90年代诗歌:另一意义的命名》,此文对于了解九十年代诗歌,尤其是诗学意义上的"九十年代诗歌"非常重要,可以说是必读篇目。这篇文章以理论与文本细读相结合的方式,清晰勾勒出了1990年代以后当代新诗在整体策略与语言意识上发生的变化,对于"九十年代诗歌"具有诗学命名的意义与价值。此外,欧阳江河的《1989年后国内诗歌写作:本土气质、中年特征与知识分子身份》也涉及"九十年代诗歌"这一概念中重要的组成部分。此外还有肖开愚《九十年代诗歌:抱负、特征和资料》、唐晓渡《九十年代先锋诗的几个问题》、王家新《当代诗歌:在"自由"和"关怀"之间》、孙文波《我理解的90年代:个人写作、叙事及其他》、臧棣《90年代诗歌:从情感转向意识》、陈超《先锋诗歌20年:想象力维度的转换》、西渡《历史意识与九十年代诗歌写作》等论文,以及一些学人的硕博士论文,如冷霜的《90年代"诗人批评"》、胡续冬的《"九十年代诗歌"研究》、罗振亚的《朦胧诗后先锋诗歌研究》、魏天无的博士论文《新诗现代性追求的矛盾与演进:九十年代诗论研究》,余旸的《"九十年代诗歌"的内在分歧——以功能建构为视角》。王家新的《当代诗歌:在"自由"和"关怀"之间》很大程度地把握了九十年代以来中国当代诗歌的总体状况,该文认为,"自由"与"关怀"是文学和诗歌所面临的两个最基本命题,中国诗人一直就在"自由的神话"与"关怀的神话"之间徘徊,而这构成了当代诗歌最深切的写作困境。该文通过对爱尔兰诗人希尼的创作和中国二十世纪九十年代以来诗歌的分析和比较性考察,试图在个人与历史、自由与责任之间辨认诗人和诗歌的命运,并清理一种写作和诗学的历史脉络。在九十年代诗学研究上,诗人冷霜的硕士论文《90年代"诗人批评"》是国内较早抓住这时期诗歌批评特征的文章,凭着较强的问题意识,作者抓住了"九十年代诗歌"的几个特征展开,便利地进入九十年代的诗学语境,而得到的结论至今仍值得参考。魏天无的博士论文《新诗现代性追求的矛盾与演进:九十年代诗论研究》,围绕着"知识分子诗歌"、"个人性"、"中年写作"和"叙事性"等关键词,系统地对其梳理与反思。类似的魏天无的论文还有其他,如王学东《第三代诗论稿》等。

　　第四,与本书后三章研究角度相关的一些文献。第二章"观念研究"中,"手艺"一节有洪子诚《诗人的"手艺"观念》、《〈玛琳娜·茨维塔耶娃诗集〉序:当代诗中的茨维塔耶娃》、张桃洲《诗人的手艺》、雷武铃《与新诗合法性有关:论新诗的技艺发明》等已有研究成果,都是重要的文献。"对位法"一节参考了裴钰《西方早期对位技法:从中世纪到巴洛克时期的演进》、许晓琴《对位批评:音乐"对位法"的精彩变奏》、张伟栋《当代诗中的"历史对位法"问题》等论文,从音乐角度入手,了解当代诗人在诗歌中引入"对位法装置"时暗含的语言本体论意识。此外爱德华·萨义德《文化与帝国主义》中的"对位批评"观念也是重要的理论资源。"日常生活"一节中主要参考了西方马克思主义哲学中"日常生活批判学派"的一些研究成果,此中代表从西方马克思主义先驱卢卡奇算起,还包括其学生阿格妮丝·赫勒《日常生活》,著名的亨利·列斐伏尔《日常生活批判》,以及米歇尔·德·塞托《日常生活实践》等。这些人都受到马克思主义的影响,因此,他们进入"日常生活"的路径,在整体上都呈现为对消费景观、资本主义逻辑及相关内容渗透、侵入"日常生活"所展开的批判。第三章"母题研究",整体上参考了吴晓东《临水的纳蕤思:中国现代派诗歌的艺术母题》。吴氏此书以"镜子""窗""辽远的国土"等1930年代中国现代派诗歌中常见的艺术母题,深入研究了1930年代中国现代派诗歌的艺术特质。本书的这一章正是以相同的方式,研究1990年代诗歌中的语言本体论在几个重要诗歌母题中的呈现方式。"镜子"一节参考了朱迪斯·瑞安《里尔克:现代主义与诗歌传统》、让·斯塔洛宾斯基《镜中的忧郁》等著作,考察了"镜子"母题在西方现代诗歌脉络中蕴含的语言意识。"天使"一节参考了里尔克、勒塞等著《杜伊诺哀歌中的天使》、曾艳兵《卡夫卡研究》、李永平编《里尔克精选集》等著作。此外,张桃洲《日常生活颂歌》、臧棣《汉语中的里尔克》、王家新《大地的转变者》等文章也是与此相关的重要研究论文、诗歌批评。"鸟类的传记"一节,参考了伊丽莎白·毕肖普《唯有孤独恒常如新》（包慧怡译）、《钟的秘密心脏：二十家诺贝尔奖获奖作家随笔精选》（王家新、沈睿编）、傅浩《叶芝评传》、埃德蒙·威尔逊《阿克瑟尔的城堡：1870年至1930年的想象文学研究》（黄念欣译）、王家新《"我们怎能自舞辨识舞者"：杨牧与叶芝》等。第四章"句法研究"，参考了一些元伦理学的著作，比如赵汀阳《论可能生活》、约翰·L·麦凯《伦理学：发明对与错》、斯蒂芬·达沃尔《第二人称观点》、杨国荣《伦理与存在》、克里普克《命名与必然性》、艾耶尔《语言、真理与逻辑》、韦尔默《伦理学与对话》等。这些著作在句法、命题等语言本体之内来谈论伦理问题，进行道德判断，这为本章以句法的方式介入诗歌的语言本体论研究提供了重要启示和理论支持。

第一章　总体性诗学

第一节　"1981 与 1999":两个写作的剪影

一、"表达"之难

　　1981 年 10 月,秋天的广州城并不寒冷,这南国重镇历来藏龙卧虎,从不缺少各式各样的激情与意外。文学,自然也在此之列。这一年,柏桦 25 岁,来粤读书求学已逾三年,其间对中外现代诗歌都发生了浓厚兴趣,并"以罕见的精神投入抄诗和写作的丰收期,特别是抄诗,几乎抄了厚厚 30 本"[①],抄写范围包括波德莱尔、魏尔伦、兰波、里尔克、菲利普·拉金等,也包括北岛。然而即便有此积累,严苛地说,此时的柏桦作为一个诗人还并不成立,遑论作为日后所谓的"巴蜀五君"之一与"后朦胧诗"重要代表。在这个意义上,1981 年 10 月,无论对于柏桦个人,还是当代新诗来说,都构成了一个重要的时间节点:

　　1981 年 10 月一个晴朗得出奇的夜晚,我独自游荡在校园的林荫道上,来回不安地徘徊的我不知不觉走到一块草坪的中央。突然一个词跳

---

① 柏桦:《左边:毛泽东时代的抒情诗人》,江苏文艺出版社 2009 年版,第 70 页。

出来了——表达。它正好是一首英文诗歌的标题;当时我对这个词立刻产生了感应,久久地注视着这个孤零零的单词,竟然忘了读这首诗。此时,耳边又响起了这个词。是什么东西再次触发了它……南国秋天的温度柔婉而湿润,语词却在难受中幸福地滚动,从我半昏迷的头脑直到发烫的舌头,终于词语与所有的声音融洽汇合了。我听见自己吐出顺利的第一句:"我要表达一种情绪……"①

这就是柏桦成名作,也是作为"后朦胧诗"当之无愧的诗学宣言的《表达》被创作时的情景。柏桦这段回忆性的表述,我们仅从"独自游荡""来回不安地徘徊"等词句中便可看到里尔克《秋日》的影子。柏桦本人也坦言,这首诗是首哀歌,它哀婉的气质受到了里尔克、马拉美、瓦雷里作品的影响。然而这首诗得以发生的最根本性动机,甚至说柏桦作为一个诗人,得以成功调试出他与自己语言之间的准确性关系,则是来自他对法国象征派大诗人波德莱尔的阅读。在柏桦的回忆里,后者——"波德莱尔——一个莫测的幽灵",是他"白得炫目的父亲"②,这是一种总体性的印象,但更重要的是,《表达》之所以能够发生,是因为他从这父亲总体性的身躯上发现了一种母亲般的细节,就仿佛从亚当的身躯上发现了那根诞生夏娃的肋骨:这便是波德莱尔的那首《露台》。

"我在决定性的年龄,读到了几首波德莱尔递上的决定性的诗,因此我的命运被彻底改变。"③在同一篇文章里,他回忆道,初次读到波德莱尔这首《露台》是在 1979 年,他的同学王耀辉把一本徐迟主编的《外国文学研究》(华中师范大学出版)传到他手里,里面发表了法国汉学家程抱一翻译的几首波德莱尔诗歌,其中就包括这首"母亲般"的《露台》。然而查阅这本刊物在 1979 年的发表情况,其中并没有程抱一的名字,这一年唯一与波德莱尔相关的文章是刘自

---

① 柏桦:《左边:毛泽东时代的抒情诗人》,江苏文艺出版社 2009 年版,第 76—77 页。
② 同上注,第 77 页。
③ 柏桦:《始于一九七九:比冰和铁更刺人心肠的欢乐》,载《世界文学》2006 年第 5 期。

强的《波德莱尔的相应说》①,发表在该刊 1979 年 12 月。而程抱一这几首诗的发表则是到了翌年四月,实际上是一篇名为《论波德莱尔》的文章(开头处,徐迟还专门写了一段简短而激赏的编者按),里面引用了几首他的译诗,其中就有《露台》,不过,程抱一将其译为《凉台》②。因此,柏桦说初读到这首诗是 1979 年,当为记忆之误③。在程译的《凉台》里,有这样几行:

  我有追叙那欢乐时刻的才能。
  我的过去卷伏在你的双膝前。
  无需到他处去寻觅你的美质,
  它在你肉体上,也在你柔怜里!
  我有追叙那欢乐时刻的才能。

这几行诗无论从语调还是诗意上,都会让人联想到柏桦《表达》中哀婉的几行:

  我知道这种情绪很难表达
  比如夜,为什么会在这时降临?
  我和她为什么在这时相爱?
  你为什么在这时死去?④

在波德莱尔这首诗里,诗人的语言劳作过程,被指认为诗人的"欢娱"与

---

① "相应说"即如今更通用的"应和""契合"或"交感",这既是波德莱尔《恶之花》中最著名的诗,也是象征主义的诗学宣言,这篇文章就是谈论这一问题的。
② 程抱一:《论波德莱尔》,载徐迟主编《外国文学研究》1980 年第 1 期,第 62 页。
③ 在《左边:毛泽东时代的抒情诗人》中,柏桦又说,读到这首《露台》是 1980 年 10 月,因此,1979 年应是误记无疑。
④ 见老木编:《新诗潮诗集》(下),1985 年 1 月,第 730 页。

"苦差",其能指是诗人在夜晚的凉台上苦苦寻觅,等待着"情人中的情人"显现并与自己欢爱。也就是说,这一显现的时刻与状态,构成了言说经过艰辛劳作后所抵达的理想状态,这便是诗人口中的"才能","情人中的情人"由此在这首诗里获得了命名性意义。波德莱尔许多诗歌都是对这种理想状态的言说与追问,只是在不同的诗里,这理想状态有着不同的命名,时而是上帝,时而是深渊,总之没有确定性,只有不停的追问与命名。这样的语言意识,实际上彰显了现代性的内在精神:"它被挣脱现实的欲求折磨至神经发病,但却无力去信仰一种内容确定而含有意义的超验世界或者创造这一世界。"①

诗歌的书写过程,成为对理想状态的追寻过程,除此之外,诗歌与一切目的无关,语言由此获得了本体论的地位。诚如波德莱尔所说:"诗除了自身之外没有其他目的,它不可能有其他目的,唯有那种单纯是为了写诗的快乐而写出来的诗才会这样伟大,这样高贵,这样真正地无愧于诗这名称。"②王光明认为1930年代中国现代派诗歌的出现,"是一次从'主体的诗'到'本体的诗'的美学位移……后者,诗人为诗而存在,彰显的是诗歌文本的独立性"③。其实笼统地讲,从"朦胧诗"到"后朦胧诗",也整体上呈现出一种从以人为主体到以语言为本体的变化。柏桦这首《表达》,实际上谈论的正是主体的消解,是"表达之难"的本体论问题。连续三行追问,极具浓缩性地展现了诗人对语言自身理想状态的追求、对命名性的渴望,总之是诗人获得了对语言本体论的认知与确信。也正是在这个意义上,这首《表达》才被视为"后朦胧诗"的诗学宣言。在谈论这几行追问时,张枣的看法构成了极好的佐证:"对这一切不存在正确的回答,却可以有正确的,或者说最富于诗意和完美效果的追问姿态。"④

---

① 胡戈·弗里德里希:《现代诗歌的结构》,李双志译,译林出版社2014年版,第35页。
② 波德莱尔:《论泰奥菲尔·戈蒂耶》,见《波德莱尔美学论文选》,郭宏安译,人民文学出版社1987年版,第74页。
③ 王光明:《现代汉诗的百年演变》,河北人民出版社2003年版,第295—296页。
④ 张枣:《朝向语言风景的危险旅行》,见颜炼军编《张枣随笔选》,人民文学出版社2012年版,第176页。

柏桦这首著名的《表达》，写于1981年10月的广州。是年5月，他曾去拜访过老前辈梁宗岱，其间"班门弄斧"地谈到波德莱尔。但可惜的是，梁宗岱直到1983年去世，都并未读到过《表达》，这也被柏桦引为平生之憾。[①]

二、"大上海计划"

1992年10月，张枣在给其沪上好友陈东东的信里说道："11月底我的一位女友即将返沪省亲。"这位"女友"名叫李凡，上海人，是张枣的第二任夫人。李凡这次回沪，还为陈东东带去了张枣相赠的巧克力。[②] 有趣的是，当时的张枣与陈东东还并未谋面过，只是"线上好友"，常常书信往来。二人初见，已是1996年春节，此时二人通信已经十年。至于地点，则是在"魔都"上海，南京路和平饭店。[③]

上海，不得不说是中国近现代化进程中缔造出来的一个极具综合性的庞然大物。到了1930年代，上海"已是一个繁忙的国际大都会——世界第五大城市"，"又是中国最大的港口和通商口岸，一个国际传奇，号称'东方巴黎'，一个与中国其他地区截然不同的充满现代魅力的世界"。[④] 其实关于上海的城市建设与发展，一个多世纪以来产生了多个彼此相关又存在差异的规划方案。早在1919年，孙中山在其《实业计划》中即明确提出将上海建设成"东方大港"的设想，但由于当时政局混乱，这个设想并未付诸实践。1927年国民党统一全国以后，上海因为其重要性被设为特别市，自此以后，上海的城市问题开始被国民政府重点关注起来，于是从1929到1932年，上海特别市政府通过了共十编的城市规划计划，统称为著名的"大上海计划"，其核心有三，除了延续中山

[①] 柏桦：《左边：毛泽东时代的抒情诗人》，江苏文艺出版社2009年版，第88页。
[②] 宋琳、柏桦编：《亲爱的张枣》，江苏文艺出版社2010年版，第77页。
[③] 同上注。
[④] 李欧梵：《上海摩登：一种新都市文化在中国1930—1945》，毛尖译，上海三联书店2008年版，第3页。

先生的"东方大港"设想外,还有"新市中心的建设"、"全市交通的改建"两个方面。① 由于当时财政、战争等各方面原因,这个计划并未充分实现。但是1927至1937这民国"黄金十年"间,上海还是迅速发展,1930年代,上海已成为"远东最大的金融、贸易和航运中心",也是"世界重要海港之一",②并建成了市政府新屋与国际饭店等著名地标。日本占据上海以后,重新规划城市,突出军用、功能分区等特点,其用意是将上海当作"大东亚共荣圈"的城市样板来治理。抗日战争结束以后,1946年,国民政府在主权独立的前提下,由国内外专家组成团队(其中就包括著名的德国包豪斯艺术家、圣约翰大学"都市计划教授"理查德·鲍立克),考虑了"大上海计划"与日据时期的有益经验,又结合当时国际前沿的城市规划理念,完成了"大上海都市计划",这是一个内在于"世界性"的计划,呼应了当时世界上著名的城市规划成功案例如"大伦敦计划""芝加哥计划"③等,但同样不幸的,因为内战的爆发与国民党的战败,这一计划并未得到实现。从1950到1980年代,上海的城市功能主要以配合计划经济的需要而展开,且因为对外贸易的闭锁,这三十年里主要是作为一个工业体系完备的城市而存在,其金融、航运功能并未取得发展。上海在当代迎来建设的新高潮是在1990年代后期,1992年,"中共十四大"明确提出"以上海浦东开发、开放为龙头,进一步开放长江沿岸城市,尽快把上海建成国际经济、金融、贸易中心之一,以及国际航运中心之一"④。据此目标,从1992至1999年,上海市完成新一轮的城市总体规划,并于2000年获得国务院批准。

翻出上海建设史的旧账,是想说明,在当代中国,上海能有如今的辉煌面

---

① 俞世恩:《现代性与民族性:1929年"大上海计划"研究》,华东师范大学2017届博士学位论文,第86页。
② 董光器编:《城市总体规划》,东南大学出版社2014年版,第103页。
③ 参见卡尔·史密斯:《〈芝加哥规划〉与美国城市的再造》,王红扬译,译林出版社2017年版。
④ 董光器编:《城市总体规划》,东南大学出版社2014年版,第103页。

貌,重新成为中国现代化建设的杰出成绩,与1990年代的重新定位、长期规划及付诸实践密不可分。这可以说是"大上海计划"的当代版本。如今回望,一切都如此清晰,然而如果我们恰好身处于1990年代的语境中,上海之为现代,究竟如何建设,其实并不明朗。当年的张枣,因为成了"上海的女婿",便在此间频频往返,正是身处在这样的语境里,以其聪慧,对此"庞然大物"的经验必然敏感于心而精确于言——1999年,他在写给陈东东的名作《大地之歌》中发出了世纪末的抒情,与当时的上海建设语境形成了暗中的对位:

　　如何重建我们的大上海,这是一个大难题。

　　张枣是元诗写作的提倡者与精彩实践者,他心目中真正优秀的诗歌都是与语言之间发生了本体性追问与命名的诗歌,或曰,他坚决信任并追求语言本体论,这是诗人的永恒使命,任何语境下都不可能放弃:"主动放弃命名的权力,意味着与现实的认同"[①],因此他反对"当社会历史现实在那一特定阶段出现了符合知识分子道德良心的主观愿望的变化时,作为写者的知识分子便误认为现实超越了暗喻,从此,从边缘地位出发的追问和写作的虚构超度力量再无必要,理应弃之"[②],在此精神品质上,他深深契合马拉美、艾略特、曼德尔施塔姆等西方纯现代主义写者:"他们处变不惊,沉潜语言本身,将生活与现实的困难与危机转化为写作本身的难言和险境。"[③]

　　在张枣这里,"言说之困难即生活的困难"[④],因此,在面对物的经验时,不论它如何庞大、繁复、令人神往,张枣都不可能与外物之间达成放弃命名的协议,在这个意义上,前面所引《大地之歌》中的诗句,并未停留于面对1990年代

---

　　① 张枣:《朝向语言风景的危险旅行》,见《张枣随笔选》,颜炼军编选,人民文学出版社2012年版,第173页。
　　②③ 同上注。
　　④ 同上注,第176页。

语境而发出的现实社会学意义上的追问,而是暗含着从对外物的经验中提取朝向语言本体进行追问的努力。从各方面材料可知,张枣非常喜欢上海,自称"上海主义者",他曾对陈东东说:"上海真的做的好,很现代……开始的时候会觉得中国的现代化很难成功,现在让人相信它不可逆转,肯定要成功了……"[1]然而即便如此,"如何重建大上海"对他来说仍只是个难得的追问契机,而不是追问的停止之处,契机之上所抵达的地点,才意味着本体论的所在。于是,语言本体论与"大上海"这庞然大物之间形成了一种对位法,这边是物的真实,那边是词的真实,然而最重要的是,在张枣这里,只有遵循这种对位的戏剧,两边的真实才能得以成立,诚如诗中两处所示:

人是戏剧,人不是单个。

是的,黄埔公园也是一种真实,
但没有幻觉的对位法我们就不能把握它。

而诗歌最终所抵达的极境,则是一次追问的完成,一次命名的成功,是某种转瞬即逝的"理想状态"。尽管下一秒,它一定又会需要新的样态:

至少这一秒,我每天都有一次坚守了正确
并且警示:
仍有一种至高无上……

1990年代"建设大上海"的现实语境,促使张枣获得了一次对语言进行新的本体性追问的契机。"于是《大地之歌》就成了将一幅全新的诗歌蓝图付诸

---

[1] 陈东东:《我们时代的诗人》,东方出版社2017年版,第177页。

实施的词语工程"①,正如上海在1990年代末被成功规划并且逐渐实现腾飞一样。对"如何重建大上海"这物之经验的焦虑与关切,为张枣赢得了一次词之本体的崭新追问的可能性。这首诗题献给其沪上好友陈东东,另一个著名的"上海主义者"。它完成于1999年,作为一幅因物而生的词之蓝图,它同步于大上海新一轮城市规划的完成——"美,就像城市一样,在不断发展着。"②

第二节 "纯诗构想"——1980年代诗歌中的语言本体论

一、"语言觉醒"的两条路径

1980年代中期以后,当代新诗经历了一次"语言觉醒",这与二十世纪西方"语言学转向"的相关语言理论在当时涌入中国密切相关。在其影响下,以"后朦胧诗"为代表的当代新诗,继"朦胧诗"完成了"人的觉醒"以后,实现了"语言的觉醒"③。诗歌中的主体,由此实现了从人到语言的转变。因为这些西方语言理论的冲击,语言本体论当时无论是在诗歌文本还是诗人的观念中,都成为一种显性的意识,受其影响的年轻诗人们,都在想着以自己的方式为这一"知识型"赋予表情。

有论者研究表明,语言本体论对当时诗人们语言意识的影响,主要有两个支点,其一是以索绪尔为代表的结构主义语言学,其二是以海德格尔为代表的存在主义语言哲学④。前者认为能指与所指之间的关系本质上是任意的,在结构中得到确定,因此语言自身即是"一个有结构、有系统的自足之物";而后者

---

① 陈东东:《我们时代的诗人》,东方出版社2017年版,第179页。
② 亨利·丘吉尔:《城市即人民》,吴家琦译,华中科技大学出版社2016年版,第146页。
③ 在大的范围上可如此划分。但语言理论中携带的语言本体论意识,"朦胧诗"诗人们也接触过并受到其影响,虽然他们诗歌的最重要新诗史价值并不在语言本体论觉醒上。但是"朦胧诗人"中间,也有人的诗歌文本能显性呈现语言本体论意识,比如多多。
④ 参李心释:《语言观脉络中的中国当代诗歌》,载《江汉学术》2014年第4期,第52页。

则是认为"语言是存在之家",语言中存在着神圣的本质,诗人的任务是要在诗歌语言中召唤神圣的踪迹。经由这两个支点,1980年代新诗的"语言觉醒"实际上发展出两种相反甚至敌对的语言本体论路径:其一是对"语言的存在"绝对信任,并在诗歌中以各自的方式努力寻求某种建构意义,此中代表有多多、王家新、骆一禾、海子、西川、柏桦、张枣、欧阳江河、陈东东等;其二是不承认"语言的存在",只承认语言的表象、话语价值,因而呈现出反文化、反崇高等"反字当头"的解构姿态,其代表有"非非主义"、韩东、于坚等。

此处需要指出的是,本书所定义的语言本体论并不包括而且坚决反对第二种路径。诚如前文所说,语言本体论不是话语本体论,本书要研究的语言本体论恰好是一种"反话语",是一种要从表象返回存在之境的努力,并由此在诗歌中寄寓某种意义与理想,尽管这不乏忧郁。而韩东、于坚们所提出的"诗到语言为止",实际上正是"诗到话语/表象为止",它不提供意义和建构,只提供符号和反对,其结果正如西渡所说"诗呈现了一个表象化世界"①,他们的诗,"是对语言的怀疑,并从中引发出了一种破坏诗学"②。这样的语言意识,看起来是奉符号为尊,实质上暗中的操盘手仍是封闭而强硬的诗人主体,语言不过仍是打着符号学旗号的工具论,"只是作为工具,它本身开始被谈论"③。西川在一篇文章中曾谈到"诗到语言为止"的出处,据于坚告诉他,韩东这句话来自维特根斯坦"我的世界的边界就是我的语言的边界",在西川看来,"诗到语言为止"是对维特根斯坦的误解,由此而言:"维特根斯坦并未否定语言之外的东西,只是由于那些东西语言无法把握,他因而对它们保持沉默。沉默是思维的另一半,它涉及宗教、信仰、灵魂等一切非理性的领域。批评家们以维特根斯坦的沉默否定诗歌中对于灵魂问题的探索,不知用意如何?"④西川此言不差,

---

① 西渡:《壮烈风景》,中国社会出版社2012年版,第27页。
② 同上注,第28页。
③ 李心释:《诗歌语言的反抗神话》,载《文艺争鸣》2012年第10期,第80页。
④ 西川:《生存处境和写作处境》,载《学术思想评论》1997年1月,第188页。

语言沉默之处,才是诗人言说开始之处。而语言的存在价值,正是通过朝向维特根斯坦意义上的"沉默"去言说而实现的。以有边界的语言,努力向边界之外探问,并梦想一种抵达,这才是诗人的任务所在,而"诗到语言为止"在这个意义上指向了对语言的放弃与不信任。

二、诗歌文本的具体呈现（一）

很明确,本书所定义的语言本体论,其最根本的伦理性正是在于对语言保持信任,诗歌由此而获得了某种忧郁的理想形态和建构意义。具体到1980年代的诗歌语境,上述第一种路径是本书要拥抱的对象。不同于于坚们强硬的"自我",在写于1986年10月的一篇文章中,王家新谈道:"必须把诗当成一种自身具足的、具有本体意义的存在。诗有它自身的自律性……创作是必须从自我开始时,但'自我'却往往是一座牢房。只有拆除了自身的围墙,我们才能真正发现人与世界的存在,才能接近诗并深入它……所以诗人并不等于诗,诗人也大可不必把自己看得比诗更重要……只有这种谦卑才是'无穷无尽'的。"[①]对"自我"的拆除,才意味着语言本体创造性的开始。"人与世界的相遇",重点实际上并不在人,而在世界,这意味着世界的存在进入语言,并借语言向人敞开,这样的语言意识很明显呼应的是海德格尔的语言哲学。[②] 在与世界相遇之时,人从言说中消解,世界进入语言,成为诗歌的本体,这在其写于1987年的《蝎子》中有着清晰的体现:

翻遍满山的石头
不见一只蝎子,这是少年时代

[①] 王家新:《人与世界的相遇》,见王家新《人与世界的相遇》,文化艺术出版社1989年版,第3—5页。
[②] 王家新在1980年代的诗歌批评实践上活跃且卓越,老诗人顾工曾对其子顾城说"他是中国的别林斯基",虽然正如王家新所回忆的,自己当时的趣味已转向现代主义,但这样的评价仍可见"青年诗人王家新"的批评实践在当时诗坛上的认可度。

> 哪一年哪一天的事？
> 如今我回到这座山上
> 早年的松树已经粗大，就在
> 岩石的裂缝和红褐色中
> 一只蝎子翘起尾巴
> 向我走来
>
> 与蝎子对视
> 顷刻间我就成为它脚下的石沙

骆一禾的语言意识与此也有相通之处，虽然更具浪漫主义精神。比如他谈到"世代合唱的伟大诗歌共时体"时说："在这个层面里自我的价值隆起绝非自我中心主义、唯我论的隆起，从这个精神层面里，生命的放射席卷着来自幽深的声音，有另外的黑暗之中的手臂将它的语言交响于本我的语言之中，这是一种'他在'的显现，艾略特的诗中引语和多国语言的交织，庞德在他的诗中歪歪扭扭地写下的中国字，并非只是某种知识渊博的结果，而是生命潜层、它在的语言，一种自身的未竟追摄未竟之地的探求之声留下的痕迹。"[①]骆一禾所青睐的"共时体"很有种索绪尔语言学的意味，每个词的意义都在共时性的对比中确定，自我之中包含着无数他者，这也可见艾略特《传统与个人才能》中诗人与其传统之关系调整的影子。只是他在这种结构中寄予着不同于符号学的理想，而是对某种精神性、文化性甚至神圣性人类传统的理想，这又昭示了其存在主义的一面，循着这样的语言本体论意识，语言获得了命名性，诗歌创作行为由此同构于创世行为："诗歌使创世行为与创作行为相迴，它乃是'创世'的'是'字。"[②]值得注意的是，这种"创世"的责任，并未将诗人升华为神，而无非是

---

① 骆一禾：《火光》，见张玞《骆一禾诗全编》，上海三联书店1997年版，第851页。
② 同上注，第853页。

大地上忧郁的圣徒,守望着理想,正如守望着人类的乡愁,这样的姿态,在"知识型"上正契合于对"空洞理想"的忧郁追求:

> 看见上帝了吗
> 看见了
> 上帝是什么样子
> 被人们追问的、这个失踪了很久的人
> 没有回答
> ……
> 我和你 你这个同我谈话的人
> 两个人默默地在炉子上烘烤脚上潮湿的鞋子
> 注视着小筐里的一块非常美丽的花干粮
> 想着这些可怜的苦难的圣者
> 火舌吐着猩红的穗子
> 在我们心中残酷地跳跃
> 我开口说道:
> 什么也看不见
> 然而这残酷并没有使我们好受一点
> ……
> 我们这些大地上的人们
> 都曾经衷心地感觉到这样的痛苦
> 眼望着家乡
>
> ——骆一禾《对话》(1986)

张枣的语言本体论则呈现为对中国古典精神的呼唤与转化之理想,由此提供出汉语新诗现代化的崭新方案。这使其诗歌呈现出新古典主义风味。汉语性与现代性的对话,使得张枣诗歌语言既有古典的销魂与亲切,又能带来现代性的震惊体验,二者整合出一种"朝向语言的纯粹"——王家新在评论《何人斯》时说:"这种质地简洁的语言,却令人感到了生活中的那份亲切,那份最令人'销魂'的情意。诗中的一些意象和细节,也大都是这样从人的环境、纠葛、表情和饮食起居中来的。但是也很奇怪,它们不仅使我们感到亲切,同时也感到了异样,以至我们不得不惊异地打量着语言在生活中所抓住的这一切。"①当"语言抓住这一切"时,诗人便在语言中消失了,语言本身成为生活与传统的代言者。在一段写于1987年,且与王家新上述评论存在明显互文性关系的谈论中,张枣夫子自道:"传统从来就不会流传到某人手中。如何进入传统,是对每个人的考验。总之,任何方式的进入和接近传统,都会使我们变得成熟,正派和大度。只有这样,我们的语言才能代表每个人的环境,纠葛,表情和饮食起居。"②是语言获得了代表性。由此,张枣在其诗歌中寄寓了衔接传统的理想,以对语言进行绝对现代意义上的本体论追问的方式,这传统的理想,销魂、甜美又渺不可见,是个使人忧郁又忍不住不断追问的"何人斯":

> 二月开白花,你逃也逃不脱,你在哪休息
> 哪儿就被我守望着。你若告诉我
> 你的双臂怎样垂落,我就会告诉你
> 你将怎样再一次招手;你若告诉我
> 你看见什么东西正在消逝
> 我就会告诉你,你是哪一个

---

① 王家新:《朝向诗的纯粹》,见王家新《人与世界的相遇》,文化艺术出版社1989年版,第70页。
② 张枣:《一则诗观》,见颜炼军编《张枣随笔选》,人民文学出版社2012年版,第59页。另,张枣此文是1987年为唐晓渡、王家新选编的《中国当代实验诗选》而写,春风文艺出版社1987年出版。这本书出版于1987年著名的山海关"青春诗会"期间,当时王家新供职于《诗刊》,是这次诗会的组织者之一。这次诗会极负盛名,参与者有西川、欧阳江河、陈东东等。其间,王家新抽空去沈阳取回样书,里面收入张枣诗歌《镜中》《何人斯》《十月之水》等四首,王家新这篇张枣评论正是编选过程中所作。欧阳江河读到这本诗选中张枣的诗时大呼"天才!天才!",此事见王家新回忆性散文《我的八十年代》。

在1980年代,经由"语言觉醒"而自觉到的语言本体论意识,在其他诗人诗歌中也有清晰的体现,且互相之间可见呼应:

亚麻色的农妇

没有脸孔却挥着手

向着扶犁者向前弯去的背影

一个生锈的母亲没有记忆

却挥着手——好像石头

来自遥远的祖先……

——多多《北方闲置的田野有一张犁让我疼痛》(1983)

有一种神秘你无法驾驭

你只能充当旁观者的角色

听凭那神秘的力量

从遥远的地方发出信号

射出光来,穿透你的心

——西川《在哈尔盖仰望星空》(1980)

夜里,我听见远处天鹅飞越桥梁的声音

我身体里的河水

呼应着她们

当她们飞越生日的泥土、黄昏的泥土

有一只天鹅受伤

其实只有美丽吹动的风才知道

她已受伤。她仍在飞行

——海子《天鹅》(1986)

三、"圣词"问题

透过上述所引文本，我们可以提取出这样一种总体性认识：语言本体论作为知识型，在1980年代展现为一种"纯诗构想"，一种直观超验的终极价值图像。这可分为两部分去理解。其一，对"空洞理想"的命名很多时候是以所谓"圣词"来完成。在欧阳江河看来，"圣词""旨在提供使人类经验类型化、整体化的升华动力"[①]，它们作为福柯意义上的现代语言之特殊性在于，它们自带"空洞理想"属性。因此，按照结构主义的方式来说，每一首诗都是由词组成的结构，而"圣词"在这结构中往往占据中心位置并且不可移动，而这结构中的其他词语皆不具备自己命名"空洞理想"的可能，唯有围绕着这"圣词"移动并将自身弱化甚至取消，直至整合进"圣词"的光辉中并成为圣词结构的一部分时，一首诗便宣告完成。其实所谓"圣词"，要么是不可被经验，只是对虚构或永逝之物的一种命名，但对人的经验具有语言赋值的作用（比如上帝、祖先，它们只是词，没有物，因此便也不存在词与物分离之虞），要么是可被经验，但由于幸运地被人类文明所选择，被不断书写不断赋值，其表象意义已经被抽空，其作为语言的存在之意义便直接裸露出来，也就是说，这类词出现在诗歌中，不需诗人的努力，几乎所有读者直接就能读出其超越性何在（比如星空、天鹅）[②]。总之，"圣词"的特点是，它只是一个词，除此之外一无所有，也正因如此，它获得了"占有和馈赠"[③]的特权。可以说，"圣词"是人类词语中破落户和贵族的合

---

① 欧阳江河：《当代诗的升华及其限度》，载《学术思想评论》，辽宁大学出版社1997年版，第245页；另外，关于"圣词"，陈超有专文论述，参陈超《乌托邦和圣词的消解》，见《个人化历史想象力的生成》，北京大学出版社2014年版。

② "圣词"在人类词语中的位置，属于罗兰·巴尔特意义上的"神话"，正如他谈论埃菲尔铁塔时，对其有用性与神话性的揭示："这些用途的正当性当然是无需争辩的，但是一旦和铁塔压倒一切的神话力量相比，和它在全世界所承担的人类意义的神话相比，这些正当性就显得太可笑了。""我们参观它是为了参与一个梦幻。"参见罗兰·巴尔特：《埃菲尔铁塔》，中国人民大学出版社2011年版，第4页。

③ 罗兰·巴尔特：《埃菲尔铁塔》，中国人民大学出版社2011年版，第246页。

体,这不禁让人想起让·热内的名言:"如果我只是我所是,我就坚不可摧。"①其二,"圣词"的存在使得这些图像显现出集体性与终极性特征。"圣词"具有使人类经验"整体化、类型化的升华动力",因此,它往往能够消解诗人的个人经验②,使得诗歌成为一种人类集体性的远景式图谱。这与"今天派"诗人们因对抗式美学③而生的集体性,事实上构成了有差异的共性。而且,由于"圣词"不具备表象意义与经验价值,这使得诗歌往往直接面对语言的"空洞理想"而展开言说,因此这些图景往往不具备表象世界的烙印,只是对超验世界的纯粹追问与建构。这样的图像也从时间性中脱序出来,"哪一年哪一天的事"变得不再清晰,最终取消了时间性。总之,1980年代语言本体论图像呈现出神圣性、集体性特征,而私密性、经验性特征则显得极其微弱甚至没有,至少不被言说所重视。

在此谈论这两点,并非是要提出批评,就像许多1990年代以来诗人、批评家们所做的那样。此处的用意无非是,勾勒其特征,试分析其内在有效性与必然性,并以此为本书要研究的对象——1990年代以来汉语新诗中的语言本体论——提供一个精神前史,以及一个形成结构性参照与投射的"他者"。

作为一种认知的常识,当代中国,至少是1980年代以前的当代中国,盛产政治性"圣词"。这有两个原因,其一是因政治主动介入而发生的。其二是诗人真诚参与进新时代的圣词制造中。④ 而其产物,有大词也有小词,有崇高之

---

① 让·热内:《贾科梅蒂的画室:热内论艺术》,程小牧译,吉林出版集团2012年版,第90页。
② 要注意的是,这与前面所说的对"强硬自我"的质疑与警惕不是同一问题。1990年代以来诗歌中的语言本体论变得强调个人经验,但仍然质疑"强硬自我"。
③ 参柏桦、余夏云:《"今天":俄罗斯式的对抗美学》,《江汉大学学报》2008年第1期。
④ 在张枣看来,这意味着诗人对现代性的主动放弃:"1949年新文学对现代性的放弃,不是被压迫的而是主动放弃。诗人们认为:美好的现实已经追上了暗喻,所以暗喻的批判已经没有必要,暗喻没有任何必要,那么写作就没有任何必要。"张枣的观点透露出他作为现代性拥趸的特点,如今来看或有其局限性,但无疑传达出一个事实,即诗人们在当时真诚地参与了新时代"圣词"的制造。参张枣:《关于当代新诗的一段回顾》,见颜炼军编《张枣随笔选》,人民文学出版社2012年版,第164页。

词,也有邪恶之词。① 然而无论如何,都是伴随当代政治神话而生的词的神话。这些词升华为政治性"圣词"以后,其表象意义便被抽空,只剩下被规定好的语言的存在(being)之意义,这意味着它不可被更改、否定,集体性的意识形态被灌注其中,最终成为一种集体无意识,它作为一个词,不存在"空洞理想"和自我否定精神,而是处在理想的完满和自洽之中,因而它与语言本体论无关,实际上是一种政治主体性暗藏其中的工具论。这正如罗兰·巴尔特在《写作的零度》中所说:"一切政治写作只能是去肯定一种警察世界。"②在此历史语境下,另外一些"圣词",要么不可以使用,要么只能被当作批判、征服的对象。比如骆一禾《对话》中的"上帝",在早些时候反宗教的策略中,其作为基督教最高"圣词"的命运可想而知。再如,革命是一种极具未来主义姿态的行动,它肯定新时间,打破旧时间,正如钟鸣所说"新中国需要新面孔"③,因此,多多意义上的"祖先",在当时恐怕也未必具有光明的身份。

"朦胧诗"的最重要写作策略是反政治性"圣词",比如将"太阳神话"转写成"黑太阳",这实际上是一种争吵,是一种针对性的写作,尽管要实现精神主体的反叛,但其话语具有太强的依赖性,语言主体不能实现独立性的建构。而获得了语言本体论这一"知识型"的诗人,则摆脱了依赖性,语言成为诗歌的中心与本体。在此思路下,他们在写作中所选择的"圣词",其有效性并不在于去与政治性"圣词"相对抗,尽管这种效果客观上一定存在,而是能够帮助他们开辟出自己的言说空间,从而实现对语言本体的信任与建构。这意味着诗人们自觉地从显性的政治书写中摆脱出来,成为独立的艺术家,在当时的语境下,

---

① 崇高之词,最著名的便是所谓"太阳神话"。"星空"也是一个,比如郭小川《望星空》中句:"星空哟/面对着你/我有资格挺起胸膛",此句与西川《在哈尔盖仰望星空》开头形成了有趣的对照。邪恶之词,最具代表性的是"麻雀",欧阳江河曾痛切回忆过这个词对于他们那代人的道德隐喻:"'麻雀'一词在我们成长时期的个人语境中就成了'天敌'的同义词,为此不惜发动一场旷日持久的麻雀战争,与其说麻雀属于鸟类,不如说它属于鼠类。"见欧阳江河:《当代诗的升华及其限度》,载《学术思想评论》,辽宁大学出版社1997年版,第236页。

② 罗兰·巴尔特:《写作的零度》,人民文学出版社2011年版,第19页。

③ 钟鸣:《旁观者》,海南出版社1998年版,第378页。

政治话语从诸多文化、生活领域中退出,实现一种"去政治化",便构成了最高的政治。这些诗人当时所使用的"圣词",后来被批评为陈词滥调,但若考察当时的语境,情况并非如此绝对。在物质与感官都极为贫乏的年代,分离的词与物,在人们对一些词的体验中往往能实现一种反常的结合。当人们读到一些未曾经验过因而没有形成机械化认知的词时,在内心唤起的震惊效果,其实正是同构于诗人为一个词赋予其存在(being)价值的时刻。这种感觉的唤起,虽然不是来自主动的艺术创作,但正是俄国形式主义者们对艺术之功用的期待:"那种被称为艺术的东西的存在,正是为了唤回人们对生活的感受,使人感受到事物,使石头更成其为石头。艺术的目的是使你对事物的感受如同你所见的视像那样,而不是如同你所认知的那样;艺术的手法是事物的反常化……"[1]这段引文中的"视像"一词,与现象学有关(俄国形式主义与现象学密切相关),它意味着完成现象学悬置后,我们眼中的所见。而"认知"则意味着对事物多次体验后,"视像"消失,一种机械的主动反应之形成。因此,当时的中国诗人们第一次读到这些词的时候,要么之前非常局限或对立地经验过其文化、价值,要么非常局限甚至从未经验过这些词所命名的物。这就意味着,他们对这些事物缺少"认知",不需现象学悬置,只是照搬其本来符号意义,"视像"就会直接在阅读体验中形成,这些词的有效性正在于此。这也是他们直接在诗中使用这些词的有效性所在,尽管以后,它们不可避免地要被"认知"化,除非对它们实行悬置,重新命名,否则,它们就会成为"圣词",但这些都是后话,至少在当时语境下,诗人们直接使用它们,不是没有艺术有效性的。再举一个例子,多多1970年代有诗云:"当人民从干酪上站起来","干酪"这"姓资"之物,在当时很少有人见过,故多多使用此词,应是从"地下阅读"中得来。因此,这句诗的妙处就在于,"人民"这个极端认知化的词与"干酪"这个极端视像化的词并置在一起,就产生了强烈的艺术冲击力,让人震惊。当时人们对日后饱受

---

[1] 什克洛夫斯基:《作为手法的艺术》,见《俄国形式主义文论选》,方珊等译,三联书店1989年版,第17页。

批评的"圣词"之体验,与"干酪"实际上大致相同。它们在当时人的阅读体验里,想必"甘之如饴",都是"被盗回的火种",解放了一个个"普罗米修斯"。

四、"纯诗构想"与1980年代青年的感觉结构

1980年代诗歌中的语言本体论,作为一种"纯诗构想",在语言意识而非主体意识上,实现了诗人身份朝向现代独立艺术家的迈进,诗人从只能被纳入国家文学计划的体系中脱离出来。这在伦理上意味着,诗人无论身居何职,其写作有权与政治无关,甚至有权"与无关有关"。这样的转变,极具唯名论意味。德国社会学家卡尔·曼海姆曾谈论过唯名论思想对社会的利与弊:"唯名论观点的极端后果是一个无结构的世界、一个社会真空体,它像教条主义的唯实论一样使具体个人的行动变得无法理解……我们接受唯名论者理解个人的行为和动机的宗旨,但是反对他们把个人理解成脱离社会的、残存的实体。"[①]诚如前文所述,尽管诗人们为语言本体论赋予表情的方式千差万别,但1980年代诗歌中的语言本体论图像整体上呈现出集体性的远景式图谱。如果仔细考察1980年代的社会精神状况,就会发现,1980年代诗歌中的语言本体论,暗合于当时社会的理想主义及其危机:文学的潜意识,往往保存了对社会精神结构的记忆。

如前文所述,语言本体论是对语言之存在(being)的忧郁理想和激烈否定。而如果我们参看贺照田对1980年著名的"潘晓讨论"的一段总结,就会发现,语言本体论的内在装置结构与当时青年的精神结构究竟如何相似:"其时更普遍的是我们于潘晓来信例子中所看到的情况,就是,在同一个人身上,一方面是真实的虚无情绪,否定一切价值的冲动,另一方面是同样真实的理想主

[①] 卡尔·曼海姆:《文化社会学论集》,艾彦、郑也夫、冯克利译,辽宁教育出版社2003年版,第127页。

义冲动,对意义感的强烈渴望。"①二者在话语结构上的内在契合性已毋庸进一步阐释。当时诗人们在唯名论的意义上独立起来,但这并不意味着他们从此与社会无关。无论有意无意,甚至也不无巧合,但是透过这种参照,我们会看到,他们将当时社会的理想主义远景隐喻进对于语言之存在的理想中。透过骆一禾《对话》中的"上帝"与大地上怀着乡愁的人,西川诗中神秘而非人力所能驾驭的"星空",海子诗中超越而又受伤的"天鹅",我们能够以"纯诗构想"的方式把握住1980年代的"时代精神"(Zeitgeist):1980年代是个充满理想主义远景的时代,尽管其内部暗藏着重重虚无主义危机。② 从1980年代末开始,理想主义远景消退,其中暗藏的虚无主义危机全面爆发,并且以物质主义为核心显露出来。物开始泛滥,并且开始成为后1980年代社会语境中最核心的话语正确。人们对词的体验逐渐认知化与机械化,视像化的难度急剧增加——言说对此记忆该如何保存?这便是1990年代以来诗歌中的语言本体论开始的地方。

第三节 辩证装置——1990年代以来诗歌中的语言本体论

一、"纯粹"的危机

欧阳江河所说的"圣词",与钟鸣的"词具"概念相类,在符号学的意义上,二者内在型构与运转机制大致相同,钟鸣在其著名文章中认为,凡在九十年代前涉足诗坛的人,几乎都在写作中使用过"词具",并对其进行了激烈的批评:"把词变成词具,就像把脸变成面具。说穿了,无非是其操纵者,试图通过截用,和读者及同行迅速构成阅读的语言链,以获得廉价的承认或成功。且不说

---

① 贺照田:《当社会主义遭遇危机……:"潘晓讨论"与当代中国大陆虚无主义的历史与观念构造》,见贺照田等著《人文知识思想再出发》,2018年,第104页。
② 参同上,第118—119页。

置创造性语言的伦理意义不顾,仅文本而言,这些词在作品中,因不受个人语境驱迫,乃是一种没根的东西,其旧形态可在政治运动或任何一次群众性文化运动大量炮制的标语和口号中找到……因这种既非深思熟虑,也非觉悟的'截用',实际上封闭了个人对词语真正所拥有的正当嗜好,没有给予自己机会,也阻断了对词的历史亲近。词具是没有生命的语言填塞物,它与没落的书写有关,却和自己标榜的写作无关。"①被词具化的词,就只是一个词,只具有存在价值,不具有表象价值。因此,它能够实现诗意的直线式传递,诗人在使用"词具"时,不需要自己对其进行本体论追问,它自身就已完成了这一任务,诗人要做的只是,把它平移进诗里,放在合理的位置上,并且固定住。然而这种写作在1980年代的合理性正如前文所说,在当时特殊的时代转型语境下,它们对于诗人们来说都是未曾被经验过的,没有形成机械化的认知,词与物在本体论的意义上实现了反常的聚合,词罕见地承担了物(而非表象)的功能。就像小孩子总是将游戏当成真实的事件,而成年人却知道这只是符号而已。仍以"干酪"为例,从未吃过它的人,第一次读到这个词的快感,正像第一次尝到它的味道一样。以后尝得多了,这个词就被机械化、认知化了,视像消失了,那么也就味同嚼蜡了,不过,这都是超越语境的后话。

在这里谈论"词具",重点并不是要说1980年代的"词具"本身,而是意在揭示出"词具"对于这一时段诗歌中语言本体论的整体隐喻意义:"词具"是没有表象价值的词,只有存在价值;随着"语言觉醒",1980年代的语言本体论呈现为"纯诗构想",是一种居于存在之域中的写作。由此造成的一种意识是,"诗就是诗"被窄化为罗兰·巴尔特意义上的"同义反复"(tautology),写作只对语言的存在价值(value of being)负责,语言的表象价值,在理想状态下是应该被抽空的,它既不合法,也是诗的累赘。写作具有莫大的纯洁性。正如前文所述,这样的语言意识,在社会潜意识层面,一方面同构于1980年代的理想主

---

① 钟鸣:《笼子里的鸟儿和外面的俄尔甫斯》,见钟鸣《秋天的戏剧》,学林出版社2002年版,第46页。

义话语,另一方面,也就同构于其中暗藏的虚无主义危机。而在当时,理想主义话语占优势,危机尚未爆发式地显露出来,诗歌中的这种被窄化且远景化的语言意识,在当时还具有其生命力,虽然也不乏危机。这种危机,到了 1980 年代末,全面爆发出来。这个危机的爆发,王家新写于 1989 年冬的名作《瓦雷金诺叙事曲》中,做了最具代表性的揭示:

> 纯洁的诗人!你在诗中省略的,
> 会在生存中
> 更为狰狞地显露,
> ……
> 一首孱弱的诗,又怎能减缓
> 这巨大的恐惧?
> ……
> 我们怎能写作?
> 当语言无法分担事物的沉重,
> 当我们永远也说不清,
> 那一声凄厉的哀鸣
> 是来自屋外的雪野,还是
> 来自我们的内心……

"纯洁的诗人""在诗中省略的",便是"事物的沉重",以语言本体论的话语来阐释,"事物的沉重"指涉着词的表象价值,在 1980 年代,"语言"即意味着要省略"事物的沉重",进而抵达"词具"所隐喻的状态,言说直接在存在价值中呈现,这构成了当时诗歌的理想主义远景姿态与最高合法性。而从 1980 年代末开始,这种"省略"被宣判为不合法,语言本体论的话语装置由此爆发出巨大的合法性危机：从此以后，对于诗人们来说，如果语言无法分担事物的重量，那么其结果，正是"我们怎能写作？"这个惊人的问句，在本书的理论视域内，正是对1980年代语言本体论话语装置之合法性的疑问。那么问题来了，这一合法性危机的爆发，究竟是如何发生的？是否真的如此突然，或者说，它真的意味着一种中断？

欧阳江河显然是"中断论"的支持者，也是最著名的阐释者："1989年并非从头开始，但似乎比从头开始还要困难。一个主要的结果是，在我们已经写出和正在写的作品之间产生了一种深刻的中断。诗歌写作的某个阶段已大致结束了。许多作品失效了。"①对这一著名论断，批评家唐晓渡也曾做出过同样著名的回应："把造成这种'中断'的肇因仅仅归结为一系列事件的压力是不能让人信服的，除非我们认可先锋诗的写作一开始就是对历史的消极承受。时过境迁，在最初由于尖锐的疼痛造成的幻觉有可能代之以较为平静的回顾和反思后，我们或许可以更多地根据诗歌自身的发展，说它们充其量起到了某种高速催化的作用。另一方面，这种'中断'无论有多么深刻，都不应该被理解成一个戛然的突发事件。"②唐晓渡这段回应，前一半是对诗歌的艺术自律性的信任，这在批评意识上相当呼应1980年代诗歌语言本体论在创作意识上的追求；后一半是对语境之觉察。对于回应欧阳江河的论断，相当有效。可以说，唐晓渡的姿态与王家新的一句话之间存在着默契："我们应该用文本的间离性来代替文本的自律性。"③"间离性"意味着，在文本与语境之间存在着更为深刻的互动关系。我们也同样可以这"间离性"的目光来打量1980年代末这次合法性危机之发生。

---

① 欧阳江河：《1989后国内诗歌写作：本土气质、中年特征与知识分子身份》，见欧阳江河《如此博学的饥饿》，作家出版社2013年版，第289页。
② 唐晓渡：《90年代先锋诗的几个问题》，见王家新、孙文波编《中国诗歌九十年代备忘录》，人民文学出版社2000年版，第331页。
③ 王家新、陈建华：《对话：在诗与历史之间》，载《山花》1996年第12期。

1985年，时任《诗刊》主编刘湛秋在当年的《诗刊年度诗选》后记中谈到两方面内容，其一是说这一年诗坛无大事，并批评了诗人们对形式的探索多，对内容的探索却少。其二是说当时的商业化与城市化对诗歌造成了很大的冲击，诗歌在社会上反应较为淡漠。[①] 与如今更为时髦的理论表述比起来，刘湛秋的话略显老派了些，但是如果我们不拘泥于他的话语和思路，而是沿着他提示的两个方面做一次更为深刻的探查，就会发现，其实他揭示出了两层非常重要的内容：其一，形式与内容之间的对立，如果稍微使用俄国形式主义理论，就自会消解。但是刘湛秋的这层意思，如果用语言本体论的话语装置来翻译，即，当时诗人们写作，大都追求语言的存在价值，忽略语言的表象价值，他对此表示了批评。刘湛秋的批评意味着，对1980年代诗歌中语言本体论的批评与不满，绝非自1989年始，早在1980年代中期便已开始。也就是说，在艺术自律性层面，1980年代诗歌语言本体论的合法性危机并非直接因1980年代末的一系列事件而起，危机一直潜伏着，并且未被足够重视，未被及时解决。1989年意味着一个全面的爆发，但在逻辑关系上，绝非欧阳江河意义上的"中断"。其二，商业化与城市化所表征的物质主义话语，当时已经开始对理想主义话语造成冲击，这在"社会—文本"的象征层面，意味着1980年代的语言本体论装置，其与理想主义话语相同构的、视语言的存在价值为唯一合法性的特征，在面对早至1985年的时代语境时，已经开始隐隐显露出危机。总之，这两层内容共同证明了，1980年代诗歌中语言本体论的合法性危机并非在1989年以"中断"的方式发生的，而是很早以前就已见端倪，且一直未被充分注意、及时加以讨论和解决。当时的诗人们正是因为沉浸在因"语言觉醒"而来的诗歌狂欢中，未能及时敏感到危机的潜伏期征兆，并尽快成熟起来，才导致了当危机以1989年"中断"式的幻象爆发出来，他们面对看似一夜之间突然涌来但实际

---

① 见《1985年诗刊年度诗选》（后记）。

上积蓄已久的"事物"的冲击时,觉得"事物"竟然如此沉重。[①] 对"中断"问题做一个总结,即,若是从诗歌观念转型之发生这一外在结果上看,以1989年为节点,前后之间确实存在着一种深刻的整体性变异,但这并不意味着变异的发生就因此全部归咎于1989年之到来。对于这整个问题,1989年只是冰山浮在海面上的部分,它扮演了一种"登场",而幕后更为复杂也更为关键的部分,如果不细做考察,就会沦为不存在之物,殊不知,这在台上"粉墨登场"的年份才是蒙在整个问题真相之上的幻象。

二、诗歌文本的具体呈现（二）

现实情况是,无论主动被动,也无论"中断"与否,变异确实发生了,那么下一个问题便是,1990年代以来,诗歌中的语言本体论装置是如何变异的呢？

为了回答这一问题,我们找到了三个诗歌片段、三个寓言式的诗歌片段,都来自1990年代以后的诗歌之中,分别代表了三种重要的向度,但又有其共性：

聚会结束了,海边的餐桌上
留下了几只硕大的

[①] 现代化建设,尽管有物质主义之虞,但在当时,是社会核心的任务,内在于贺照田意义上的"大历史的理想主义"。在诗的层面,它为诗歌提供了诸多有待命名的物,并提示了新的书写模式之到来。其实,按照贺照田的看法,如何改变惯性的"大历史的理想主义",让它对时代更具解释力、更具思想的活力和介入能力,其实是理想主义应该解决的问题。但是很遗憾,这一问题并未有效解决,正如他所说,当1989年到来,急需理想主义来调节危机时,它自己早已溃不成军。在诗歌层面,因为1980年代诗人们过于沉溺狂欢(这在社会精神结构上同构于"大结构理想主义"及其内在危机),错过了语言本体论调整的契机,未及时升级诗歌的对话能力,当1989年到来,他们觉得不得不说点什么的时候,却发现自己原有的诗歌意识,对此根本无法言说。此时再想去调整,早已陷入被动。诗歌的语言意识决定了诗歌的伦理意识、诗歌的文化位置需要文本之外的调整(这在文化社会学的意义上也可以对伴随现代化建设而生的物质主义问题进行纠正),但1980年代诗歌的语言意识不可能完成这种调整。1989年以后再去调整,很大程度上为时已晚。从这个意义上讲,诗歌如今的边缘化处境与命运,在1980年代语言狂欢之时就已暗中确定。

未掰开的牡蛎。

"其实,掰不开的牡蛎
才好吃",在回来的车上
有人说道。没有人笑,
也不会有人去想这其中的含义。
夜晚的涛声听起来更重了,
我们的车绕行在
黑暗的松林间。

——王家新《牡蛎》

给那一切不可见的,注射一针共鸣剂,
以便地球上窗户一齐敞开。

以便我端坐不倦,眼睛凑近
显微镜,逼视一个细胞里的众说纷纭
和它的螺旋体,那里面,谁正头戴矿灯,
一层层挖向莫名的尽头。星星,
太空的胎儿,汇聚在耳鸣中,以便

物,膨胀,排他,又被眼睛切分成
原子,夸克和无穷尽?
　　　　　　　　　以便这一幕本身
也演变成一个细胞,地球似的细胞,
搏动在那冥冥浩渺者的显微镜下:一个
母性的,湿腻的,被分泌的"O";以便

> 室内满是星期三。
> 眼睛,脱离幻境……
>
> ——张枣《祖母》

> 车窗外的城市风景日新月异。
> 它们正托运在历史的卡车上,
> 斑驳着我们曾相爱的时光。而我
> 则坐在型号小得多的发动机
>
> 控制的范围内,游手好闲
> 看上去像自己送给自己的礼物。
>
> ——臧棣《访友》

2012年,王家新去山东薛家岛旅行访友,归来以后写下了这首诗。粗看起来,"牡蛎"非常符合欧阳江河对"圣词"的描述,它占据在诗歌符号结构的中心,具有不可移动性,其他词语围绕着它形成了一个完整的诗意空间。但是需要注意的是,不同于前文已分析过的1980年代中"上帝""天鹅"等真正意义上的"圣词",这首诗中的"牡蛎"既非不可经验之神明,亦非对已剥去表象意义的文学神话的直接挪用。它毫无神圣光辉可言,只是诗人在海滨聚餐后的剩余之物,其最终命运很可能是被当作残羹冷炙扔进垃圾桶。也就是说,"牡蛎"作为一个寻常之物,来自诗人的个体性经验,来自其日常生活。但是,它不止于日常语言,它"掰不开",也就是说,在日常语言的认知性惯习之下,它有其不可认知性,即,它作为一个日常之物,构成了对语言本体论装置的隐喻。关注日常语言,并从中创造语言本体论装置,实际上构成了王家新近些年来诗学的转变和动机。作为一种寓言,《牡蛎》意味着,不同于1980年代,1990年代以来的语言本体论，在整体上呈现出对日常经验、日常语言的重视，写作不再是一种居于语言的存在之域的言说，语言的表象价值成为语言本体论装置中不可或缺的组成部分，对于语言的存在价值来说，它不再是非法的，而是命名得以发生的有效契机。

1990年代末，张枣困居德国，在东西方的对话中写下了这首《祖母》，上面所引片段来自该诗的第二部分。抒情主体对物进行了一次显微镜意义上的观看，这种观看方式的主体，正如余旸所说："在思维方式上，则是持科学实证主义人生观的人，带有典型的'西方思维'的特征。"[1]然而有趣的是，通过这种实证主义的观看方式，诗人所抵达的并非一个可见的经验世界，而是抵达了"一切不可见的"，抵达了"冥冥浩渺者的显微镜"，总之，是与经验主义相对的超验主义"幻境"：张枣在这段诗中施展了一次有趣的辩证法，而微观世界与"幻境"的对位法，则构成了语言本体论的话语装置。这节诗的寓言意味则在于，不同于1980年代整体的超验远景式图像，1990年代以来的语言本体论获得了一种微观视野，获得了一种化整为零的经验叙事能力，并以此抵达某种超验幻境。欧阳江河曾有名言："青年时代我们面对的是'有或无'这个本体论的问题，但中年所面对的问题已换成了'多或少'这样的问题。"[2]显然，张枣这节诗的寓意可以对欧式的言论进行纠正，"多或少"这样的经验问题、微观视野，并非与本体论问题相悖，在1990年代以后，微观视野促发了叙事的重要性，但本体论问题并未因此而被放逐。语言本体论在1990年代以后，以微观视野调整、建构着自身，正如肖开愚对诗歌叙事的期待："纵然大同小异的叙事诗造成了拥挤和阅读事故，叙事技巧本身并不应该对此负责，技巧高超的诗人会在他的作品里布置一些秘密的隧道，读者可以随时停下来转入另外的方向。最有才能的诗人会在诗里铺设一些跑道，读者一旦发动起来就可以起飞。这些诗人之所

---

[1] 余旸：《"九十年代诗歌"的内在分歧：以功能建构为视角》，人民出版社2016年版，第88页。
[2] 欧阳江河：《1989后国内诗歌写作：本土气质、中年特征与知识分子身份》，见欧阳江河《如此博学的饥饿》，作家出版社2013年版，第294页。

以在他们的叙事技巧成为时髦的模仿对象后不被困住,得益于他们的综合才能。"①

1996年12月,经过修改的《访友》正式完成,后收入臧棣的第一本诗集《燕园纪事》里,该诗集作为"九十年代中国诗歌"书系的一种,在1998年3月出版。这首诗讲了个访友不遇的故事,尽管与友人之间曾有过许多纠葛,但似乎错过了,就再难回来:这仿佛人从一个时代走入下一个时代。托运在卡车上的历史,显然是一种大历史,是带有整体性和对个人构成集体式消解的历史远景,而对于这种历史形态,"我"则构成了一种异质性的存在,这正如臧棣对诗人位置感的陈述:"在文化形象上,写作主体不再是反叛者,而是异教徒;就像真正的诗歌写作永远与反叛无缘,而仅仅表现为历史的异端一样。"②历史意味着某种压抑,而实际上,每个个体都无法自外于历史,个体是历史褶皱中的一个个结构。在此意义上,言说的契机,正是在于寻找到将个体剥离出历史的可能性,这样的个体,暂时性地与大历史无关,处在一种"型号小得多"的境地里,但是"游手好闲",不为压抑与认知的机械化所累,个人成为一种礼物式的存在,一种认知的惊喜,或曰,成为一次崭新的命名。而此时的个体,则意味着言说从表象价值的包裹中突破出来,获得存在价值。臧棣认为"诗歌是一场自我之战。这是一场秘密的战争,目的是把我们从混账的生活里解救出来"③,而这节诗的寓意正是,个体与历史之间的辩证关系,构成了1990年代以来诗歌中语言本体论的一个模式,在压制性的大历史下,个人寻找着某种剥离,试图借助诗歌,完成一种"历史的个人化"小结构。这一小结构,成为诗歌试图从大历史这一表象中提取之物。值得注意的是,这并不意味着个人对大历史的忽视,

---

① 肖开愚:《当代中国诗歌的困惑》,载《读书》1997年第11期,第95页。
② 臧棣:《后朦胧诗:作为一种写作的诗歌》,载《中国诗歌九十年代备忘录》,人民文学出版社2000年版,第208页。
③ 臧棣:《可能的诗学:得意于万古愁——谈〈万古愁丛书〉的诗歌动机》,载《名作欣赏》2011年第15期,第12页。

而是说,只有正视大历史,个人才有提取出自身小结构的契机。这样的言说方式,契合于陈超的"个人化历史想象力":"应是有组织力的思想和持久的生存经验深刻融合后的产物,是指意向度集中而锐利的想象力,它既深入当代又具有开阔的历史感,既捍卫了诗歌的本体依据又恰当地发展了它的实验写作可能性。这样的诗是具有巨大整合能力的诗,它不仅可以是纯粹的和自足的,同时也会把历史和时代生存的重大命题最大限度地诗化。"[①]

三、回归常态与"及物"问题

日常语言、微观视角、历史的个人化,这三个向度促成了 1990 年代以来诗歌中语言本体论装置的新变。它们虽然彼此之间差异巨大,但是其共性,或者说相比于 1980 年代诗歌中语言本体论装置而显现出的共性,也一目了然:词的表象价值及其所隐喻的外部表象世界获得了合法性。回忆其历程,这合法性的获得固然难得,但这实际上才是语言本体论应有的常态。在 1980 年代特殊的语境下,词偶然获得了物性,这引发了诗歌写作语言本体论狂欢,同时也使得写作忽略了语言的表象价值,从而忽略了真实的物所指涉的外在世界。忽略了表象价值的词语,一方面会在同义反复的模式里耗尽自己偶得的物性,沦为词具,另一方面,随着当代中国现代化的进程,语言本体论的狂欢及其内在封闭性,妨碍了诗歌介入语境的诸多可能性,妨碍了物的丰富性为语言本体论提供的常态化转型契机。习惯于语言狂欢的诗人们对此缺少觉察,这造成的一个后果是,当 1989 年到来时,他们集体性地认为是这一年的一系列事件造成的 1980 年代的结束,造成的 1980 年代语言本体论模式合法性危机,或曰,语言狂欢若不是因为这些事件,理应永远地继续下去,或者至少是个可以在线性时间中无限推迟的乌托邦。这种意识,造成的一个认知成见是,1990 年代提出了一系列诗学策略的调整,比如叙事、及物、介入等,都是对 1989 年的

---

① 陈超:《先锋诗歌 20 年:想象力维度的转换》,见陈超《个人化历史想象力的生成》,北京大学出版社 2014 年版,第 19 页。

应激反应,却没有意识到,1980年代开始的现代化建设,已经为语言本体论由"纯诗构想"平安着陆为辩证装置提供了语境的提示与命名的条件,但很遗憾,诗人们没能及时意识到这一点并抓住机会,导致的结果是,对事物的感觉,对语境的感觉,终止狂欢,对物进行命名的任务,全部积压在了1989年,不同层面的语境本可以条分缕析,分头解决,但莫名其妙看似合情合理地全部糅在1989年这一个点上,事物本没那么沉重,但因为所有的问题都糅作一团,才显得如此"沉重"。实际上,语言本体论并不排斥"事物的沉重",就像波德莱尔并不排斥巴黎肮脏的街道。及物,对于语言本体论来说不是被逼无奈,而是完全可以。然而吊诡的是,这种"完全可以",却被搞成了在"被逼无奈"的状况下才发生。

行文至此,我们便可明了第一节中两段文字的用意:柏桦读波德莱尔《露台》而作《表达》,这意味着1980年代诗歌中的语言本体论装置来自"语言的觉醒";张枣成为上海的女婿而作《大地之歌》,则意味着1990年代诗歌中的语言本体论装置发生了"物的觉醒"。及物的能力,既构成了后者的最重要能力和转变,也使得语言本体论在1990年代以后终于恢复了其常态。对位于卢卡奇意义上"物化"的当代语境,诗人对物之经验的微观化、个人化、日常化,恰好构成了福柯意义上的"反话语",这也促成了1990年代以来诗歌中语言本体论装置在具体赋形层面上的纷繁复杂与可堪玩味,正如雷武铃从希尼那里得出的教训:"精神生活的语言词汇总是简单的贫乏的,物质生活的语言词汇却是无限的丰富。"[①]而本书的问题意识与研究方法,正是要从装置的意义上出发来看待语言本体论,且在此意义上去考察1990年代以来诗歌中,词与物之间纷繁复杂但又内在清晰的面貌与纠葛,并试图为当代新诗研究提供一个值得参考的方法论与切入口。

---

① 雷武铃:《希尼作为一种教育》,载《上海文化》2016年第7期,第72页。

第二章 观念研究

第一节 "匠人"身份与"手艺"观念

一、"手艺"与"技艺"

"手艺"观念其实与语言本体论观念密切相关。对于诗人来说,"手艺"意味着对语言的制作。这即是说,诗歌的写作,是诗人尊重语言的本体论地位而完成的一个富有意义的符号系统。诗人在这过程中并不处在主体的位置上,诗歌的制作过程并不是诗人借助语言而完成对自我的认知,而是诗人将自我纳入语言的不可知性中。1990年代以后,中国当代诗歌在整体诗学策略上看重对表象世界、历史语境的纳入,诗人们对"手艺"的理解往往向经验论层面的技艺偏移,语言的表象价值受到更多关注。然而,在坚持语言本体论的诗人那里,"手艺"意味着一种综合的装置,即,指向日常经验的语言表象价值与指向超越性维度的语言存在价值能够在"手艺"观念中实现一种整合,"手艺"也由此被塑成一种语言本体论话语装置。这也引发了诗人在自我认知上,与"手艺"所对应的"匠人"身份之间的微妙纠葛。而诗人身份感的呈现,也使得"手艺"观念暗含了诗人所理解的诗歌与时代或曰历史之间关系的认知,比如,王家新在写于2000年的《来临》中,就化身为一个"手持剪刀"的人,透过"手艺"

第二章 观念研究

而言说出诗歌与时代之间的某种伦理关系：

> 如今，我已安于命运，
> 在寂静无声的黄昏，手持剪刀
> 重温古老的无用的手艺，
> 直到夜色降临。

1986年，海子22岁，异常年轻，甚至还远未到耶稣传教的年纪。是年6月，他写了一首诗，题目是《让我把脚丫搁在黄昏中一位木匠的工具箱上》，在诗的前半部分中，他想象自己化身为一位"木匠"：

> 我坐在中午，苍白如同水中的鸟
> 苍白如同一位户内的木匠
> 在我钉成一支十字木头的时刻
> 在我自己故乡的门前
> 对面屋顶的鸟
> 有一只苍老而死

而在诗的后半部，诗人则化身为《圣经》中那木匠的"儿子"，那位人子。海子写诗，往往有"大诗"的架构，即使是这首抒情短诗中，也发生了人称与角色的戏剧性转换：

> 就让我歇脚在马厩之中
> 如果不是因为时辰不好
> 我记得自己来自一个更美好的地方
> ……

正当鸽子或者水中的鸟穿行于未婚妻的腹部
我被木匠锯子锯开,做成木匠儿子
的摇篮。十字架

　　这首短诗的主语发生了"木匠"—"耶稣"—"十字架"的三连跳。重要的是,木匠的手艺与耶稣的降生之间构成了密切的关联,"未婚妻的腹部"正在发生孕育事件时,"木匠"也正在用自己的手艺完成"儿子的摇篮"——"十字架"。"木匠"的手艺活被制作出来,是盛装耶稣的摇篮,但耶稣的真实位置是"一个更美好的地方",这就意味着,"木匠"的手艺活在此岸世界构成了对耶稣真实位置的隐喻,很清晰的,它也由此被诗人"制作"成了语言本体论的话语装置。如若仔细思考诗人在这首诗中为自己设定的身份,则会发现,"木匠"意识是最微弱的,海子虽然意识到了"木匠"身份与"手艺"观念及诗歌写作之间的紧密关联,但是,这首诗也清晰展示了,诗人不是"木匠",而是其结果,是"耶稣",是"十字架",总之,不是经验世界中可见之物,而是来自"更美好的地方",也就是说,在海子这里,诗人并不同构于诗歌文本的制作者,而是同构于诗歌的身体本身,二者实现了语言存在(being of language)的合一。当诗歌被"制作"出来时,诗人也并不要退场,而是将自己献祭出来,交付给文本,"木匠"绝非他认同的身份,就像耶稣并非"木匠"的骨血。这正呼应了海子从荷尔德林那里得出的启示:"诗歌是一场烈火,而不是修辞练习。"[1]

　　十年以后,王小妮写了一篇寓言式的随笔,名为《木匠致铁匠》,与海子不同,她将诗人身份认定为"木匠",而且正是耶稣的父亲:

　　木匠只是一个凡人,所以在耶稣呼叫受难的时候,木匠没有感应,他也无能为力。耶稣降生,木匠就消失。

---

[1] 海子:《我热爱的诗人——荷尔德林》,见《海子诗全编》,上海三联书店1997年版,第917页。

诗写在纸上,誊写清楚了,诗人就消失,回到他的日常生活之中去,做饭或者擦地板,手上沾着淘米的浊水。也许,不该专设"诗人"这称号。这世上只有好诗,而没有诗人。①

诗人是诗的制作者,但诗人无法与诗之间存在感应,正如木匠无法感应耶稣的受难。在王小妮这里,诗人不是献祭者,而是一个失踪者。洪子诚说:"她以这样的微妙的细节,写到写诗和世俗生活之间的'亲密无间'"②,失踪者的意思正是,诗人不会跟随诗歌进入语言的存在价值之中,而是与诗之间完成绝对的分离,返回世俗生活之中,与此岸世界的各种物质为伍,就像木匠与他所有尚未被制作成手艺活的木头为伍。在语言本体论装置的意义上,王小妮将诗人身份指认为"木匠",即是说诗人不同构于语言的存在价值,而是同构于语言的表象价值,这与海子的诗人身份意识有着截然相反的差别。但是,如果我们仔细比对王小妮与海子的表述,就会发现,二者之间也存在着巨大的共性:无论献祭还是失踪,诗人的手艺活都是"耶稣"式的存在,它们指向"更美好的地方",或者说,它们都是神在经验世界中的象征物。在这个意义上讲,海子与王小妮尽管差异巨大,但在对"手艺"的理解上,实际上具有高度的契合性,"手艺"指向语言的存在价值,或者说,神的界域。这在认识论上,与1940年代新诗现代主义者们因受到里尔克等诗人影响而培养出的"手艺"观念,如鸥外鸥的"诗工人"观念等,有着清晰的差异。③ 在当代诗歌研究中间,人们经常对"手艺"与"技艺"不做细致区分,基本混同来用,但基于上面论述,我们可以发现,当代中国诗人在使用"手艺"概念时,与"技艺"(这也是其通行之意)有着本质性的不同。实际上,王小妮在这篇随笔中就以寓言的形式,对二者做出过感性

---

① 王小妮:《木匠致铁匠》,见王小妮《随手》,北京大学出版社2014年版,第91页。
② 洪子诚:《诗人的"手艺"观念》,载《文艺争鸣》2018年第3期,第111页。
③ 参见张松建:《现代诗的再出发》,北京大学出版社2009年版,第155页。

的区分：

> 经验和技艺，终于远离了匠人。它们，从来就没有生长在木匠和铁匠的躯干上。没有谁和它们订过终生厮守的契约。只有四肢和头脑，只有头脑里面生长不停的东西，才生来就是自己的。
>
> 手艺是水，水能轻而易举地断流吗？
> 木匠过去用一只眼睛吊线。铁匠用他的左手抓过火炭。现在，他们闭目束手，蓄养精神。他们坐在正生长的树权和正衍变着的石头上。他们的"活儿"像经脉，走动在心里。脱离了形儿的活儿，从这个手指梢，走到另外一个手指梢儿。
>
> 技艺，能使人的饥肠不翻滚，使人的双手不空置。但是，它不能作为一个足够承重的支点。

在王小妮的认知里，"手艺"与"技艺"之别，一望可知。后者具有经验论甚至工具论的意味，而前者，则同构于一种本体论的观念。"手艺"是匠人的四肢和头脑里的东西，是不需要工具和物质条件就能够成立的东西，它类似于西方哲学中本源性的逻各斯，或者说可归于"形而上者谓之道"的表述范畴，甚至也会让人联想到武侠小说中"手中无剑心中有剑"的至高武学境界。尽管"手艺"中必然包含着"制作"这类经验性内涵，但是，我们从王小妮这里得出的认知是，在一些中国当代诗人这里，它某种程度上意味着"反技艺"，不依赖经验论，不依赖表象价值，语言的存在价值就能够借由"手艺"而实现，无论诗人将自己的身份定义为朝向存在之境的献祭者还是返回日常表象中的失踪者。对此问题之自觉，如王小妮者，并不多见，实际上，"手艺"与"技艺"之间的分别，在当代中国诗人中间并未引起足够的注意。洪子诚说，当代诗人不大愿意谈论"手艺","80年代后期,特别是90年代以来,情况发生一些变化,诗人中谈及手艺,以及诗歌技艺的多了起来"①。在多起来的这部分谈论中,诗人们也主要是将重点聚焦在经验论层面的"技艺"上,而"手艺"与"技艺"相差异的那部分,大多数时候总是语焉不详,或者说,它在认知上并未被置于"手艺"的内在范畴中:

> 诗歌写作必须经过训练,它首先是一门技艺,其次是一门艺术。就像其他行当一样,工作过程本身是毫无浪漫可言的。一个画家会对一只鸡蛋反复描画,一个戏剧导演会对他正在排练中的演员反复叫停。在整个艺术领域,最容易让人产生误解的恐怕就是诗歌写作,以为有个灵感,坐下来写就是了。②

> 一个诗人,他可以装扮成思想者、宗教家、愤世嫉俗的人,装扮成见证、担当或声称去介入的角色,但他却不能装扮成语言演奏家。演奏家无法装扮,他得靠考验真诚的技艺来确保。③

西川与陈东东都是在经验论的意义上谈论着"技艺",而相对开阔的"手艺"并未被有效地把握住。批评家雷武铃那篇著名的《与新诗合法性有关:论新诗的技艺发明》也主要是在此层面上谈论诗歌的"技艺"④。那么接下来要面对的问题就是,我们究竟该如何理解"手艺"?它的来龙去脉是怎样的?当代中国诗人们在使用这个能指时,其所指是否暗中发生过重要的变化?

---

① 洪子诚:《诗人的"手艺"观念》,载《文艺争鸣》2018年第3期,第110页。
② 西川:《诗学中的九个问题之我见》,陈超编《最新先锋诗论选》,河北教育出版社2003年版,第285页。
③ 陈东东:《技艺真诚》,见陈东东《只言片语来自写作》,北京大学出版社2014年版,第146页。
④ 此文发表于《江汉学术》(2013年10月),后收于《群岛之辨:"现当代诗学研究"专题论文集》,长江文艺出版社2014年版。另外,该论文集中专有一辑"新诗的技艺、体式与语言",除雷武铃文,里面多篇文章值得参考。

二、"手艺"观念探源

"手艺"与艺术密切相关。在西方的艺术史里,我们今天所说的"艺术"一词,古典文化中并无完全对应的概念。最接近者是希腊词汇"技艺"(techne)以及同义的拉丁语 ars,我们从这拉丁词 ars 中可见如今艺术(art)一词的词源。然而在古代,"技艺"一词的概念相当宽泛,除了艺术外,"它还包括人类掌握的其他技巧、工艺,甚至知识"[①]。具体到诗歌内部,据译者陈中梅在亚里士多德《诗学》中给出的词源学解释,"诗艺"(Poietike)一词原意为"制作艺术",poiein 的意思是"制作",诗人(poietes)是"制作者",而一首诗则是"制成品"(poiema)。由此陈中梅分析道:"从词源上来看,古希腊人似不把做诗看作是严格意义上的'创作'或'创造',而是把它当作一个制作或生产过程。诗人作诗,就像鞋匠做鞋一样,二者都是凭靠自己的技艺,生产或制作社会需要的东西。"[②]写诗不是书写,而是制作,这意味着,词被当成了物质,按照某些特定规则和理性,被制作成诗,而诗人的身份则是匠人。照古希腊人的观念来看,"手艺"即是"技艺",二者并无差别,都是经验论维度的概念。实际上,西方的浪漫主义者们也正是在经验论的意义上理解"手艺",并且因此对其嗤之以鼻。与古风时期人们不同的是,前者基于对经验论的否定,而在"手艺"和"艺术"之间划出了本质性的差异。浪漫主义者们将艺术与天才相连,并不认同艺术家的"匠人"身份,毋宁说,他们眼中的艺术家是超验世界中的神之化身。谢林认为"天才只有在艺术中才得以发挥成其为天才","唯有艺术揭示出永恒的存在";诺瓦利斯在 1798 年写道:"诗歌是真正真实的'绝对',那是我的哲学的核心"[③];雪莱认为"诗拯救了降临于人间的神性,以免它腐朽","诗人是世间未经

---

① 李宏主编:《西方美术理论简史》,北京大学出版社 2017 年版,第 7 页。
② 亚里士多德:《诗学》,陈中梅译,商务印书馆 2017 年版,第 29 页。
③ 谢林、诺瓦利斯之语,转引自茨维坦·托多罗夫:《走向绝对》,朱静译,华东师范大学出版社 2014 年版,第 226 页。

公认的立法者"①；柯勒律治则说"一首诗的这种最普遍最清楚的特点是源于诗的天才本身的"，"真正诗人的作品，在形式上、塑造上和修饰上与所有冒称为诗的作品有所区别，就像一朵自然的花之于一朵人工的花"。② 基于这些观点，艺术与经验论意义上的"手艺"区别开了，诗人对自己天才身份的认定也与尘世的"匠人"区别开了，诚如托多罗夫的概括："一切发生在人世间，然而，一种不可逾越的距离将天才的艺术家，如瓦肯罗德所说的，'这些众人之中稀有的选民'和他们所要为其指明道路的群众分隔开了。艺术不是指手艺达到的某种高度，它是以某种方式对手艺的否定，因为手艺体现了从属，而艺术体现了自由。"③

对于中国当代诗歌来说，其"手艺"观念产生了实质性影响的，则非俄国白银时代女诗人玛琳娜·茨维塔耶娃莫属，爱伦堡对她的谈论以及对她诗歌文本只言片语的引用，究竟如何影响了诗人多多，这已是桩诗坛公案，洪子诚、张桃洲等学者已有文章专论。然而这里首先要触及的问题是，茨维塔耶娃的"手艺"观念究竟是怎样的，这为她带来怎样的诗人身份意识？

爱伦堡在一篇文章中说："茨维塔耶娃关于艺术的诗篇写得最好。她蔑视工匠——写诗者，但也深知，没有激情就没有技巧，所以她很重视手艺。"④1923年2月，茨维塔耶娃身在捷克，但是她的一本诗集由"赫利孔"在柏林出版，名字即是《手艺》(ремесло)。而且，在写于4月20日的一封信中，她向年轻的"评论家"亚历山大·巴赫拉赫解释了"手艺"的含义："当然是歌唱的技巧，是对语言和事业(不，不是事业)，是对'艺术'的调配与挑战。除此之外，我说的手艺意思其实很单纯：就是我怎么样生活，是我平常日子的思考、操劳与欢欣。是

---

① 雪莱：《为诗辩护》，缪灵珠译，见《十九世纪英国诗人论诗》，人民文学出版社1984年版，第155、160页。
② 上面两句话，分别出自柯勒律治：《诗的定义》《诗的本质》，刘若端译，见《十九世纪英国诗人论诗》，人民文学出版社1984年版，第108、111页。
③ 茨维坦·托多罗夫：《走向绝对》，朱静译，华东师范大学出版社2014年版，第227页。
④ 爱伦堡：《玛丽娜·茨维塔耶娃的诗歌作品》，荣洁译，见《茨维塔耶娃研究文集》，译林出版社2014年版，第208页。

我这双手日常的操劳。"①这段话提示出两层意思,其一,与浪漫主义者将手艺与艺术相对立不同,在茨维塔耶娃这里,虽然"手艺"也是一种经验论式的技巧,但是,它与艺术之间是有着紧密关联的,没有"手艺"的调配,也就没有艺术的存在。这意味着,茨维塔耶娃的艺术观念迥异于浪漫主义者的灵感观念,而是具有更为综合的认知态度。她在一篇名为《诗人论批评家》的诗学随笔里就曾专门批评过将手艺与灵感进行二元对立的"平庸观念"(обывательщина)②。其二,对手艺与日常生活之关系的认识,使得茨维塔耶娃并不局限在词的内部去理解诗歌,而是要在物的维度上去理解。实际上,茨维塔耶娃绝非一个纯诗论者,而是一个非常自觉且卓越的将物之经验经由"手艺"而纳入词之言说的诗人。据爱伦堡回忆,茨维塔耶娃初入诗坛时,正是俄国象征主义走向极端的时候(如勃留索夫的创作),茨维塔耶娃对此表示过激烈的反对。③ 因此,她的"手艺"观念便包含着对日常经验进行关注与提炼的意识。

对"手艺"的理解,决定了茨维塔耶娃与浪漫主义诗人之间存在着本质性的不同,正如洪子诚所说:"将茨维塔耶娃塑造为风情万种的浪漫诗人,不能让人信服。"④然而在对诗人身份的认知上,茨维塔耶娃与浪漫主义诗人之间存在相关性。这表现在诗人相对于经验世界的异端面貌与独孤的主体性感觉上。

---

① 安娜·萨基扬茨:《玛丽娜·茨维塔耶娃:生活与创作(中)》,谷羽译,广西师范大学出版社2011年版,第452页;另外,茨维塔耶娃《手艺集》出版后,受到了一些评论家的关注和回应,其中,亚·巴拉赫拉的评论最具分量,这让茨维塔耶娃非常感动,因此,二者开始通信。

② 茨维塔耶娃原话为:"和智慧一样,愚蠢也是多种多样的……例如,一方确信:'根本没有什么灵感,只有手艺。'马上得到另一阵营的回击:'根本没有什么手艺,只有灵感。'两方的观念同样平庸。诗人丝毫不会受其中任何一种观念的影响。他人的话中有显而易见的谎言。"[Тупость так же разнородна и многообразна, как ум...... Так, например, на утверждение: "никакого вдохновения, одно ремесло", - мгновенный отклик из того же лагеря (тупости): "никакого ремесла, одно вдохновение" - все общие места обывательщины. И поэт ничуть не предпочтет первого утверждения второму и второго - первому. Заведомая ложь на чужом языке.]见 Цветаева М. И. Поэт и время // Собрание сочинений в 7-х тт. Том 5, М.:《Эллис Лак》, 1994. C278.

③ 参爱伦堡:《玛丽娜·茨维塔耶娃的诗歌作品》,荣洁译,见《茨维塔耶娃研究文集》,译林出版社2014年版,第204页。

④ 洪子诚:《〈玛琳娜·茨维塔耶娃诗集〉序:当代诗中的茨维塔耶娃》,载《文艺争鸣》2017年第10期,第130页。

浪漫主义诗人总体上以天才自居,这意味着他们蔑视经验世界,而将自己列入彼岸神明的序列中。茨维塔耶娃的自我认知也存在着与经验世界的矛盾:"从前和现在,哪个诗人不是黑人?"爱伦堡说:"她总感觉自己是个流亡者、被抛弃的人……她觉得,她的世界就是一座岛屿,在别人眼中她总是一个岛民。""她想生活在人群中,可是做不到。"这样的主体性感觉,为她带来了巨大的孤独感。因为与浪漫主义将超验世界当作自己的领域不同,茨维塔耶娃非常看重经验世界,也正是因此,她才会如此看重"手艺"。但是,身在经验世界,她又感觉到自己格格不入,这为她带来莫大的孤独感,这一点上,她的精神底色与浪漫主义诗人之间具有共性,但是时代不同,面对经验世界的方式不同,书写的"手艺"自然就有不同,用她的话说,诗人是要完成"时代的订货"(Заказ времени)[①]的,这意味着,在她的理解里,"手艺"与时代感或者说历史感是密切相关的,虽然都感到孤独,但是时代的差异注定了,她与雪莱之间有着不同的"手艺"观念:"茨维塔耶娃从未把自己装扮成浪漫主义时代的主人公,她和他们一样感到孤独、矛盾和困惑。各种建筑材料,木头或是大理石,花岗岩或是钢筋混凝土,与建筑的风格变换有关,而写作手法则与时代相关。茨维塔耶娃不像雪莱出生在1792年,她出生在一百年之后。"[②]

三、多多与骆一禾的"手艺"观念

据宋海泉回忆,1970年底,他在白洋淀见到一个年轻小伙子,"圆胖脸、留寸头,长着一对招风耳、满脸憨厚笑容",友人介绍说:"这是大淀头的栗世征。小名毛头,喜欢哲学。"[③]此人便是后来著名的诗人多多。也正是这憨厚的小伙子,在三年后的1973年,写了一首非但不憨厚,而且十分大胆的诗,名为《手

[①] Цветаева М. И. *Поэт и время* // Собрание сочинений в 7-х тт. Том 5,М.:《Эллис Лак》,1994. C338.

[②] 爱伦堡:《玛丽娜·茨维塔耶娃的诗歌作品》,荣洁译,见《茨维塔耶娃研究文集》,译林出版社2014年版,第205页。

[③] 宋海泉:《白洋淀琐忆》,见刘禾编《持灯的使者》,广西师范大学出版社2017年版,第240页。

艺——和玛琳娜·茨维塔耶娃》：

> 我写青春沦落的诗
> （写不贞的诗）
> 写在窄长的房间中
> 被诗人奸污
> 被咖啡馆辞退街头的诗
> 我那冷漠的
> 再无怨恨的诗
> （本身就是一个故事）
> 我那没有人读的诗
> 正如一个故事的历史
> 我那失去骄傲
> 失去爱情的
> （我那贵族的诗）
> 她，终会被农民娶走
> 她，就是我荒废的时日……

有趣的是，读过这首诗，我们会发现，除了题目以外，全诗没有一处在谈论"手艺"，可以说，这首诗所说的"手艺"，其所指不是经验论上的技巧，而就是艺术，或曰诗本身。诗人借由这个词所期望确认的，与其说是对诗歌技艺的自觉，不如说是对诗歌本身以及诗人身份意识的自觉。张桃洲说："这首《手艺》不是对茨维塔耶娃诗歌方式和观念的简单模仿与应和，而是力图表达作者关于诗歌、诗歌与时代、诗歌与自我等命题的独特理解。"[①]此语所言不差，然而详

---

① 张桃洲：《诗人的手艺》，见张桃洲《语词的探险》，社会科学文献出版社2012年版，第269页。

细了解过茨维塔耶娃的"手艺"观念后,此处需要分辨的一点是,这首《手艺》中传达出的诗学意识与诗人身份意识,与茨维塔耶娃之间实际上存在着密切的精神关联。多多这首诗传达出诗歌作为一门手艺(此处其所指不是经验论上的技艺,而是本体论上的艺术),与时代之间的错位感,或者说,诗歌是时代的精神异端式的存在,相对于被时代的权势所规定出的道德价值,诗是不贞的,是冷漠的,是被人遗弃的("没有人读的诗"),是"荒废时日"的,这样的认知,实际上正是呼应了茨维塔耶娃面对经验世界的"孤岛"之感,呼应了她"哪个诗人不是黑人"的惊人反问。由此而来,多多借由"手艺"为自己确认的诗人身份,并非"匠人",而是与茨维塔耶娃相似的孤独者、弃儿、流亡者、异端……诗人持着"手艺",存在于时代中,但迥异于时代。在语言本体论装置的意义上讲,多多在这首诗中所持的"手艺",并非要匠人式的去处理语言的表象价值,或者说关注经验世界中具体而纷繁的物,而是居于语言的存在价值之中,以一种远景的、总体的目光而确认诗人身份以及与时代的关系。在语言本体论装置的意义上,骆一禾的"手艺"观念与多多相似,也是指向一种本体论认知,而非经验论自觉,比如他写于1986年的《手艺与明天》:

> 在你的面前
> 我只能是一门古朴的手艺
> 因为我不是延展的技艺
> 我是谋生的整体
> 要倒下便都倒下
> 要睡眠便沉沉地睡去
>
> 你美丽的肉体永不泯灭
> 正因为它转瞬即逝

张桃洲曾指出过"手艺"的另一层意思:"它保持着与'手'有关的一种古老劳作的神秘品性,从而显得隐晦、超然、深邃。"①骆一禾这首诗里"古朴的手艺"便是如此,它不是"延展的技艺",不是经验论上的技艺,而是"谋生的整体",与"你"所隐喻的语言的存在价值之间存在着一种呼应关系,这"古朴的手艺"来自远景之中,它要为诗人确认的,不是对诗歌技艺的自觉,以及因此而来的对语言表象价值的提炼技术的自我修养,而是,它提醒诗人,手艺所要做的,就是对"你"的呼应,就是对语言的存在价值的本体性呈现,与多多的"手艺"观念相同,骆一禾这首诗中的"手艺"仍然并不强调甚至忽视经验论层面的技艺,而只是在整体上对诗的一种认识论与本体论言说。由此而确认的诗人身份也不是匠人,即,不是对语言的表象价值精雕细琢、精心提炼的语言巧匠,而是居于语言的存在之境中的超验者。这一点也呼应前文中,海子诗歌中展露出的诗人身份意识。

四、1990年代诗歌中的"匠人"

在1990年代以后,诗人的"手艺"观念发生了一些有趣的变化。正如前文中王小妮的随笔所传达出的那样,诗人在1990年代以后能够以匠人身份自居,可以说姿态上低了很多,由此而来,诗人的"手艺"观念发生了一次重要的分裂,这个词的所指从之前多多、骆一禾他们那里的"艺术""诗"的同义词转变成了经验论技艺的同义词。这种所指的迁移,内在于语言本体论话语装置的调整:诗人们的"手艺",不再只是古老、神秘的持存物,不再只是同构于语言的存在价值;诗人们的"手艺",是对语言的表象价值进行提炼的技艺自觉,并由此抵达语言的存在价值,诗人不再是一劳永逸的超验者,而是需要不断施展"手艺"的匠人。

西渡写于1998年的名作《一个钟表匠人的记忆》中,就将抒情主人公设定

---

① 张桃洲:《诗人的手艺》,见张桃洲《语词的探险》,社会科学文献出版社2012年版,第269页。

第二章 观念研究

为一个手艺超群的"钟表匠":

> 很多年我再没见她。而我为了
> 在快和慢之间楔入一枚理解的钉子
> 开始热衷于钟表的知识。在街角
> 出售全城最好的手艺:在我遇上
> 我的慢之前,那里曾是我童年的后花园

记忆即是技艺。在这首诗里,叙事的能力,或者说处理记忆的能力,则构成了这位"钟表匠"的"手艺",在这个意义上,这首诗具有了语言本体论装置的意味。具体而言,"钟表匠的手艺"在于调节时间快慢的技艺,他因其"手艺"而成为全诗叙事的实际操控者,这意味着"钟表匠的手艺"与叙事者的技艺合在一起,成为诗歌中的语言本体论装置。诚如臧棣所说:"这首诗表面上是从回顾的视角描述一个钟表匠的成长过程,但实际上却是探讨作为一种叙事经验的内在的历史图式。钟表匠这一形象在这里所起的作用,不仅仅是角色意义上的,而更像是一种普遍经验的特殊的透析装置。钟表匠的记忆不是被动地接受历史给他的印象,而是带有强烈的主观色彩,他用他的记忆来对抗历史给个人造成的普遍的压力。"[1]因为有了叙事的技艺,时间对于诗人来说不再是一种整体性的压力,或者说不再对立于语言的存在价值,而是成为言说的契机,随着时间之流而消逝的经验,都可以被诗人的技艺有效整合、提炼,纳入语言本体论的装置,经由此种技艺,叙事成为一种元叙事,获得了本体论的意义,而诗人,则在这本体论装置中化身为一个匠人,面对时间,有着卓越的"手艺"和足够的自信。这首诗诞生于1998年,而实际上,1995年以后的西渡便已获得了这样的时间意识和技艺自觉:"1995年底我写了《寄自拉萨的信》。在这首诗

---

[1] 臧棣:《记忆的诗歌叙事学——细读西渡的〈一个钟表匠的技艺〉》,载《诗探索》2002年第Z1期,第57页。

里,时间已不再是可怕的、难以驯服的对手,而变成了写作的同谋——它使我的诗歌视野变得开阔起来,一种新的写作的曙光出现了。"①

以西渡这首诗为代表,在1990年代以来的一些优秀诗作中,"手艺"真的成为一种更为成熟的语言本体论装置,诗人重视且获得了经验论意义上的技艺自觉,经验世界成为诗人感兴趣的制作材料,文本外的诗人施展着自己精湛的诗歌手艺,从而将自己"制作"进文本内部,文本外的手艺人与文本内的手艺人里应外合,结成一个语言本体论装置。与多多、骆一禾等前代诗人不同,其结果,一方面是写作与外在经验之间达成了有效的配合,词与物的关系有了新的调整,另一方面,是诗人的"手艺"观念中,经验论技艺的层面获得了足够的重视,"手艺"成为诗人们显性的写作意识与方法论自觉,而不再局限于本质论上的持存。在这两个方面上讲,"技艺通神"成为1990年代以来许多诗人对"手艺"的自觉追求,而在这些诗人中间,臧棣便是技艺卓越的一位,他在一篇访谈中曾说:"技艺是一种让写作获得魅力和力量的方式。对阅读而言,技艺还可能是一种道德。"②有趣的是,在他写于1995年的《木匠活》中,便如西渡一样,完成了一次手艺人的里应外合,在由此而生的语言本体论装置中,"手艺"正如他所说,经由叙事,介入了道德,形成了一种叙事伦理:

> 女的的确喜欢购物。好像为此
> 还打过心理咨询电话。男的
> 却没认真买过一样东西,只是
>
> 认为在那里可以遭遇真正的美人。
> 某一天,像是我还活着;

---

① 西渡:《时间的诠释》,见西渡《草之家》,新世界出版社2002年版,第327页。
② 臧棣:《假如我们真的不知道我们在写些什么……——答诗人西渡的书面采访》,见《从最小的可能性开始》,人民文学出版社2000年版,第275页。

第二章 观念研究

> 他们打听到：我喜欢木匠活，
> 对于制作一向出手不凡。
> ……
> 其实很简单，对于我所精通的，
> 实在算不了什么。他们要求我
> 制作一幅永恒的镜框，
> 好使那些照片中至少有一张
> 能够在他们在世时永不褪色。

实际上，诗人将抒情主体设定为一个匠人，其用意正是在语言本体论装置的意义上提示我们，在这首诗，即这个由叙述制成的语言符号系统中，存在着多层意义空间，在语言表象价值所引导的这个经验性叙事之外，其实还存在着一个本体性的意义维度，而诗中的"匠人"正是这一入口的看门人。他之所以被设定为一个匠人，意思是他在叙述中的制作行为最大限度地同构于叙述之外那个制作着这个符号系统的制作者，二者形成了文本内外的对位。因此，我们在阅读这首诗的叙事时所得到的，就不仅是其表象价值所带来的这个道德叙事，还是关于这首诗的符号系统如何被制作成的这个语言本体论问题。这呼应了乔纳森·卡勒在《结构主义诗学》中的看法："如果诗歌能读作对于诗本身问题的探索，那么这种诗歌就是有意义的。"重要的是，二者之间并不存在孰高孰低的问题，都是这符号系统中真实存在的意义层面。如果我们只认同其中一种，那么其结果将正如克里斯特娃所说的，"每一种意义的设立都是对文本及其多义性的一种损害"。

因此，在1990年代以来的一些诗歌中，"手艺"观念实现了语言本体论装置上的综合。在诗的制作过程中，面对着一个个词，诗人像匠人一样，精心挑选，精心琢磨，当一首诗完成时，它既是抵达了语言的存在价值之物，又与经验世界之间形成了有意义的对位法——文本内的匠人对位于文本外的诗人。有趣的是，在最极端的情况下，诗人直接将自我取消，诗中的制作者直接显现为诗本身——张枣1994年在《与茨维塔耶娃对话》的那节广为人知的诗中写道：

  诗，干着活儿，如手艺，其结果
  是一件件静物，对称于人之境

第二节　对位法装置与对话性伦理

一、"玻璃工厂"与"词的飞翔"

  1987年夏，"青春诗会"在山海关举办，其中一天，诗人们白天去参观了秦皇岛市的玻璃厂，夜里，因女诗人李晓梅急病住院，欧阳江河就与王家新一起去医院看护。夜很深了，王家新困得不行了，然而欧阳江河却突然来了灵感，就在王家新递给他的烟纸上写下了一首早期名作的初稿[①]。这首诗的初稿，据欧阳江河当面回忆，大概是十分钟完成，如若属实，堪称神速，其"灵感"来源，则正是当日白天去玻璃厂参观的经历，所以名为《玻璃工厂》，里面有这样几行，足见欧氏在当时已有了语言本体论意识，并且与1980年代的整体诗学策略相当契合：

  透明是一种神秘的、能看见波浪的语言，
  我在说出它的时候已经脱离了它，
  脱离了杯子、茶几、穿衣镜，所有这些
  具体的、成批生产的物质。
  ……

[①] 这段故事，参王家新：《我的八十年代》，见王家新《塔可夫斯基的树》，作家出版社2013年版，第248页。

> 语言就是飞翔,就是
>
> 以空旷对空旷,以闪电对闪电。①

在彼时的欧氏那里,正弥漫着一股他在 1990 年代初便迅速抛弃的"青春气息",追求"飞翔""空旷",言说与现实物质之间存在着对立关系,语言的任务是脱离物质,脱离表象价值,进而抵达存在价值。这一年,欧阳江河 21 岁。巧合的是,75 年前的 1912 年,俄国诗人曼德尔施塔姆也正值 21 岁,他写于是年的《巴黎圣母院》结尾,则传达出与欧氏的"青春气息"迥异的诗学观念,显得更为成熟——也不知是俄国诗人遭遇"中年危机"太早,还是中国诗人的"青春期"太漫长:

> 巴黎圣母院,我愈是沉迷于
>
> 琢磨你的顽固性和你磅礴的穹顶,
>
> 便愈是渴望:有一天我也将
>
> 携带这不善的重负,创造出美。

曼氏这节诗传达出的诗学观念,显然更为接近欧阳江河在 1993 年那篇雄文中对"中年写作"的阐述:"只有事物的短暂性才能使我们对事物不朽性的感受变得真实、贴切、适度、可信。"②而到了 2012 年,欧阳江河在长诗《凤凰》中有几行诗与《玻璃工厂》中所引几行之间形成清晰的呼应与差异,昭示了其朝向"中年"旅行的进程:

---

① 据敬文东猜测和比对,欧氏这首诗的几处核心表达与蔡其矫、林一安翻译的聂鲁达《马楚·比楚高峰》之间存在着可疑的模仿痕迹,该长诗第一句便是"从空旷到空旷,好像一张未捕获的网"。确实非常相似。但敬文东也说:"即便如此,《玻璃工厂》仍然带有强烈的欧阳江河的个人色彩。"参见敬文东:《从唯一之词到任意一词:欧阳江河与新诗语言问题》,东荡子诗歌促进会出品,2017 年,第 18 页。

② 欧阳江河:《1989 后国内诗歌写作:本土气质、中年特征与知识分子身份》,见欧阳江河《如此博学的饥饿》,作家出版社 2013 年版,第 296 页。

为词造一座银行吧，

并且，批准事物的梦幻性透支，

直到飞翔本身

成为天空的抵押。

欧阳江河对"词的飞翔"问题看法的变化，会让人联想到他在谈论格伦·古尔德弹奏巴赫《哥德堡变奏曲》时提到的消极奏法（1955年版）与积极奏法（1981年版），前者"只考虑音乐的内在意义，而不把这种意义与外在世界加以对照和类比"，后者则"是对话的产物……将主体对生命和世界的体验带入音乐的内在语境，作两相辉映的呈现"。[①] "对话"，确实是公认的1990年代诗歌整体上的诗学策略，且昭示了与1980年代的差异，后者是一种"独语"。事实上，"独语"与"对话"的差异，也带来了诗歌发声学上的差异。对于1980年代整体诗学策略，敬文东说："高音量带出来的可能后果之一就是独白，但这种特殊的独白又是穿着面对众人发言的外衣来表现自己的。"与此不同，1990年代的诗歌，则"俯身低飞……也把音量降了下来"[②]，两个年代的诗歌在发声学上的差异由此可见一斑。"降低音量"确实成为1990年代以来许多诗人、诗作的内在发生机制。但是对于在诗学意义上进入1990年代且并未放弃语言本体论意识的诗人、诗作来说，与其说是"降低音量"，不如说是调整了发音策略，其结果是，在他们的写作中出现了两条或者更多来自不同音域的音轨，它们同时演奏，却产生了精妙的对位，由此而来，1990年代的语言本体论便形成了一种借自作曲理论的"对位法装置"。重要的是，对于这一点，诗人们颇具自觉，且在诗中极具本体论意识地言说这一装置，比如臧棣那首仅看标题就昭示了此

[①] 欧阳江河：《格伦·古尔德：最低限度的巴赫》，见欧阳江河《黄山谷的豹》，辽宁人民出版社2013年版，第172、173页。

[②] 敬文东：《追寻诗歌的内部真相》，见敬文东《守夜人呓语》，新星出版社2013年版，第137、140页。

种装置意义的《低音区》中有如是诗句：

> 可以想见，救护车的鸣笛
>
> 不止一次引诱过
>
> 　　　　天神手中的雷霆。

二、对位法与不纯诗

据专业的音乐研究论文所述，对位法（Counterpoint）一词，源自拉丁文"contrapunctus"，最早出现，是在十四世纪论述复调音乐创作的理论著作中。在西方早期（中世纪）音乐的记谱法中，从音符的形状来看都可以把它称为"点"，因此当时一个音符对着一个音符的写作就是"点对点"（punctus contra punctum），即"音符对音符"之意。在后世音乐家们那里，它逐渐被引申为"曲调对曲调"。对位法是研究两个或两个以上旋律线条同时结合的技术和理论，在创作上尤其重视各声部旋律的独立、流畅、律动与呼应，同时纵向上又能构成和谐的效果。它是多声复调音乐最主要的创作手法。[①] 对位法作为复调音乐的创作手法，与和声之间存在着重要的差异："对位与和声（harmony）是对等的，而特点刚好相反，和声追求的是纵向的发展，除了一条主要的声部外，其他的声部以特定的和声结构辅助这条主要的声部。'对位法'以和声学为理论基础，即根据一定的规则以音对音，将不同的曲调同时结合，使各声部既和谐又相对独立，从而使音乐在横向上保持各声部本身的独立与相互间的对比和联系，在纵向上又能构成和谐的效果。对位中众旋律各不相同，相互独立，但又彼此和谐互不冲突。"[②]

对位与和声的差异，既揭示出了对位法内在的音乐特征，又揭示出了其内

[①] 参裴钰：《西方早期对位技法：从中世纪到巴洛克时期的演进》，西安音乐学院硕士学位论文，2017年，第1页。

[②] 许晓琴：《对位批评：音乐"对位法"的精彩变奏》，载《小说评论》2010年第2期，第196页。

在蕴含的诗学意义与伦理学。与和声的单一主体性不同,对位法承认多个主体的对等性,这些主体以有效的方式被组织在一起,形成一个和谐而复杂的发声机制,彼此之间不是森严的主从关系,而是平等的对话关系。正是因为这样的内在诗学与伦理学特征,促使音乐上的对位法成为许多其他领域竞相借鉴的话语装置。在人文科学领域,精通音乐的萨义德便受到对位法的启发,提出了"对位批评"的概念,其意在面对西方文学、艺术文本时,能够不以西方中心论的目光介入批评,而是在西方视野这一批评线索之外,平等地加入后殖民视野或者所谓"东方主义"视野,二者在批评中形成如音乐作曲般的对位法,以此破除帝国主义在文化上长久渗透所形成的葛兰西式"文化霸权",能够在一种足够丰富的视域下打量研究对象中实际存在的丰富性:"文化与帝国主义都不是静止不动的。因此,它们之间的历史联系是能动的、复杂的。我的主要目的不是把它们分开,而是联系起来。我对此感兴趣主要是由于哲学与方法论的原因,即:文化形式是复合的、混合的、不纯的。"[①]

认识不纯的事物,自然需要同样不纯的目光,这也构成了某种对位法。1990年代整体诗学策略的"不纯"已是常识,追寻语言本体论的诗人们同样内在于这"不纯"之中,并且,音乐上的对位法也如同启发萨义德一样启发了他们,语言的表象价值与存在价值在他们的诗中构成了一个个"对位法"装置。而且不仅仅在由启发而来的隐喻意义上,在比较理想的时候,它会在诗中"出镜",成为文本中一个显性的语言装置,就如"手艺"在1990年代一样"里应外合":

鹤
不只是这与那,而是
一切跟一切都相关;
三度音程摆动的音型。双簧管执拗地导入新动机。

[①] 爱德华·萨义德:《文化与帝国主义》,李琨译,三联书店2016年版,第17页。

第二章 观念研究

> 马勒又说,是的,黄埔公园也是一种真实,
> 但没有幻觉的对位法我们就不能把握它。
>
> ——张枣:《大地之歌》(1999)

在同一首诗中,张枣写道:"人是戏剧,人不是单个",这呼应了"一切跟一切都相关",具有如此言说意识的诗人,对诗歌必然持有"不纯"的认知,在这个意义上,张枣的语言本体论在1990年代以后呈现了其丰富性,这与《镜中》时期相比,展示了思想的成熟度。这首《大地之歌》的创作灵感,实际上就与音乐密切相关,它是与德国作曲家古斯塔夫·马勒的交响曲《大地之歌》之间发生的一次同题书写,在这个意义上,二者也构成了某种对位法。仔细打量的话,这首诗也如交响乐一样,塑造了多重对位,比如语言与音乐、东方与西方、古典与现代、历史与言说等。从语言本体论装置的角度去看,最密切相关的对位法便是"重建大上海"这物之焦虑与"仍有一种至高无上"这词之真实之间构成的对位法,二者在1990年代语言本体论装置的意义上构成了语言的表象价值与存在价值之间的对位,但重要的是,二者并非以敌对的方式完成对位。正如张枣承认"黄埔公园也是一种真实",因此,对位法要做的工作不是对这种真实的取消,而是把握。围绕着对位法,这节诗获得了这样一个逻辑,即,如果不放在对位法装置中去打量,那么"黄埔公园"的真实恰恰成了一种不可知,这意味着对它的取消,只有引入与其对位的另一极,对其真实的认知才是可能实现的。在这个意义上,"黄埔公园"所隐喻的语言的表象价值与"鹤"所隐喻的语言的存在价值之间,在语言本体论上构成了对位法装置。关于"鹤"这一意象,张伟栋谈道:"它不是我们这个时代要努力搭建之物,它如同里尔克的'天使'一样,是已经遗弃的,被抹平的;它不是我们时代的基座:资本、技术、权力和欲望所搭建的'新'事物,而是远在这个时代之外的,'充满生机的关联和灵巧'的白昼法则所肯定的,所守护之物。"[①]也就是说,"鹤"是某种幻觉,是词与物分离以后,词永

[①] 张伟栋:《当代诗中的"历史对位法"问题》,载《江汉学术》2015年第1期,第79页。

远丧失并不断梦幻着的那个回归,在张枣甚为推崇的美国诗人华莱士·史蒂文斯那里,这个幻觉,是一种想象力,是一种"最高虚构"(the Supreme Fictions),是"必要的天使"(the Necessary Angel),而且,它与"黄埔公园式的真实"密不可分:"不仅是想象力依附于现实,现实也同样依附着想象力,二者的互相依存才是本质性的。"①

正如把握黄埔公园的真实是困难的,鹤的显现也是困难的,诗中精心构造的对位法,在绝对意义上讲,只有二者同时显现的时刻,才是对位法完成的时刻,在张枣看来,这样的时刻,这种回归的完满时刻,只能是瞬间性的,这个瞬间,二者真正在对位法装置中实现了对话,它是时间的暂停,更是语言的暂停,下一秒,语言在本体论意义上的回归就又烟消云散了,正如福柯所讲的,在词与物分离以后,这种回归的忧郁理想已成为现代文学语言的宿命。这种语言的暂停,也会让人想到伽达默尔在谈论荷尔德林时所说的"梗塞"状态:"如此几乎是梗塞地一再寻找语词,而寻找又总是一再绝望地中断。""这不是一种熟练的方式,不从所谓继承的、继承发展的音调出发,而是试图将他们自身被挤压的表述新的远景的无能力驱入语词——并且能做到"②对位法完满的瞬间,就是诗人"做到"的瞬间,张枣诗中的"暂停"则如是显现:

  指针永远下岗在12:21,
   这沸腾的一秒,她低回咏叹:我
  满怀渴望,因为人映照着人,没有陌生人;
  人人都用手拨动着地球;
  这一秒,

---

① Wallace Stevens, *The Necessary Angel, Collected Poetry & Prose*, Literary Classics of the United States, 1997, p. 663.

② 汉斯-格奥尔格·伽达默尔:《美学与诗学:诠释学的实施》,吴建广译,北京大学出版社2013年版,第41页。

至少这一秒,我每天都有一次坚守了正确

并且警示:

仍有一种至高无上……

三、 对话性伦理

对位法的完满,意味着对话之难的短暂克服,在这一瞬间里,"人映照着人,没有陌生人",人与人之间进入了一种互相辨认的状态,这本质上是一种对话关系。张枣正是一个格外推崇对话性的诗人,其毕生倾力的诗学追求之一便是汉语性与现代性的对话。在完成以对话性著称的《与茨维塔耶娃对话》一年以后,他接受南德电台的访谈时曾说:"真的,我相信对话是一个神话,它比流亡、政治、性别等词儿更有益于我们时代的诗学认知。不理解它就很难理解今天和未来的诗歌。这种对话的情景总是具体的、人的,要不我们又回到了二十世纪独白的两难之境。"[①]"独白"与"对话"的分别,构成了 1990 年代之前与之后整体诗学策略的差异,第一章中谈论的"圣词",本质上也内在于"独白"的精神之中,它居于诗歌的中心,具有不可移动性,其他词语围绕着它而结成一个完整的符号体系,它的存在,实际上是对其他词语声音的取消。而对话性的符号体系则是对"圣词"的取消,每一个词在诗中有着自己的忧患,也因此在不停移动中葆有发声的权力,每一个词都不会想当然地以为自己是诗中的权威,自己的声音是诗中的唯一正确,而是,每一个词都始终在以自己的喉咙而寻找着与其他词对话的契机,如此对位而成的混合声音才是诗的正确,才是一种"至高无上"。在这个意义上讲,词的对话性中还包含着一种对话性伦理,在这个意义上,列维纳斯对于语言的本质的与对话性之间关系的论述非常值得赞赏:"语言的本质存在于自我与他人之间的关系的不可逆性中,存在于主人之与其作为他者和外在性的地位相一致的支配性之中……对话者并不是一个

[①] 陈东东:《亲爱的张枣》,见陈东东《我们时代的诗人》,东方出版社 2017 年版,第 173 页。

你,而是一个您。他在其主宰性中启示出来。因此外在性与支配性一致。因此我的自由就被一个可以为其授权的主人所质疑。于是,真理、自由的至高无上的运作,就变得可能了。"[1]"对话者"作为他者,是"我"的主人,他对"我"的自由保持着授权与质疑的权力,这看起来对"我"来说太过严酷,二者也不是平等对位的关系,但实则不然。"二战"以后痛定思痛,因主体性爆棚而释放出的野兽,造成了不可估量的创伤与灾难,这同构于张枣口中"二十世纪独白的两难之境"。在此语境下,对话性伦理之所以可能,就在于他者的权威必须被保护,并以此对"我"的自由进行限制与质疑;唯其如此,对话性伦理的实现才是可能的,也唯有对话性伦理的实现成为可能,语言的本质,或者说同构于张枣《大地之歌》结尾处的"至高无上"才成为可能。

对话性伦理,指引我们返回到1987年,欧阳江河《玻璃工厂》中几行非常残酷的诗:

> 石头粉碎,玻璃诞生。
> 这是真实的。但还有另一种真实
> 把我引入另一种境界:从高处到高处。

"石头"与"玻璃"之间所隐喻的残酷关系,正是列维纳斯思考对话性伦理时面对的语境。列氏想要的,也正是去保护"石头"。对话性伦理意味着,"玻璃"的诞生并不能以对"石头"的取消为代价,正如语言的存在价值之获得,不能以对语言的表象价值之取消来实现。不平等的对位法不是对话,仍然只是独白而已,遗憾的是,欧阳江河式的残酷,在1990年代以后仍然延续着:

> 除非心碎与玉碎一起飞翔,

---

[1] 伊曼纽尔·列维纳斯:《总体与无限:论外在性》,朱刚译,北京大学出版社2016年版,第80页。

除非飞翔不需要肉身，

除非不飞就会死；否则，别碰飞翔。

"不需要肉身"的飞翔，正如"不需要飞翔的肉身"一样，本质上都是一种独白。在此意义上，"飞翔"被暗中偷换为一个不可移动的"圣词"。从《玻璃工厂》到《凤凰》，欧氏诗歌的语言表面上学会了容纳外在经验，但其本质一直是巴赫金意义上的"单向度话语"，实际上仍然带有巨大的强制性。诚如宋琳所说："只有当对话成为诗性言说的一项原则被重新发明出来，那种强制性的话语方式才真正失效了。真理只有在对话中存在，在万物的互相吸引中以咏唱的方式流淌出来。"① 对位法与对话性，无论在语言本体论装置还是外在伦理维度上，都昭示了克服强制性话语的努力。然而强制性话语取消了对话，带来了单一性，就像"圣词"在不可移动中取消了其他词发声的权力一样。敬文东曾以"词语的直线原则"辛辣而幽默地揭示了欧阳江河的"单向度话语"："单一性意味着词语在同一个高亢之音的指挥下，以齐步走甚或正步走为方式，被匀速推向某首诗的结尾处——匀速是一种没有表情，或表情呆滞的速度。这种情形，塑造了词语在速度上的同一性：他喝令所有的词语彼此身高一致、腔调同一，虽然它们看起来好像都是独立的，都是有个性的。"② 匀速的语言便是不具备荷尔德林意义上的"梗塞"的语言，它制造不出语言的暂停，因为单向度话语中不存在"两人平等相遇之惊诧"的可能性。在这个意义上讲，"凤凰"就构成了欧阳江河诗中最大的圣词，它虽脱胎于一件装置艺术品，但在他的诗里，"凤凰"实际上同构而非对位于当下时代的景观社会。以这样的认知出发，即使制造出对位，也只能是伪对位；即使营造出对话，也恐怕还是对话之取消：

---

① 宋琳：《俄尔甫斯回头》，北京大学出版社2014年版，第4页。
② 敬文东：《从唯一之词到任意一词：欧阳江河与新诗语言问题》，东荡子诗歌促进会出品，2017年，第34—35页；另外，敬文东这段话明显呼应了罗兰·巴尔特在其《法兰西学院就职演说》中对"语言权势"与"士兵规训"之间这一符号学问题的谈论。

不闻凤凰鸣,谁说人有耳朵?

不与凤凰交谈,安知生之荣辱?

但何人,堪与凤凰谈今论古。

第三节 日常生活与日常语言

一、由"及物"到"日常生活"

1990年代以来,将外在现实纳入语言("及物")的要求,成为新诗写作的一个普遍性要求。换句话说,"及物"的要求,成为诗学意义上的"九十年代诗歌"的一个内在抱负和任务。诗人、批评家们与此相关的谈论多如牛毛,下面谨举几例:

> 有关诗歌写作的艺术纯洁与历史真实命运之间关系的复杂性和"悖论性",事实上已被充分揭发。诗的写作者基于自身生存处境对这一"两难"问题的思考,和在写作态度、方式上的调整,已是近年来重要的诗歌事实。[①]

> 让诗歌写作进入生活和世界的核心部分,成人的责任社会。在正常的文学传统中,这应当是一个文学常识,停留在青春期的愿望、愤怒和清新,停留在不及物状态,文学作品不可能获得真正的重要性。[②]

[①] 洪子诚:《如何对诗说话》,见王家新、孙文波编《中国诗歌九十年代备忘录》,人民文学出版社2000年版,第244页。

[②] 肖开愚:《九十年代诗歌:抱负、特征和资料》,见《学术思想评论》,辽宁大学出版社1997年版,第226页。

> 它是某一知识气候最强有力和不可推翻的"见证",是有出处的、可援引的、有收藏价值的那一时代社会人心最重要的一个案例……①
>
> 进入90年代以来,先锋诗在这方面最重要的动向,就是致力强化文本现实与文本外或"泛文本"意义上的现实的相互指涉性。②

而在"及物"的具体实现方式上,1990年代以来的新诗要介入的历史语境或曰表象世界,与之前要对抗或者要祛除的结构性大历史之间存在着深刻的不同。在这个意义上,"历史的个人化"成为1990年代以来诗歌介入历史时,在整体上呈现出的具体方法论形态。臧棣认为"历史的个人化和语言的欢乐"是九十年代诗歌的两大主题③,陈超也将先锋诗歌想象力维度在1990年代的转型概括为"个人化历史想象力",凡此种种,都意味着1990年代以来,诗人最直接的历史感都来源于与个人最密切相关的那部分经验中,但这并不是说结构性大历史因此被写作所放弃,而是说,要对结构性大历史有所把握,其前提必须是对"历史的个人化"率先有效把握。实际上,"历史的个人化"中必然包含着结构性的大历史,如何从前者中有效提取出后者,则也构成了对诗人的重大考验。诚如耿占春所说:"正像压制性的因素倾向于取消真实的个人存在也倾向于取消历史真实性一样,要抓住匿名的、某一瞬间的个人经验中的历史质量是极为困难的。哈维尔曾说过没有一种历史尺度的私人生活是一个表象和一个谎言。"④

---

① 程光炜:《九十年代诗歌:另一意义的命名》,见《学术思想评论》,辽宁大学出版社1997年版,第210页。
② 唐晓渡:《九十年代先锋诗的几个问题》,见《辩难与沉默:当代诗论三重奏》,作家出版社2008年版,第92页。
③ 臧棣:《90年代诗歌:从情感转向意识》,见王家新、孙文波编《中国诗歌九十年代备忘录》,人民文学出版社2000年版,第246页。
④ 耿占春:《一场诗学与社会学的内心论争》,见《辩难与沉默:当代诗论三重奏》,作家出版社2008年版,第51页。

由此出发，我们可以看到，对"历史的个人化"构成最典型解释性的个人经验领域便是"日常生活"(Everyday Life)。重要的是，如果仔细考察，我们会发现，无论在诗歌文本内部还是诗人们的谈论中间，"日常生活"都构成了一个非常核心的言说对象和关注对象。孙文波在一篇访谈中将生活指认为写作的前提[①]；无独有偶，最具纯诗意识的陈东东也强烈表达了对日常生活的重视，这无疑极具说服力："那种以自身为目的的写作由于对生活的放逐而不可能带来真正的诗歌。诗歌毕竟是技艺的产物，而不关心生活的技艺并不存在。"[②]

在文化研究的视域下，"日常生活"是一个非常重要的问题。抛开胡塞尔、许茨、海德格尔等人不谈，仅是将"日常生活"当成一个对象来进行的认真研究，就形成了一个"日常生活批判"学派，此中代表从西方马克思主义先驱卢卡奇算起，还包括其学生阿格妮丝·赫勒，著名的亨利·列斐伏尔，以及米歇尔·德·塞托、费瑟斯通等。这些人都受到马克思主义的影响，因此，他们进入"日常生活"的路径，在整体上都呈现为对消费景观、资本主义逻辑及相关内容渗透、侵入"日常生活"所展开的批判。

在列斐伏尔看来，"日常生活"一方面受到资本与权力的侵蚀，崇尚工作伦理与消费景观，成为压抑与异化的受害者与同谋者，另一方面，日常生活中又暗藏着闲暇与节日，这又对前者构成了奇迹性的消解[③]。可以说，他眼中的"日常生活"是一个如蛇噬身般的存在，是异化与反异化之间极具痛感的恶性循环："我们工作，用工作挣来我们的闲暇，闲暇仅有一个意义：离开工作。"[④]总之，在列斐伏尔那里，"日常生活"压抑又解救自己，一个身体中，两种价值相悖又无法分离，构成了一个现代性的辩证图像。因此，列斐伏尔对艺术的期待不

---

① 孙文波：《生活：写作的前提》，见王家新、孙文波编《中国诗歌九十年代备忘录》，人民文学出版社2000年版，第255页。
② 陈东东：《诗的写作》，见陈东东《只言片语来自写作》，北京大学出版社2014年版，第168页。
③ 参考亨利·列斐伏尔：《日常生活批判·第一卷》，叶齐茂、倪晓辉译，社会科学文献出版社2018年版，第30页。
④ 同上注，第37页。

是"借用日常生活来美化日常生活"①,由此成为与资本和权力相同构之物,而是能够从日常生活异化的褶皱中提取出某种奇迹性的因素。诚如陆扬所说:"日常生活平淡如水,平庸刻板,但是平庸当中可能有奇迹闪现。故艺术和日常生活的关系,要害当在于日常生活的蛛丝马迹中发掘言所不能言的革命意义,而不是随波逐流于'审美'的时尚化和市场化趋势。这是法国哲学家亨利·列斐伏尔的日常生活批判,旨在阐说明白的一个主题。"②

二、 日常生活之诗

"日常生活"已经成为1990年代以来诗人们重要的言说对象,而且,如果我们深入研究他们的诗歌文本,就会发现,"日常生活"的内在辩证性也已经为诗人们所重视。因此,面对"日常生活"这物之经验,"发掘言所不能言的革命意义与奇迹性因素"这一艺术任务,在他们的文本中,有时候指向对某种创伤幽灵的哀歌式发掘;有时候又如日常生活颂歌般,指向微小的神祇。西渡在其2010年出版的诗集《鸟语林》中有两首诗,就分别指向"日常生活"这两种向度:

> 衣服一件件脱去,暴露出苍白
> 的肌肤:那些日常的仇恨在我们
> 身上留下了多么丑陋的印记
> 现在,让我们一起去教训那些留在
> 室内的人们吧,我要在自己身上唤醒
> 另一种饥饿,划向日益明亮的奇迹
>
> ——《日常奇迹》(2002)

---

① 参考亨利·列斐伏尔:《日常生活批判·第一卷》,叶齐茂、倪晓辉译,社会科学文献出版社2018年版,第31页。
② 陆扬:《日常生活审美化批判》,复旦大学出版社2012年版,第5页。

> 而你一直是他们暗中的领袖
> 噢,你这小小的幸福的家神
> 美好得像一个人
> 我因你而知道,为什么
>
> 木头的中心是火
> 大海深处有永不停息的马达
> (那五十亿颗心脏的合唱)
> 宇宙空心的内部一直在下雨
>
> ——《微神》(2008)

在《日常奇迹》里,"日常生活"对抒情主体造成了丑陋的创伤,隐藏在日常之褶皱中的压抑与平庸之恶都是这创伤的来源。这造成了言说与日常之间巨大的紧张感,这种紧张感则使得这首诗具有了哀歌的品质。在语言本体论装置的意义上看,被丑陋创伤覆盖的身体,就构成了语言的表象价值,然而诗人想要追求的不止于此,而是要从自己身上唤醒"另一种饥饿",并以此指向"奇迹","唤醒另一种饥饿"在文本中就构成了朝向语言的存在价值的方式。诗人所要抵达的语言之境,不是停留于日常造成的创伤表象(尽管这已经昭示了批判,不是艺术对现实的锦上添花了),而是从这表象中提取出"言所不能言"的价值,它超越语言表象价值的边界,以哀歌的方式诉说着对"奇迹"的渴望。而《微神》的闲适与颂歌式语调,无疑与前者之间构成了鲜明的对照。诗人在普通的日常生活中寻找着"小小的幸福的家神",整个言说语调毫不痛苦,让人感到惬意,然而诗人最后抵达的境地不是这一室之内的温暖,而是一个惊涛骇浪、风起云涌的所在。它从"日常生活"中提取,但远超其界域:这首颂歌最终抵达的,是语言的奇迹之境。将这两首诗比照来看,其共性在于,无论哀歌还是颂歌,无论创伤还是闲适,无论丑陋还是美好,诗人期望的,都是要从日常生活中提取出奇迹性的因素,从语言的表象价值中提取出语言的存在价值。日常生活的内在辩证,促成了真正对其有所会心的诗歌文本的内在辩证。诗人提取出的奇迹,从日常生活的安稳、恒常性逻辑中挣脱,又往往昙花一现,具有严格的当下性。由此,借用阿兰·巴迪欧的概念,它成为语言的一个事件:"事件决定了某个东西是真理,并明显具有价值,而这个东西在之前的逻辑中,只是局限在不可确定和毫无价值的国度之中。"①在巴迪欧看来,也只有这样的事件,才能界定真正的生活:"无论在什么环境中,真正的生活就是在选择中、在距离中和在事件中的当下。"②

在一些其他的情况下,诗人的言说未必是从"日常生活"中提取出奇迹性因素,而是提取出不同类型的启示,这些启示也使得诗人的言说驶向了语言的存在价值。在这个意义上,张枣、王家新、臧棣的写作为我们提供了三种不同的启示性路径。1994年,张枣在《而立之年》中写道:

是什么声音呢,哑默地躲在
日常之神的磁场里?
……
　　　　玻璃窗上的裂缝
铺开一条幽深的地铁,我乘着它驶向神迹,或
中途换车,上升到城市空虚的中心,狂欢节
正热闹开来:我呀我呀连同糟糕的我呀
抛撒,倾斜,蹦跳,非花非雾。

张枣对自己想要的启示类型,有着自觉的意识:"我试图从汉语古典精神

---

① 阿兰·巴迪欧:《思考事件》,见《当下的哲学》,蓝江、吴冠军译,中央编译出版社2017年版,第31页。
② 同上注,第13页。

中演生出现代日常生活的唯美启示的诗歌方法。"①以其信仰的汉语性来演生"日常生活",这表明张枣拥有自觉的对"日常生活"进行语言本体论化的意识。"日常生活"对他来说,与其说是复杂、辩证的时代图像,不如说是微妙、唯美的汉语传统氛围,它不具有辩证性,而是具有本质性。在这个意义上讲,张枣的"日常之神"不需要提取,实际上就是"日常生活"本身,这两个能指,分享着同一个所指。在语言本体论装置的意义上,张枣的"日常生活"不是语言的表象价值,而就是语言的存在价值,诚如余旸所说:"这种日常生活性是相关于微妙的,相关于'永恒'的。"②张枣想从"日常生活"中找到的启示,是抽空了其中暗藏的结构性大历史与异质性喧哗之后,对这纯诗般的日常生活中所隐藏的纯粹、永恒的"非日常"声音的追问。可以说,面对"日常生活",张枣采取的是将语言的表象价值存在化的语言本体论策略,这意味着,他不需要从表象价值中去提取存在价值,而是,表象价值本身就是存在价值。

而臧棣则正相反,他采取的策略往往是将语言的存在价值表象化。比如1997年的《菠菜》与2006年的《芦笋丛书》:

如此,菠菜回答了
我们怎样才能在我们的生活中
看见对他们来说
似乎并不存在的天使的问题。

——《菠菜》

正如你猜想的:生活的黑板
还颠簸在路上,还要过几小时

---

① 张枣:《销魂》,见《张枣随笔选》,人民文学出版社2012年版,第28页。
② 余旸:《"九十年代诗歌"的内在分歧——以功能建构为视角》,人民出版社2016年版,第65页。

才会运到此地。你还有机会
捏一下悠悠自我,从天赋中
拔去一些杂毛,给反骨播放
一段语录:不炖出个样子来,
就不给天堂回信。

——《芦笋丛书》

这两首诗里,出现了两个同构性的词汇:"天使"与"天堂",在1980年代的语言策略里,它们往往指向语言的存在价值,是诗中的圣词。然而在这两首诗中,我们清晰可见,它们既不居于符号系统的中心,也不具有不可移动性,而是,它们的位置岌岌可危,被其他词所质疑,也只有处在这种被质疑的境地中,它们才能在诗中获得位置感和有效的意义。张桃洲在谈论《菠菜》中的"天使"时说:"'天使'是一种非人间的、高踞于现实生活之上的飞翔物,诗人从菠菜绿色的单纯性,联想到一种如'天使'般的生活'形象'及生活方式的单纯性,这种过于单纯的生活'形象'和生活方式,显然是诗人所要'回避'和抵制的。"[①]《芦笋丛书》也是一样,"天堂"对日常生活构不成决定,而是日常生活"炖出个样子来"以后对"天堂"进行回信,"天堂"才有获得其位置感。因此,臧棣这里的语言本体论策略是,诗人将语言的表象价值当成存在价值来书写,追求的是存在价值的表象化,张桃洲说《菠菜》是一首日常生活的赞歌[②];《芦笋丛书》无疑也是一样:这意味着,"日常生活"本身,对于言说就构成了某种奇迹性因素。

王家新近些年的写作发生了很多有趣的变化,其中最值得关注的一点,便是他由以前高昂峻急的抒情音调转入对日常生活的沉默书写。我们通常会认为,王家新的写作具有超强的政治性与现实介入感,因此与语言本体论并无密切关系。而事实上,这样的看法一方面窄化了语言本体论的内在丰富性,另一

---

① 张桃洲:《日常生活之歌》,见张桃洲《语词的探险》,社会科学文献出版社2012年版,第277页。
② 同上注,第278页。

方面也窄化了王家新写作的内在丰富性。前一方面暂且不论,对于王家新的创作来说,语言本体论意识实际上自1980年代以来,就并未从他的写作中缺席。他最早的评论文集《人与世界的相遇》,其核心主题正是诗人需要确立语言本体论这一语言意识的问题,这样的语言观在其早期诗歌如《蝎子》等中有清晰的体现。王家新对此有着清晰的自觉:"大概从80年代后期起,我就开始关注'词'的问题……这种'对词的关注',不仅和一种语言意识的觉醒有关,还和对存在的进入,对黑暗和沉默的进入有关。这使一个诗人对写作问题的探讨,有了更深刻的本体论的意义。"①这一时段的王家新,诗歌语调并不高昂峻急,而是一种面对沉默的言说,其语调的变化,实际上是因1990年代后,其诗学发生的巨大转向而来。具体来讲,便是历史以闯入者的身份闯入他的诗歌中。但是,历史的闯入并不意味着他对语言本体论的放弃,正如他谈论其代表作《瓦雷金诺叙事曲》时所说:"历史的闯入'并没有使这种关注'转向',而是具有了更大的纵深度和包容性。'词'不再是抽象的了,它本身就包含了更大的纵深度和包容性。"②

2004年,王家新在京郊的乡村路上,偶遇一卡车羔羊。它们若放在田园牧歌中,会是多么安静、祥和的意象。然而这次,它们被装上卡车,运往屠宰的路上。王家新就在这路上,与这群待宰羔羊的眼睛相对视:

> 我从来没有注意过它们
> 直到有一次我开车开到一辆卡车的后面
> 在一个飘雪的下午
> 这一次我看清了它们的眼睛
> (而它们也在上面看着我)

---

① 王家新:《"走到词/望到家乡的时候"》,见王家新《雪的款待》,北京大学出版社2010年版,第27页。
② 同上注。

> 那样温良,那样安静
> 像是全然不知它们将被带到什么地方
>
> ——《田园诗》

这次对视,会让我们回忆起1987年《蝎子》中的那次对视:"与蝎子对视/顷刻间我就成为它脚下的沙石。"然而相形之下,与羔羊的对视无疑应和了王家新1990年代诗学转向后的主张,词不再是抽象的,或者说不再是"纯诗的",而是具有了历史的质量。但另一方面,这种历史质量的获得,又不是如《瓦雷金诺叙事曲》中闯入式的、高昂的方式来完成,而是以日常语言的低音、对日常生活的表象化言说而实现的。这首《田园诗》在语言表象上,只是一次对诗人眼中所见的表象化叙事,然而正是从这样的叙事中,诗人提取出了暗藏其中的存在价值。重要的是,提取的方式,不是言说,而是沉默:诗人除了叙述自己与羔羊的对视之外,没有再渲染任何额外的事情。然而这维特根斯坦意义上的"语言边界外的沉默",正是诗人要去抵达之处。与臧棣一样的是,王家新这首诗也是在以将语言的存在价值表象化的方式完成言说,但并不满足于将日常生活的表象当成存在,由此书写日常生活的赞歌,而是如张枣一样,要从中提取出某种超越性的启示。张枣要从日常生活中提取出唯美启示,而王家新则是要提取出"日常生活的创伤启示",但提取的方式,必须是以沉默而质朴的表象化方式实现,诚如他谈论匈牙利犹太作家凯尔泰斯·伊姆莱时所说:"在凯尔泰斯的作品中没有'控诉',也没有任何刻意的渲染,他只是以其切身的经验和非凡的历史眼光把'奥斯维辛'还原为一种极其'质朴'极其'正常'的存在状态。它不再只是历史上的黑色文献了,因为神话的挖掘者已把它变成了一种更广大的'无形的命运'。"[①]以日常语言而揭示存在之痛,这可以对王家新近些年发生的最新诗学转向构成很好的概括。在这个意义上讲,这首《田园诗》中

[①] 王家新:《是什么在我们身上痛苦》,见王家新《塔可夫斯基的树》,作家出版社2013年版,第222页。

的目光具有了很强烈的视觉政治隐喻意味,羔羊的目光温良、安静,但是其中隐藏着毁灭与杀戮,由此,王家新暗中将这次对视,塑造成了日常生活的辩证图像;此外,这首诗的辩证性还在于,席勒在《论素朴诗与感伤诗》中将"田园诗"这一介于两者之间的诗歌类型概括为"对纯洁无瑕和幸福人性进行的诗的描绘",它是一种"静止的境界",然而王家新这首"田园诗",在不动声色中暗藏着哀歌式的元素。对于这一点,他曾说"这就是我们当代的田园诗":这样的"田园诗",无疑是从日常生活中提取出的创伤启示,是当代日常生活的辩证图像。

深入探究过这三种启示类型后,我们会发现,张枣的语言是典雅的、书面的,它来自汉语古典传统的甜美,而臧棣与王家新所使用的语言,是典型的日常语言,它具有与当下时代共振的特点。其实,何为日常语言,它有何内在特点,这也是值得研究的问题。经过研究后,我们会发现,如日常生活一样,日常语言也构成了一种辩证图像。

三、 日常语言

维特根斯坦的语言哲学出发点是"语言的边界即是世界的边界",但是如何定义语言,他在前后期发生了重要的转变。前期维特根斯坦围绕《逻辑哲学论》,所确定出的语言是被逻辑、形而上学规划出来的语言,并认为这样的语言中蕴含着语言的实质。而后期维特根斯坦在《哲学研究》中,将日常语言确定为他想要的语言,认为虽然日常语言中充满错误与非理性的因素,但是比逻辑化的语言更能接近语言的本质。诚如他所说:"我要对语言有所说,我就必须说日常语言。"[1]因此,他将日常语言的非理性、悖论性与游戏性特征指认为语言的实质。然而在西方马克思主义哲学家眼里,后期维特根斯坦所推崇的日常语言,在众生喧哗的特征之中又包含着被权势所压抑的同一性维度。因此,

---

[1] 路德维希·维特根斯坦:《哲学研究》,陈嘉映译,上海译文出版社2012年版,第57页。

它又被视为稳定、单义、庸常、清晰的存在。列斐伏尔说:"日常话语承担了一个重要功能:翻译成为一般语言……日常话语构成了一个陈述流。每一个词汇牵扯出一系列词汇,它们作为'一些内涵'附加到文字的外延上。人们只愿意相信,日常生活仅仅使用这个外延:猫是猫。实际上,内涵大量存在,而且溢出了外延,这并非意味着真有一部编撰好的日常生活修辞学存在。"[1]在列斐伏尔这里,日常语言是单义性的语言,"猫是猫"意味着罗兰·巴尔特"拉辛就是拉辛"式的同义反复(tautology),其众生喧哗的外在表象中暗含着权力的压抑性机制。阿格妮丝·赫勒在其《日常生活》中也将日常语言视作同质化的语言:"在日常生活的异质化复合体中,所有东西都可以以语言为媒介而被思考,因此能够同质化。'所有东西都是可思考的',等于说'所有东西都是可说的'。"[2]

综合以上观点,我们可以发现,日常语言的在内悖论性,也使其如日常生活一样,构成了一个辩证图像。臧棣在《菠菜》、《芦笋丛书》中使用日常语言时,偏重其感性、游戏的一面,由此将日常语言写成日常生活颂歌;而王家新在《田园诗》中则将日常语言受压抑的边界之外的沉默以日常语言为表象而呈现出来,并由此提取出日常生活的创伤启示。除了他们之外,还有很多诗人注意到日常语言的两副面孔,在不同的言说契机里,他们分别面对不同的面孔进行不同的言说,日常语言成为诗的讨论对象。重要的是,无论以哪副面孔进入讨论,诗人们都从对日常语言的讨论中提取出语言的存在价值。比如在翟永明1996年的《小酒馆的现场主题》中,面对日常语言在酒馆中的众生喧哗,试图提取出一种超越性的美学力量;而在欧阳江河1989年的《快餐馆》中,面对日常语言的单义性,诗人试图"越界",以"词的复义"来解除日常语言的同质化状态。诗人们关注日常语言,这本身指向1990年代诗歌中语言本体论话语装置

---

[1] 亨利·列斐伏尔:《日常生活批判·第三卷》,叶齐茂、倪晓辉译,社会科学文献出版社2018年版,第599页。

[2] 阿格妮丝·赫勒:《日常生活》,衣俊卿译,黑龙江大学出版社2010年版,第154页。

的调整。而在进入日常语言这一问题域时,诗人们的处理方式,则会让我们想到米歇尔·德·塞托在论及日常语言时所说的话:"既然我们无法'脱离'日常语言……只剩下这样一个事实:即在自身之内而非之外成为陌生人……"①

一杯烈酒加冰端在
一些男人的手里　正如
一些烈焰般的言辞　横在
男人的喉咙
他们中间的全部
渴望成为幻觉的天空
偶尔浮动　显现、发射出美学的光芒

——《小酒馆的现场主题》(1996)

词汇表如窗帘下垂,室内的气氛
散布在脸上,幽暗而动人,但并不照耀。
让我撩开那些越界的,任意搭配的
词的复义,察看写作和饮食的真实环境,
读物,建筑物,往返其间的文明人。

——《快餐馆》(1989)

---

① 米歇尔·德·塞托:《日常生活实践》,方琳琳、黄春柳译,南京大学出版社2015年版,第67页。

第三章 母题研究

第一节 "镜子"

一、纳蕤思神话与"镜子"母题

"镜子"是现代诗歌传统中间非常重要的艺术母题。它在原型意义上,可追溯到那喀索斯(纳蕤思)临渊照影的神话。1890年12月,法国人瓦雷里与纪德同游蒙彼利埃植物园中的水仙墓①,前者写下了长诗《水仙辞》,后者写下了诗化散文《纳蕤思解说——象征论》,后在1920至1930年代,经由梁宗岱、张若名、卞之琳等人的译介,纳蕤思神话对1930年代中国现代派诗人们在理解自我、语言、艺术及其相互关系等问题上,产生了深远的影响:水中的影像,既是自我,又是自我的他者式幻象;水中的影像,象征了超越现实世界之后所抵达的超验艺术乐园;水中的影像,又意味着,对艺术乐园的抵达,需要诗人自我临渊自照、孤寂内省,在对自我影像的沉思中形成一个封闭的自恋循环结构。

---

① 这水仙墓的主人,是十八世纪英国诗人爱德华·杨(Edward Young)的女儿纳西莎(Narcissa)。此事见吴晓东《临水的纳蕤思:中国现代派诗歌的艺术母题》,北京大学出版社2015年版,第4页;另外,也可参美国学者朱迪斯·瑞安《里尔克:现代主义与诗歌传统》,谢江南、何加红译,上海人民出版社2011年版,第244页,页下注75。

诚如吴晓东所说:"正像纳蕤思自己的影像是虚幻的一样,他所追寻的乐园同样是幻象的存在,乐园只不过是一个象征图式。但恰在象征的意义上,纳蕤思的形象构成了对艺术家的一个完美的隐喻。"①纳蕤思的神话,在瓦雷里那里意味着"诗的自传",诗歌与一切外在目的无关,它只是指向自我合目的性的实现。在语言本体论的意义上,纳蕤思神话所象征的,正是语言以自身为目的,挣脱语言的表象价值,忧郁地追求语言的存在价值,因为后者同构于那个超验的艺术乐园。

"镜子"作为艺术母题,也具有与纳蕤思神话相同的内涵。事实上,许多现代主义诗人在书写"镜子"时,都会邀请纳蕤思出场,二者可以说形影不离,虽然它们本质上讲都属于影子的行列。让·斯塔洛宾斯基《镜中的忧郁》深刻分析过波德莱尔的忧郁与镜子之关系,在波德莱尔看来,镜像意味着最高的艺术真理,但是这真理脆弱而短暂,凝结着永恒与转瞬即逝的辩证图像,这种辩证便是忧郁的来源:"在真理的镜子面前,娇媚是无意义的,其反映是不持久的。没有比这更深的忧郁了,它面对着镜子,出现在不可靠、缺乏深度和无可救药的虚荣面前。"②

1922年2月,里尔克在穆佐古堡完成了其长诗《致俄尔甫斯的十四行》,其中第二部第三首为著名的"镜子十四行",诗人在诗中思索"镜子"纯粹的本质,并召唤出了那喀索斯的身影:

> 明镜:人们从未谙熟地描绘,
> 你们本质里是什么。
> 你们就像时间的间隙——
> 布满纯粹的筛眼。

---

① 吴晓东:《临水的纳蕤思:中国现代派诗歌的艺术母题》,北京大学出版社2015年版,第12页。
② 让·斯塔洛宾斯基:《镜中的忧郁》,郭宏安译,华东师范大学出版社2012年版,第69页。

第三章 母题研究

......

可是最美的那个会留驻,直到
清澈消溶的那喀索斯
在彼端嵌入她已被收容的脸庞。

在纯粹本质的层面上,"镜子"与那喀索斯结为一体。镜中空间与那喀索斯一样,具有不可触摸的纯粹性,指向了那虚幻、脆弱的超验艺术乐园,指向了语言的存在价值。朱迪斯·瑞安在分析这首镜子十四行时指出,镜中的空间、那喀索斯的形象,其中潜藏着里尔克对诗歌本身使命的理解:"逃离现实进入镜子空间,特别是被寓言化了的艺术或诗歌王国。"[1]"镜子"作为母题,构成了对纯粹、超验艺术王国的指涉。按照波德莱尔的看法,这镜子中的世界充满了忧郁,是不存在的存在,是不可言说的言说。这样的"镜子"观念也出现在里尔克的言说之中。在《致俄尔甫斯十四行》第二部第一首开头,里尔克写道:

呼吸,你——不可见的诗!
始终为谋求自己的存在
而纯粹被交换的宇宙空间。

在现代诗歌语言观念里,"不可见的诗"正是诗歌的纯粹本质和语言的忧郁理想,而朝向这本质与理想进行不可言说的言说,则使得语言在本体论的意义上趋近了语言的存在价值。正如这节诗中"纯粹"一词所揭示的,诗歌所追求的,是挣脱了现实世界的超验艺术乐园,而"镜子"作为艺术母题,正是对此纯粹性的隐喻。正因如此,里尔克在紧接着"镜子十四行"的下一首诗中,就写

---

[1] 朱迪斯·瑞安:《里尔克:现代主义与诗歌传统》,谢江南、何加红译,上海人民出版社2011年版,第244页。

到了独角兽,它纯粹且在现实世界中"固然不存在",便正好出现在镜中世界里:

> 它固然不存在。却因为她们爱它,
> 就有了纯洁的兽。她们总是
> 留下空间。在保留的清晰空间里,
> 它轻轻抬起头,几乎不必存在。
>
> 他们饲养它不用谷粒,
> 总是只用或然性,它应在。
> 这或然性赋予它如此强力,
>
> 使它从前额长出一只角。独角。
> 洁白的兽走近一位处女——
> 映在银镜中,映在她心中。

这独角兽是只"乌有之兽",据里尔克本人注释称,"独角兽具有古老的、在中世纪一直备受推崇的贞节含义,据说它(对于凡夫俗子是非存在物)一旦出现,它就在处女为它捧着的'银镜'中"[①],凡夫俗子不可见之物,只能存在于镜中的世界里。镜中的世界,纯粹而忧郁、完美而短暂,排除了外在现实世界的纷扰与不洁,它在本质上不可见亦不可言说,作为诗歌的艺术母题,它构成了对语言的存在价值的完美指涉。吴晓东在《临水的纳蕤思》中专辟一章,分析了"镜子"作为艺术母题,在1930年代中国现代派诗歌中的呈现,总体上看,1930年代中国现代派诗歌中的"镜子"也是指向那个纯粹的艺术世界,诗人在

---

① 里尔克、勒塞等:《杜伊诺哀歌中的天使》,林克译,华东师范大学出版社2005年版,第92页。

对镜自照式的主体性沉浸中忽视了外在世界,形成了自我与镜像之间封闭的自恋循环。然而在中国新诗中间,不独1930年代,在1980年代以来的当代新诗中,"镜子"也构成了一个重要的艺术母题,许多当代诗人对其进行过充满诗学自觉的书写,而且重要的是,在不同时段,当代诗人们对"镜子"的认知态度与书写方式发生了一些重要的变化,其中也暗藏着语言的表象价值与存在价值之间关系的调整,因此,"镜子"作为艺术母题,在当代诗歌中间,便获得了语言本体论的研究价值与意义。

二、从"镜中反叛"到"砸碎镜子"

从1983至1986年间,张枣求学于重庆沙坪坝歌乐山下的四川外国语学院,当是时也,诗人柏桦已从广州毕业,也在重庆,住在北碚区。在此期间,二人交游频繁,谈诗论艺,"口中的织布机奔腾不息",很有种曹子建诗句"亲交从我游"中所传达出的知音感觉。有了对诗歌的自我积累和与友人的切磋琢磨,"写作已箭一般射出,成熟在刹那之间"[①]。1984年10月,22岁的张枣写出了著名的《镜中》,此后作为其代表作迅速传诵于诗坛,这也使他获得了"张镜中"的雅号。实际上,张枣最初对此诗的好坏并无把握,而是更为看重写于同一时期的《何人斯》。而且,他曾想过将《镜中》的"皇帝"一词删去,但经过柏桦的建议与肯定,这首诗便有了如今的面目,可以说,《镜中》是中国当代新诗乃至中国新诗中间知名度最高的诗作之一。

　　只要想起一生中后悔的事
　　梅花便落了下来
　　比如看她游泳到河的另一岸
　　比如登上一株松木梯子

[①] 柏桦:《张枣》,见宋琳、柏桦编《亲爱的张枣》,江苏文艺出版社2010年版,第39页。

  危险的事固然美丽

  不如看她骑马归来

  面颊温暖

  羞涩。低下头,回答着皇帝

  一面镜子永远等候她

  让她坐到镜中常坐的地方

  望着窗外,只要想起一生中后悔的事

  梅花便落满了南山

  张枣可以说是当代汉语诗人中间最著名的语言本体论者。他不愿意以工具论的方式去理解语言,而是将诗人视作语言的命名者,或者与语言之间发生本体性追问的现代写作者。正是因为如是看待鲁迅的《野草》,张枣才将其视作中国新诗发生的源头。在谈论《野草》中的命名问题时,张枣有如下观点,很能彰显其语言本体论意识之内涵:"每个事物里面都沉睡着一个变成词的、可以表达人类生存愿望的词,这个词是与物联系在一起的,我们唤醒它的时候,它就变成了词,也就是一支好听的歌。所以我们在说这个语言的时候,我们不是在说它的实用意义,不是说语言是社会人用于表达和交流的工具,这是斯大林对语言一个非常浅薄的定义……语言是人类生存的家园,这是一个对人最关键的定义。"[①]在这首诗里,张枣对"镜中"世界的言说,显然不是语言实用意义上的言说,或者说,这首诗的目的并不在于要向我们传达什么信息或者道理,而是恰恰相反,它昭示了语言对这实用意义的反叛,诚如钟鸣所说,这首诗"是一场深刻的反叛","对封闭的语言机制和为这语言机制所戕害的我自身"的反叛。[②] 钟鸣所谓之"封闭语言机制"同构于语言的实用意义,它在词与物关

---

  ① 张枣:《张枣随笔选》,颜炼军编选,人民文学出版社2012年版,第127页。
  ② 钟鸣:《笼子里面的鸟儿和外面的俄尔甫斯》,见钟鸣《秋天的戏剧》,学林出版社2002年版,第52页。

系上意味着语言挣脱外在世界、抵达存在价值之无能,而"镜中"的言说,恰好与此迥然相异。正如里尔克的"镜子"指向了超验纯粹的艺术乐园与语言的存在价值,张枣在1980年代的"镜中"也同样"朝向语言的纯粹",这首《镜中》因此获得了清晰的纯诗意味:"张枣所做的,正是一种使语言达到简洁、纯正和透明的努力。与那种彩绘和堆砌的风格相反,张枣去掉了那些附加于诗上的东西,拂去了遮蔽在语言之上的积垢,从而恢复了语言原初的质地和光洁度。"①无论是钟鸣所说的"反叛",还是王家新所说的"拂去积垢",这都意味着,"镜子"作为母题,容纳了张枣在1980年代对语言本体论的认知,即,诗歌是对语言实用性的反叛,诗歌语言是与外在世界无关的纯粹语言。

1992年,张枣在一封给钟鸣的信中曾谈及其语言本体论观念,他不满足于中国式的"言志"和西方式的"模仿",他认为这两者都未能摆脱语言的实用性,并试图以其诗歌来超越二者,这同构于钟鸣的"反叛"。重要的是,张枣认识到了这种语言意识的内在危险性,由此而言:"或许这是不可能的,正如人不可能超越任何生存方式,但欲去超越的冒险感给予我的诗歌基本的灵感。"②

张枣所说的"危险感",在这首《镜中》里有显性的文本支持。正如"危险的事固然美丽"所暗示的,语言的存在价值、纯粹的艺术王国无疑是美丽的,但是这样的追求也无疑是危险的。在语言本体论的意义上,对语言实用性的反叛,必然会带来言说的危险与困难,将语言反叛为镜像的过程,将是一场"朝向语言风景的危险旅行",朝向不可言说而言说,是不可能的可能,就像主体从镜像中辨认自我,那喀索斯爱上自我的影像一样,荷尔德林认为,人类最危险的东西就是语言。在这个意义上讲,"后悔"便也指向了语言自身:"后悔"意味着抒情主体意识到自己与语言之间既存关系的可疑,或者如钟鸣所说,意味着"社

---

① 王家新:《朝向诗的纯粹》,见王家新《人与世界的相遇》,文化艺术出版社1989年版,第70页;另,王家新这段话的具体所指是张枣同时期另一首代表作《何人斯》,但是,"镜子"作为母题,能够容纳这段话的内涵,也能构成对这一时段张枣诗歌语言意识的母题象征。

② 钟鸣:《笼子里面的鸟儿和外面的俄尔甫斯》,见钟鸣《秋天的戏剧》,学林出版社2002年版,第57页。

区的语言控制系统与人的自由灵魂的不和谐"①,因此,"想起一生中后悔的事",便是抒情主体去追忆语言的原初质地,或者说语言的存在价值的行为,这"为美而想"的危险旅行,其结果是返回之时,"一面镜子永远等候着她",此时的语言已成镜中的语言,进入了镜中这纯粹的世界。然而,这"后悔"完结的时刻,"危险"的终了,或许正是新一轮"后悔"的开始,诚如钟鸣所说:"没有出路便是出路,无可后悔便是后悔"②,这已构成现代书写者、忧郁命名者的宿命。总而言之,在1980年代的张枣这里,"镜子"作为母题,一方面暗示了语言对表象价值及其外在世界的放逐,对存在价值的纯粹性追求;另一方面暗示了诗人对语言存在价值的追求无始无终,无限循环,形成了排除了外在世界的语言内部封闭的镜像循环。张枣曾说,在他们一代人看来,与政治无关,便是最大的政治,这构成了他们一代人的精神感觉,因此,追求语言的纯粹性,对"镜子"保持忧郁的信任,实际上在知识感觉上呼应了他们在1980年代,对外在历史的认知与判断,有趣的是,这认知与判断,便是与外在历史无关,这样的精神感觉,也如同"镜中"封闭的语言循环一样,形成了一个镜像式的精神循环。

这首《镜中》完成于1984年10月,十年以后的1994年,已经赴德国留学八年的张枣完成了他最重要的十四行组诗《跟茨维塔伊娃的对话》。正如里尔克的"镜子十四行"一样,这首组诗的第二首也堪称张枣的"镜子十四行",且在母题的意义上,与1980年代"镜中"的语言意识之间形成了重要的参照与变化:

> 我天天梦见万古愁。白云悠悠,
> 玛琳娜,你煮沸一壶私人咖啡,
> 方糖迢递地在蓝色近视外愧疚
> 如一个僮仆。他向往大是大非。

---

① 钟鸣:《笼子里面的鸟儿和外面的俄尔甫斯》,见钟鸣《秋天的戏剧》,学林出版社2002年版,第56页。
② 同上注。

第三章 母题研究

> 诗,干着活儿,如手艺,其结果
> 是一件件静物,对称于人之境,
> 或许可用?但其分寸不会超过
> 两端影子恋爱的括弧。圆手镜
> 亦能诗,如果谁愿意,可他得
> 防备它错乱右翼和左边的习惯,
> 两个正面相对,翻脸反目,而
> 红与白因"不"字决斗;人,迷惘,
>
> 照镜,革命的僮仆从原路返回;
> 砸碎,人兀然空荡,咖啡惊坠……

这首漂亮的变体十四行,在抒情主体与女诗人之间展开知音式对话。如果对俄国白银时代诗歌有所了解,便会知道,它所涵括的历史本事,是1917至1922年间,茨维塔耶娃极为艰难的一段岁月。1917年,茨维塔耶娃25岁,丈夫谢尔盖·艾伏隆随着士官学校的同学一起加入了白军,成为红军的对立面,卷入"红与白因'不'字"展开的决斗,自此音信全无,直到1921年7月,白军已被击溃,茨维塔耶娃从爱伦堡处打听到丈夫还活着,并带着大女儿阿丽娅(二女儿伊琳娜已于1920年夭折于昆采沃保育院)于1922年5月15日离开莫斯科,抵达柏林。这段岁月里,沙皇倒台,战争不断,粮食短缺,人民生活极度困难。茨维塔耶娃就在每天不知丈夫音讯和"出门寻找土豆"的状态下度过了这几年。[①] 历史的闯入,革命的发生,给诗人的生活与写作都带来了巨大的影响。按照诗人好友沃尔康斯基公爵的说法,"日常生活"与"存在"之间发生了矛盾。

[①] 关于这段经历,许多诗人传记都有大同小异的记载。可参利莉·费勒《诗歌、战争、死亡:茨维塔耶娃传》,马文通译,东方出版社2011年版;安娜·萨基扬茨《玛丽娜·茨维塔耶娃:生活与创作》,谷羽译,广西师范大学出版社2011年版。

日常生活陷入困境,而夜间孤独的写作,与知音好友的谈话,则维持了诗人短暂的"存在":"就在可怕的、令人厌恶的莫斯科岁月里,您可曾记得我们怎样生活……但您可曾记得我们的晚上,我们煨在煤油炉上淡薄而美味的咖啡,我们的阅读,我们的著作,我们的谈话……在我们的坚强不屈中有多少力量,在我们的百折不回中有多少奖赏!这就是我们的生存!"[1]有时候,忙完了所有日常琐事,茨维塔耶娃就会在家中坐下来,"把咖啡烧开,喝咖啡"[2],这与写作一样,都可归属到"存在"的范畴里。

在这个意义上讲,张枣诗中发明的"私人咖啡"是个有趣的意象,它意味着挣脱历史的时刻,"私人"获得了短暂的存在的安宁。在语言本体论的意义上,它指向的是语言的存在价值,指向镜中封闭的艺术乐园,这样的时刻里,外在历史的紧迫与残酷,便都与自己无关。茨维塔耶娃这一时期的一首诗里,曾将自己关入阁楼,实际上,"阁楼"与"镜子"一样,都意味着躲进语言存在价值所构筑的脆弱安宁之中,这里面不存在"红与白的决斗":

> 我的官殿阁楼,阁楼官殿!
> 请您上楼。手稿堆积如山……
> 诗人的外壳从来都坚硬无比,
> 红色莫斯科跟我们毫无关系。

因此,张枣这首诗的妙处正在于,"诗""私人咖啡""镜子"三者在诗中被精心构筑为语言存在价值的三个变体,它们彼此同构又彼此映照,互为镜像,语言的存在价值在这样的映照中构成一个看似稳定的循环。然而最致命的是,这三个镜像,每一个在诗的结尾处都被诗人塑造出悲剧性的结局:当"革命的僮仆"返回,打破"私人"脆弱的存在之安宁时,镜像结构的自洽性与封闭性便

---

[1] 利莉·费勒《诗歌、战争、死亡:茨维塔耶娃传》,马文通译,东方出版社2011年版,第139页。
[2] 同上注,第238页。

随之破碎了——镜子"砸碎"、"人兀然空荡"、"咖啡惊坠"——总而言之,在这首"镜子十四行"中,张枣借助俄国革命时期女诗人茨维塔耶娃的生活遭遇,完成了一首打碎镜子的镜子之诗,"镜子"作为母题,在这首诗里遭遇了悲剧性的命运与危机,正如茨维塔耶娃的命运与危机一样。张枣这首组诗完成于1994年,如果我们将上述分析中得出的理解放置在张枣个人写作史中去打量,就会发现,此时的张枣,与1984年"镜中"时期相比,在语言意识上发生了重要的变化。

在一篇完成于1995年春的访谈里,张枣谈道:"我的起步之作是84年秋写的《镜中》,那是我第一次运用调式找到了自己的声音……出国后情况更复杂了,我发明了一些复合调式来跟我从前的调式对话,干的较满意的是《祖父》和《跟茨维塔伊娃的对话》。"[①]由此可见,十年之间,这两首诗的差异,张枣是自觉的。与"镜子十四行"中的复合调式相比,"镜中"是单调的,尽管那是张枣找到自己调式的开始。围绕着"镜子"母题,我们也会发现,诗人通过"砸碎镜子"想要传达的东西,便是一种复合性的诗学观念,这不仅是调式的复合,也是语言本体论装置的辩证。在这个意义上讲,"砸碎镜子"构成了张枣个人写作史上一个巴迪欧意义上的事件,他透过这个事件,传达出了一个重要的语言抉择,即,原有的单调、封闭的自恋式语言循环,对语言存在价值的单一性追求,已经不能让他满意,他要追求的不再是这个"镜中"的世界,而是要"砸碎镜子",让作为闯入者的外在历史成为诗中一个崭新的调式与对话者。其结果,会使得诗歌不再仅仅是对"镜中"世界的追求,而是在镜里镜外的对话中实现一种辩证性的复调言说,语言的表象价值与存在价值由此达成一种辩证装置。这意味着,在此一阶段的张枣这里,诗歌不再仅仅是对集体性语言权势的反叛,而是一种更为成熟、复杂的可能性。这不是对语言本体论的放弃,恰恰是对1980年代形成的窄化的、纯粹的语言本体论观念的纠正;另一方面,这也指

[①] 黄灿然:《张枣谈诗》,载《飞地》第三辑(2013),第121页。

向了诗歌对现实更为强大的言说、介入能力,或者说,现实只有被纳入语言言说之中时,才可能被认知,而这正是语言本体论的题中之义。

质言之,从1984年"镜中的反叛",到1994年"砸碎镜子",张枣借助"镜子"母题,完成了语言本体论从纯粹到辩证的转变。语言与现实的关系变得更为丰富和成熟了,诗歌获得了更多的可能性,这正如他在谈论美国诗人华莱士·史蒂文斯时所说:"现实就是想象,世界不自外于诗歌,词就是物,写作就是生存,而生存,这个'堆满意象的垃圾场',才是诗歌这个'超级虚构'的唯一策源地。"①

三、"晚年"的镜子与镜中的真相

2005年,王家新在《晚年》一诗中写道:

他已几乎度过了一生。
他从冬日的北京起飞,穿过黎明灰烬的颜色,
而在灰烬之上,透出珍珠色的光。
在血液的喧嚣中,
现在,他降临到一个滨海城市,
就在乘车进城的盘山路上,大海出现,
飞机下降时的耳鸣突然止息。
他看到更美妙的山峰在远处隆起。
他恍如进入一面镜子中,
在那一瞬他听到
早年的音乐。

---

① 张枣:《"世界是一种力量,而不仅仅是存在"》,见《张枣随笔选》,颜炼军编,人民文学出版社2012年版,第11—12页。

这首诗所给出的场景,人与世界的关系,很容易让人想到王家新早年著名文章《人与世界的相遇》中的观念:"他写诗,是迫于一种生命内部的需要。当他成熟一些后,他懂得了如何使自己从诗的表层退出而潜入其内部,让他所创造的世界替他说话。当他达到更高境界,体验到'天地有大美而不言'后,他就不再热衷于所谓的'自我表现'了,他澄怀观道,心与道合,在对现实和自我的双重超越中,以诗的光芒为我们照亮一个世界的存在。""这里所说的'世界',既不是抽象的,也不局限于某一物,而是诗人在他的直观中'见'出的世界本身:它首先是感性的,同时又具有某种形而上的意味。它是诗人通过具体的物象所把握的存在本身,是在语言的生发兴现活动中,世界的存在由隐到显的呈露。"[①]在语言的本体性言说中,诗人主体消失、隐遁,世界在语言之中显现出来,语言不再是诗人言说("自我表现")的工具,语言借助诗人完成本体性的言说,当语言在诗中抵达这样的本体论状态时,世界便在语言中"隆起",呈现为"更美妙的山峰",而此时的诗人主体,则从现实中消隐,进入"镜子"中,进入语言的存在价值这一纯粹的艺术乐园之中。以这样"早年"的方式来解读这首"晚年"之作,似乎也并无不可,然而如果我们将时间这一维度引入讨论,并且结合这段时间前后王家新的诗歌创作,便会对这首诗有更新的理解。

在 2004 年的《诗艺》中,王家新写道:

当我渐渐进入暮年时我感到了

那让一个人

消失的力量

如果我们将"消失"仅仅等同于人在时间中趋近生物学上的"死亡",就太

[①] 王家新:《人与世界的相遇》,文化艺术出版社 1989 年版,第 5、6 页。

失之简单了,这样的认知也并未进入王家新的诗学思路之中。实际上,这里的"消失"所指向的,正是1980年代中期王家新对诗人主体在语言的本体性言说中消解的状态。然而"暮年"作为对时间的提示,则暗示了,与1980年代的语言认知不同,诗人对自我的消解、对语言存在价值的追求,已不再局限于超验论、形而上学的内部探索,不再局限于人与世界在取消时间维度状态下的"相遇",而毋宁说,时间的出现,意味着诗人主体只有在与历史、现实发生了足够漫长的摩擦,诗人主体在历史、现实中进行了足够漫长的跋涉之后,才会自我消解、进入"镜子"这一语言的存在价值之中。"镜子"中存放着"早年的音乐",但是只有当诗人跋涉到了"晚年"的世界时,才有可能进入"镜中",听见"早年的音乐"。由此可知,在这一时段的王家新那里,人的消解、"人与世界的相遇"已经不再是1980年代纯粹的、消除时间性的语言事件,而是说,此时的"世界"已经不再是一个本质性的对象,不再是1980年代《蝎子》中"记不清哪一年哪一天的事"所隐喻的时间样态,而是一个身陷时间之维中并与其摩擦、缠斗的对象,这意味着,诗人对"镜子"的进入,对语言存在价值的追求,本身就是与诗人在历史和现实中的长途跋涉相同构、相伴随。词即是物,语言事件即历史事件,诗人在隐入"镜中"之前,必须要先在"镜外"留下艰难的足印,或者说,"镜子"本身即是"镜外"世界的一个足印。

一个人只有长途跋涉到了晚年,才能听到"早年的音乐",围绕着"镜子"母题,王家新在这首《晚年》中构造出一个辩证装置。它是关于时间的辩证装置,从更为深刻的层面看,它更是关于语言的辩证装置。"镜子"在这首诗里,已经不再是诗人主体与语言存在价值之间的封闭循环,只有当诗人与历史、现实这"镜外之境"之间发生了足够深刻的摩擦之后,它才具有映像的可能。也就是说,这首诗里的"镜子"所提供的,不是循环,而是穿梭。正如张枣在其"镜子十四行"中营造的镜里镜外的复调对话一样,王家新这首诗的镜子也是一样:在内外之间的穿梭中,一个人在其"晚年",才照见了自己"早年"的面容——"不是你老了,而是你的镜子变暗了"。

在谈论瓦雷里的"纯诗"时,王家新曾举出米沃什晚年的诗《一次演讲》,认为这是米沃什与瓦雷里之间的一次对话,其中包含着"纯诗"理念所遭受的质疑。该诗结尾如下:

> 而我,最近,带着
> 一丝悲哀返回
> 他海滨的墓地,
> 在永远重新开始的中午。

这节诗里的"返回",会让我们感觉到与王家新这首《晚年》中对"镜子"的返回相同的语言意识。"永远重新开始的中午",正像王家新在诗中要不断返回的"童年"一样,是对语言存在价值的某种隐喻。然而,也正如王家新"穿梭"所揭示的那样,这种返回,已不仅仅是纯诗意义上的(正如1980年代中国新诗人的语言意识一样),而是包含了与异质性因素的联动和辩证。1990年代以来汉语新诗的语言本体论便是如此,它已溢出瓦雷里"纯诗"的内在装置模式,抵达了一种更为丰富辩证的语言本体论装置,诚如王家新在分析这节诗时所说:"反向瓦雷里的'永远重新开始的中午'(这是《海滨墓园》中的名句),也就是返向一种绝对的诗的存在,然而却是带着'一丝悲哀',带着在'诗与历史'之间的重重矛盾。我想,这已不仅是米沃什一人的难言之隐,这也再次构成了80年代末期以来很多中国诗人的写作困境。"[①]

张枣的"镜子"是一种有待砸碎的纯粹语言,王家新的"镜子"提供了一种语言穿梭的空间,总之,二者1990年代以后都对"镜子"母题被现代主义书写所塑造出的自恋式语言循环表示了警惕与更新。西渡在其诗集《草之家》中也

[①] 王家新:《为凤凰找寻栖所:现代诗歌论集》,北京大学出版社2008年版,第80页。

有几首"镜子诗"①,在他这里,"镜子"作为母题,则指向了一种强烈的介入感。镜中世界所隐喻的语言存在价值,不再是逃避现实、超验纯粹的艺术乐园,而是一个揭开现实表象面纱的能指。我们眼中可见的世界,可能只是一种幻像;我们耳中可听的声音,可能只是一种话语。镜中的世界、镜中的语言,才是现实的去蔽:语言的表象价值,在西渡的镜中言说里变得可疑、羞耻;而为它所遮掩的真相,在西渡的镜中言说里则裸露无遗。比如1997年的《镜中的女子像》里,对镜自照的女神,宣布独身,这表象话语背后却有着难言的秘密:

> 使她宣布独身,让一两个人失望
> 却使大多数人感到振奋
> 居心叵测的电梯把她送上
> 时代的制高点(她怀疑
> 它有一个男性的马达),许配给
> 一个秃顶的富商,只是
> 她看起来仍然是单身的:
> 仅仅和财富维持着体面的肉体关系

这首诗始于对镜自照,其语言的镜像化意图是清晰的:诗作为语言的镜像,不再以里尔克的方式完成,而是意味着对现实的介入和对真相的揭示。在这个意义上讲,西渡的"镜子"给予我们一个重要的启示:与镜中世界相同构的语言的存在价值,不一定是阉割了介入现实之能的纯粹能指,它作为语言表象价值的镜像,恰恰在揭示后者的欺骗性与羞耻性的过程中深深地介入了现实。

---

① 西渡的《草之家》出版于2002年,是其继《雪景中的柏拉图》之后的第二本诗集。这本诗集较之前者,在整体面貌与诗学策略上均有较大且清晰的变化,内在于当代新诗1990年代以后整体性的变化。这册诗集中的"镜子诗",按创作时间先后,有《镜中的女子像》、《生日派对上的女子像》、《浴池镜中的男子像》、《草之家》等。

因此，及物的诗歌、介入的诗歌并不需要以放弃语言的存在价值为代价，马拉美式的纯诗、里尔克式的镜子，并不是语言存在价值先验且必然的实现方式，而只是它的一种可能性而已。语言的存在价值中包含着介入的可能，诗之镜在希尼的意义上纠正着人之境，这正如张闳所说："真正的诗歌永远在其语言空间内有力地保护了人性的丰富性和复杂性。而这难道不是现实政治和其他文化制度的最终目的吗？"①

敬文东曾深刻谈论过垃圾在现代社会中的寓言性意义。人与人之间的关系往往沦为垃圾关系：单子化的个体们在工作、聚会甚至旅途中相遇、交谈、交换名片，但彼此之间的常态是漠不关心，戴上面具互相掩饰，这样的关系正如垃圾一样"用过即扔"，"单子之人与垃圾同在，人与人之间互为多余物，以及人与人的关系最终成为消费品……"②垃圾关系，往往会造成语言表象价值的失真，因为人与人之间缺乏关心、彼此遮掩，所以真相从不会在表象中显现，毋宁说表象只是一层面纱。由此而来，单子化个体之间的谈话往往只是践行着福柯意义上词与物永恒分离的话语，各类新闻报道往往距离真相最远。詹姆斯·乔伊斯说："文字即垃圾"（"A letter, a litter."）③，此言得之。正因如此，揭开表象的面纱，追问隐藏的真相、语言的存在价值，则引诱了文学，或曰诗的一种内在欲望。在西渡的《生日派对上的女子像》里，单子化个体的聚会上，言谈的话语作为面纱直接在诗歌中引用，而诗歌作为语言的镜像则涵纳了这层面纱。语言的存在价值揭开了话语背后，人的真实欲望。镜像发出了介入的邀约：

  而她却像一部谈话的机器

---

① 张闳：《介入的诗歌》，载孙文波、臧棣、肖开愚编《语言：形式的命名》，人民文学出版社1999年版，第310页。
② 敬文东：《艺术与垃圾》，作家出版社2016年版，第58页。
③ 雅克·拉康：《文字涂抹地》，李新雨译，见白轻主编《文字即垃圾：危机之后的文学》，重庆大学出版社2017年版，第145页。

开足马力,精美的事物提供了足够的能量
"你为什么不理解漂亮女人
的独身?只要不结婚
我们的美全都上了保险。"
……
当她紧握我的手跟我道别,我闻到
一股不穿裤衩的气味,在狼藉的杯盘之上

"独身"所标榜出的笃定话语,看似真相,看似话语言说者真实的欲望图谱。然而诗的结尾告诉我们,这样的话语只是对其真实欲望的压抑与掩饰而已。在西渡这里,围绕"镜子"母题,语言的表象价值与存在价值完成了身份的反转:前者看似同构于现实,实则是封闭、自恋的语言幻象;后者看似同构于超验纯粹,实则是介入与真相的所在。因此,在这首诗的结尾,当话语言说者的欲望真相被诗歌言说者所揭开时,一种巨大的羞耻感呈现出来。在语言本体论的意义上,这意味着,语言的表象价值因其遮掩的动作与动机被戳破而羞耻,话语因为对欲望的真相言不由衷而羞耻。羞耻感的裸露,让西渡的"镜子"成为极具介入力量的"照妖镜",被遮掩、伪装的现实总在他的镜中现出真相的原形:

她竟在镜子里看见了一头
在草原走失的绵羊,因为改变了
祖先的食谱,竟然成了黄鼠狼的朋友,
使厨房的鸡笼里一片恐慌。

——《草之家》(2000)

吴晓东在谈论 1940 年代诗歌主体性时,曾以"镜子"母题做比,揭示出与

1930年代现代派诗人之间的不同："打碎镜子,正视中国现代主体的分裂和破碎,挣脱完整和完美的主体幻觉,从镜子的二维平面世界中超越出来,进入立体的历史和现实维度。""重建主体的历程正是告别镜子的过程。"[①]而在当代新诗中间,以"镜子"母题为喻,1990年代以后也发生了语言策略、诗歌主体性的调整变化。1980年代所形成的"纯诗/语言存在价值/镜子"三者相同构的先验必然性被打破了,正如"镜子"被打破了一样,其内涵发生了重要的调整。从本节的例证来看,张枣的"砸碎镜子"、王家新的"镜里镜外的穿梭"、西渡的"介入之镜",三者之间虽然有着各自的处理方式与诗学脉络,但在语言本体论的意义上,显现出了整体上的一致性。"镜子"的内涵被诗人自觉调整了,纯粹超验的"镜子"被打破了,它获得了更多的可能性,诗歌与现实的关系更为丰富了,语言的表象价值与存在价值的关系也更为辩证了。这一切都内在于1990年代以来诗歌语言策略的调整,并且为其提供了母题意义上的证明。

第二节 "天使"

一、"淌着鼻血的天使"

在1980年代,尤其是中期以后,中国当代先锋诗歌中已普遍认同一种纯诗构想。纯粹的语言、摆脱了与外在历史现实之联动与束缚的语言,成为当时大受追捧的诗歌语言。洪子诚对此有过深切的回忆和谈论:"的确,从80年代中期开始,在姑且称为'中国现代诗'的这一'诗界',存在着追求'纯诗'的强大潮流。1986年由《诗刊》社主持的在兰州召开的诗歌理论讨论会上,'语言意识'与'生命意识'是两个最激动人心的词语。记得金丝燕女士在她的精彩发言中,论述没有任何沾染的纯真状态是诗歌写作的理想状态;而社会生活经验

[①] 吴晓东:《临水的纳蕤思:中国现代派诗歌的艺术母题》,北京大学出版社2015年版,第258页。

在上面不断留下'污迹',也就是'诗性'的逐步丧失的过程。"①而作为当代诗歌史认知上的常识,八十年代末的时代背景对 1980 年代末开始的诗学转型以及诗学意义上的"九十年代诗歌"之发生施加了重要的影响,尽管如何看待其影响的实质,时至今日依旧众说纷纭。九十年代初的欧阳江河对此反应迅速,在其最重要的诗学评论《1989 年后国内诗歌写作:本土气质、中年特征与知识分子身份》中以"颠倒的望远镜"②之说而将这影响的实质坐实为某种历史决定论,当然这种决定论观念自其诞生之日起便不停地遭受挑战和质疑。将其坐实为决定论,这孤立来看或许并无错误,但是"九十年代诗歌"之发生,或许不是这种一对一式的线性决定论,用阿尔都塞的历史"多元决定论"来看,或许更为全面,更能接近历史的真相。当然,只是接近而已,绝非抵达。历史的真相通常在发生之后便已缺席,正如八十年代末的事件缺席于历史叙述一样,更遑论"九十年代诗歌"究竟是如何发生的这一认识论问题。更极端一点说,在必然性的意义上,"九十年代诗歌"难道就真的发生了吗?

无论"九十年代诗歌"是否真的发生了,历史事件对当时诗人们的写作造成了影响,并且或隐或显地呈现在文本里,或者更为高明一点,转化进更为开阔的诗学问题中,这一点则毫无疑问。钟鸣曾谈论过诗人对此事件的三种反应类型:"比如像海子预先自杀,把农业式的愤怒和失望提前到一种足可召唤人们去反叛平庸时代的境地;或者像骆一禾直接在广场玉石俱焚;要么从沉睡的灵魂奋起,置疑语言系统和自身的写作,超越历史事件本身。显然后者更符合张枣的气质……"③钟氏这三个论断,首先太过先验论地看待了海子,其次太过历史附会地看待了骆一禾,唯有对张枣的认知,甚为符合对一个写作者的知

---

① 洪子诚:《如何对诗说话》,见王家新、孙文波编《中国诗歌九十年代备忘录》,人民文学出版社 2000 年版,第 243—244 页。
② 欧阳江河:《如此博学的饥饿》,作家出版社 2013 年版,第 289 页。
③ 钟鸣:《笼子里的鸟儿和外面的俄尔甫斯》,见钟鸣《秋天的戏剧》,学林出版社 2002 年版,第 62 页。

音之论。置疑语言系统,超越历史本身,这一方面强调的是语言本体对外在历史的转化力,是诗学本身对历史的吸纳和包容,说得更抽象一点,是词对物的优越感和阐释力。从另一方面看,这同样指出了物对词也同样是具有刺激性和扩张性的,也就是说,外在历史对于语言本体同样具有调整、重组的功用,历史的焦虑与压迫,总会造成语言本体的激荡,足够敏锐且真诚的写作者不会否认这一点。而且重要的是,在足够优秀的写作者那里,语言本体的激荡并不是被动、消极的,历史的强力很可能是语言本体获得更多可能性的契机,无论这强力是好是坏。对于一个优秀的写作者来说,这种需要是双重的,词与物的关系总是足够辩证的。在语言之外,物的危机便是人的危机,而在语言之内,物的危机很可能是词的契机。当然,所有这一切辩证的前提是,诗人能够以语言本体论的方式正视物的危机,并超越诗人自我的层面,将历史视作一个能够与语言本体休戚相关的对象。然而,在"语言觉醒"发生后的1980年代,语言本体论尚且普遍性地意味着,语言与历史无关,至少,历史还不是语言的契机。也就是说,彼时,物的危机固然是人的危机,但还不是词的危机,遑论契机。

张枣的《卡夫卡致菲丽丝》写于1989年6月至7月间,在"历史作为语言的契机"这个意义上讲,张枣的"九十年代诗歌"始于这首十四行组诗。陈东东在谈论这首诗时,也表达了相同的看法:"《卡夫卡致菲丽丝》是张枣诗歌进程里一个重要的站点,张枣在此开始了诗歌方式的转化,奋力于他的突围……由于内化与反思能力的加强,先前那种牵丝攀藤于文化原型和元典的改写方式,被他因地制宜命名事物的方式升级,尽管他依然喜欢在写作里跟一个对应者对话,但这种对话已经从询问和追寻变成了迫问。张枣清晰明了:'诗的危机就是人的危机;诗歌的困难正是生活的困难。'他的迫问,出于双重突围的需要。"[①]文中所引张枣这句话可谓其最著名的诗学表述,然而它所能涵括的张枣诗歌写作历程,实际上只是在《卡夫卡致菲丽丝》之后。早期的《镜中》、《何人

[①] 陈东东:《亲爱的张枣》,见陈东东《我们时代的诗人》,东方出版中心2017年版,第170页。

斯》等,严格来讲并不在此之列,彼时张枣的写作,尚还呈现为强劲的纯诗意味,语言本体具有巨大的纯粹性,其诗学追求正如陈东东所说,具有"文化原型、元典"的意味,这本质上是一种超时间性、纯粹超验性的写作,历史,或曰生活的危机,还构不成语言的危机与契机。只是到了《卡夫卡致菲丽丝》以后,陈东东所说的"双重突围的需要"才开始促成张枣语言本体论的重要调整与转化。那么,由此引发的一个问题便是,张枣语言本体论的此种调整与转化,在这首诗里是否有母题性的呈现?

这首组诗的第二首中,出现了"天使"。但怎么看,都不像是经典意义上的天使:

> 他们坚持说来的是一位天使,
> 灰色的雨衣,冻得淌着鼻血
> 他们说他不是那么可怕,伫止
> 在电话亭旁,斜视漫天的电线,
>
> 伤心的样子,人们都想走近他,
> 摸他。但是,谁这样想,谁就失去
> 了他。剧烈的狗吠打开了灌木。
>
> 一条路闪光。他的背影真高大。
> 我听见他打开地下室的酒橱,
> 我真想哭。我的双手冻得麻木。

这是一个伤心的天使,他身上没有圣光,而且还流着鼻血,仿佛和人一样,有血有肉,有弱点,受制于自然气象的侵袭。这位天使应该是张枣的虚构,并不是卡夫卡小说中的人物,但是,我们从这天使形象中会很自然联想到卡夫卡小说中最著名的那些主人公,比如饥饿艺术家、煤灰骑士、乡村医生,《变形记》中的格雷戈尔、《城堡》中的 K 等。而且,其最后打开酒橱的情节,也会让人想起日本导演黑泽明 1948 年的电影《泥醉天使》中嗜酒的医生形象(志桥村饰)。据研究者称,卡夫卡一定程度上受到过尼采"超人哲学"的影响,因此他看重非理性的力量、看重孤独感的意义,但所不同的是,"卡夫卡显然不能接受尼采拯救世界的超人的方法,并且,在卡夫卡看来这个世界原本就是不可得救的"[①]。因此,在卡夫卡这里,他的主人公往往是超人与弱者的结合,这就像他本人的主体性姿态一样:存活于世,唯一能够拯救他的是写作,但写作又带给他巨大的痛苦,带给他拯救的无能。他的力量是一种"悲剧性的坚韧"[②]。张枣对"天使"的塑造沿袭了卡夫卡式的荒诞感,正因如此,这首诗中的"天使"才如此灰暗、伤心,淌着鼻血,是一种"反天使的天使",展现出典型的卡夫卡美学。

　　事实上,反天使的天使,同构于反英雄的英雄。张枣对天使的塑造方式,由此便在母题的意义上呼应了钟鸣对于彼时身在德国的张枣为何选择了卡夫卡,而非对当时中国诗人更具影响的里尔克的解释:"因为这首诗是反英雄的,而'英雄化'(这和世俗化走向或精英走向无关)却恰恰是八十年代诗界最愚拙的表现之一,他们一面否定着意识形态的英雄化,而一面却不自觉地实现着美学的英雄化……里尔克自然也是要列入其中的。在中国知识界,大概除了波德莱尔,他恐怕是最具影响力的了。所以,张枣的回避是很聪明的。当然更内在的原因,则是张枣的处境,与卡夫卡更有着一致性,他们都是活着时的孤魂。"[③]里尔克在西方文化语境中的有效性和地位自不必说,但是钟鸣对其略显苛刻的评价里有一点很重要,即,里尔克写作的内向性与宗教超验意味,确实客观上为 1980 年代诗人在当时保持美学的纯粹性这一金科玉律提供了教条

[①] 曾艳兵:《卡夫卡研究》,商务印书馆 2009 年版,第 310 页。
[②] 同上注,第 309 页。
[③] 钟鸣:《笼子里的鸟儿和外面的俄尔甫斯》,见钟鸣《秋天的戏剧》,学林出版社 2002 年版,第 61 页。

般的支持。正如上一节中提到的里尔克"镜子"母题所隐喻的语言纯粹性那样,1980年代中国诗人将语言本体论窄化为纯诗的写作倾向,既与他们面对里尔克这样的诗人时进行的文化过滤密切相关,另一方面,这种忽略外部语境、否定语言表象价值的纯诗写作无疑正是钟鸣所说的"美学的英雄化"的题中之义。正因如此,张枣这首组诗在选材上,弃英雄(里尔克)而选孤魂(卡夫卡),其昭示出的伦理取向和诗学抱负,才如此为钟鸣所看重。在这个意义上,张枣在诗中塑造的"天使",便为"九十年代诗歌"提供了一个极具诗学价值的艺术母题。如果仔细分辨,这"反天使的天使"中,也清晰寄寓着张枣在1989年以后对语言本体论的内在调整;这也在开端的意义上,呼应了他"诗歌的困难就是生活的困难"的诗学表述,也呼应了钟鸣所说的"置疑语言系统,超越历史本身"的评价。

"伤心的样子,人们都想走近他/摸他。但是,谁这样想,谁就失去/了他。"这三行诗其实暗含着清晰的元诗意识,它是语言本体论的言说。这一点,如果我们将这几行诗与1994年《跟茨维塔伊娃的对话》中两行诗对照着看,就会更清晰:

手艺是触摸,无论你隔得多远;
你的住址名叫不可能的可能——

"手艺"的语言本体论内涵,在上一章中已得到充分谈论,其结论我们不妨可以用于此处。"手艺"的触摸,与人们都想触摸"天使"的欲望之间形成了极富启发性和阐释力的互文关系。也就是说,"天使"作为母题,构成了对语言的理想状态的隐喻,但是正如"谁这样想,谁就失去/了他"所暗示的,"天使"本质上讲是不可抵达的、不可触摸的,诗人施展手艺,对"不可能的可能"这一住址的追问,正是与对"天使"的触摸欲望相同构。因此,"天使"作为母题,在这首诗里,实际上正是构成了对诗人追问语言的存在价值这一命名行为的隐喻。

第三章 母题研究

"天使"这一母题中暗含的语言本体论意味,至此已清晰可见。那么下一个有待辨明的问题就是,张枣诗中这个"反天使的天使",其反常性该如何理解,这与语言本体论之间又有怎样的内在关联?

如果通读过这首《卡夫卡致菲丽丝》,我们会发现,"血"在诗中多次出现,重要的,至少有如下三处:

> 像圣人一刻都离不开神,
> 我时刻惦念我的孔雀肺。
> 我替它打开血腥的笼子。

> 办公楼的左边,布谷鸟说:
> 活着,无非是缓慢的失血。

> 突然的散步,那驱策着我的血,
> 比夜更暗一点:血,戴上夜礼帽,
> 披上发腥的外衣,朝向那外面,
> 那些遨游的小生物。

余旸在谈论弥漫在这首诗中的血腥气时,也联想到了这首诗特殊的创作时间,并由此而言:"张枣的态度究竟如何,无从得知,但是诗歌中出现的压抑险恶微带血腥的气氛——张枣诗歌中第一次出现,却无疑把张枣对中国社会政治的态度曲折地表露出来……"[1]钟鸣对于"血腥的笼子"则有如是评论:"这里的笼子显然是由内脏演绎而成的,它代表着一种已经受到怀疑和否定的生

---

[1] 余旸:《"九十年代诗歌"的内在分歧:以功能建构为视角》,人民出版社2016年版,第82页。

活方式和词语系统。"①也就是说,"血"在这首诗里一方面扮演了对外在历史进行提示的能指,另一方面,这种提示也意味着,从这首诗开始,张枣所说的"诗歌的困难就是生活的困难"才真正在文本中成立。在这个意义上讲,"血"一方面很有现实意味地提示着当年的语境,另一方面,它也提示着尽管不乏惨痛和被动,但是从这首诗开始,张枣的写作不再局限在陈东东所说的"文化原型、元典"式的本质性、纯粹性言说之内,而是开始与现实血肉相连,语言的存在价值与表象价值在其语言的本体性言说中开始发生有机的联动,其原有的语言系统会随着时空的变化而发生"因地制宜"的更新与调整。但这并不意味着张枣的写作由此成为现实主义式的,正如他在这首诗中对"血"的处理也远非现实主义所能概括的那样,张枣由此而来的写作绝非对原有语言意识的放弃,而是重要的调整,其语言意识仍是内在于现代主义文学传统之中的语言本体论意识。约瑟夫·布罗茨基在一篇著名的访谈中,曾谈论过诗歌的语言本体论问题,他援引奥登说叶芝的那句名言,将诗人的写作视为语言对诗人的"驱策",正如"血""驱策"着张枣诗中的"我"一样:"奥登有一句关于叶芝的名言:'疯狂的爱尔兰驱策你进入诗歌'。'驱策'你进入诗歌或文学的是语言,是你的语言,而不是你个人的哲学或政治,甚至不是创作冲动,或青春……缪斯的声音就是语言的声音。"②爱尔兰民族运动这外在历史事件对于叶芝写作的影响不言而喻,然而在奥登、布罗茨基这些现代主义书写者眼里,这绝非现实主义式的影响。"驱策"一词,便意味着爱尔兰之于叶芝,具有语言本体论的地位,也意味着"血"之于张枣,有着同样的语言本体论地位,这也使得二者的语言本体论皆成为里应外合的辩证装置,表象与存在之间实现了有机的联动。事实上,张枣本人受到叶芝的影响也很大,除了这共同的"驱策"外,上引《卡夫卡致菲

---

① 钟鸣:《笼子里的鸟儿和外面的俄尔甫斯》,见钟鸣《秋天的戏剧》,学林出版社2002年版,第62页。
② 约瑟夫·布罗茨基,《巴黎评论》记者:《诗与诗人——布罗茨基访谈录》,见潞潞主编《面对面:外国著名诗人访谈、演说》,北京出版社2003年版,第118页。

丽丝》中"活着,无非是缓慢的失血"句中,"缓慢的失血"一词,也很可能受到叶芝的影响,叶芝在晚期著名的《塔楼》(Tower)中就曾使用过"Slow decay of blood"[①]这个表达,与张枣此处形成了明显的互文[②]。人们在谈论张枣诗歌的语言时,往往将其概括为"汉语之甜",这正是对其与汉语性这一古典传统之间关系的本质化概括。这一概括,仍内在于1980年代的纯诗构想模式中。在深入分析过"血"这一意象后,我们有理由更新对张枣诗歌语言的理解。至少从《卡夫卡致菲丽丝》开始,"文化元典之甜"与"因地制宜之腥"便已有效整合进张枣的语言系统之中,对于1990年代以后的张枣来说,一种"腥甜辩证"的语言,才是对其诗歌语言本体论的最精确概括。唯其如此,我们才能明白"诗歌的困难就是生活的困难"的精确意义。

由此出发,我们便会明了,张枣塑造出的这个卡夫卡式的"淌着鼻血的天使"在母题的意义上,究竟如何暗示了其语言本体论意识的调整,并呼应了"九十年代诗歌"的内在精神。实际上,卡夫卡本人也深为语言所苦,作为一个现代主义的经典作家,他必然深刻体会过词与物在福柯意义上的永恒分离,真正的言说便是不可言说,这与张枣塑造的"不可触摸的天使"如出一辙:"我写的不同于我说的,我说的不同于我想的,我想的不同于我应该想的,事情就这样继续下去,直到无穷。"[③]"言语是蹩脚的登山者和拙劣的矿工。它们既不能从山洞中,也不能从山的深处把宝藏取出来!"[④]在民族精神的层面讲,作为犹太人的卡夫卡苦于不能取出的宝藏,与其犹太同胞本雅明所谈论的颇具犹太教

---

① 叶芝《塔楼》诗中,此处原文为:"Now Shall I make my soul/Compelling it to study/In a learned school/till the wreck of body/slow decay of blood",见 W.B.Yeats, *Yeats's Poetry, Drama and Prose*, edited by James Pethica, a Norton critical edition, 2000, p.85.

② 叶芝对张枣的影响确有其事,而且影响巨大,他与钟鸣通信中曾明确谈及过他对叶芝的喜爱。总之,叶芝对张枣的影响值得专门研究。

③ 叶廷芳主编:《卡夫卡全集》第7卷,叶廷芳、赵乾龙、黎奇译,河北教育出版社1996年版,第163页。

④ 同上注,第3页。

意味的"语言存在"和"纯语言"①相类似,但必须要注意的是,这并未使得卡夫卡的写作成为一种超验纯粹性的写作,恰恰相反,他的语言往往在与现实的搏斗中发生,因此他的语言系统总是与现实的危机与荒诞之间进行着深刻的联动,这也是为何他的小说人物往往如此荒诞、他的语言往往如此荒诞。

在1980年代汉语新诗的语言本体论构想中,"天使"作为一种"圣词"或"词具",往往指涉着"纯诗的天使",是隐喻着语言的超验纯粹性的艺术母题,它拒绝与现实相联动,仿佛词的主人般居于语言系统的中心,其他词汇唯有在围绕它的运动中方能获得结构性的意义。然而时间久了,一种语言本体论意义上的"主奴辩证"必将发生,语言系统的中心将成为空洞和无意义,由此而来,"纯诗的天使"必将面临危机。在这个意义上讲,张枣这首诗中塑造的"淌着鼻血的天使",无论从语言系统内部之调整,还是从语言与现实之联动的角度看,都构成了一个"天使"的反词。也就是说,作为诗歌的艺术母题,"淌着鼻血的天使"对"纯诗的天使"构成了语言本体论意义上的丰富和超越,它一方面将对现实的言说容纳进语言言说之中,语言的存在价值与表象价值之间形成了辩证装置,这是张枣个人的提升;另一方面,个人的提升无疑也加入了"时代的合唱","淌着鼻血的天使"呼应着"九十年代诗歌"的内在精神与艺术追求,因此为1990年代汉语新诗提供了一个有价值的艺术母题。

二、"天使曾是最好的学生"

在谈论"九十年代诗歌"区别于八十年代的整体面貌时,西渡强调了"历史意识"的重要性:"八十年代强调的是诗歌对历史的超越,强调诗歌独立的审美功能,主张一种'非历史化的诗学'。这种情况到了九十年代发生了根本性的变化,诗歌对历史的处理能力被当作检验诗歌质量的一个重要标志,也成为评

---

① "语言存在"是瓦尔特·本雅明在其《论语言本身和人的语言》中提出的概念,见陈永国、马海良编《本雅明文选》,中国社会科学出版社1999年版,第265页;"纯语言"则在《译作者的任务》中提出,见汉娜·阿伦特编《启迪——本雅明文选》,张旭东、王斑译,三联书店2014年版,第92页。

价诗人创造力的一个尺度。这种历史意识不仅表现在这一时期诗人的诗学理想中,也充分体现在这一时期的诗歌文本中。"①

"九十年代诗歌"对"历史意识"的看重,在语言本体论上所引发的后果便是对"纯诗"的放逐。在"天使"母题的呈现上,"纯诗的天使"在张枣那里完成了"换血",八十年代意义上的"纯诗"被一种"不纯"所取代了,仿佛他在1994年的《死囚与道路》中所写的那样,成了语言的"赴死者":

> 像大家一样,
> 一个赴死者的梦,
> 一个人外人的梦,
> 是不纯的,像纯诗一样。

1997年2月,臧棣在其组诗《结束》中也写到了"天使"。与张枣为天使"换血"不同,臧氏在这首诗里精心制造的是"天使的离场":

> 所有的梦都已做完。天使
> 曾是最好的学生。而现在
> 我却做着她匆匆离去时留下的
> 作业:将一封信揉搓成一团,
>
> 权充临时的抹布。然而
> 此时的桌面却干干净净。

臧棣书写"天使"的方式与张枣不同,后者是在词与物的对应关系上进行

---

① 西渡:《历史意识与九十年代诗歌写作》,见孙文波、臧棣、肖开愚编《语言:形式的命名——中国诗歌评论》,人民教育出版社1999年版,第319—320页。

了调整与重置,其结果,是"天使"在张枣笔下被赋予了因时制宜的崭新内涵。而臧棣的处理方式则是,仍在1980年代"纯诗的天使"这一词与物的对应关系上使用这个母题,但将其放置在一个异质性的符号系统里,"天使"作为母题,在1980年代纯诗系统中圣词般的位置感,在这一新的系统中被解构掉了,它不再是符号系统的意义中心,不再是诗歌有效性的动力学来源,而是有效性危机的来源,或者说,它所占的位置萎缩成一个意义的空洞。臧棣在这节诗里耐人寻味地使用了"曾是/现在"的时态对比,曾经强大、自洽的词如今变得弱小、危险,曾经弱小、依赖性的词如今开始赋予"天使"以价值判断,去完成它留下的任务:"纯诗的天使"作为曾经最好的学生,在1990年代匆匆离场,留下的作业需要"我"继续去完成,以迥异于前者的诗学策略和语言意识。这种强弱的辩证法会让人联想到黑格尔在《精神现象学》中提出的"主奴辩证":对于奴隶来说,主人的主体精神是其本质,而奴隶只是其附庸,但吊诡的是,主人并不自己劳动,而奴隶在劳动中慢慢获得了支配性,完成了主人想去完成的工作,奴隶成为本质,成为绝对否定性的力量,成为主人。[①] "纯诗的天使"作为母题,在语言本体论的意义上,原本是语言的存在价值的持有者,是符号系统中的主人,它所持有的价值是诗歌的语言本体,因此支配着符号系统中的其他词汇。但是,在臧棣这节诗里我们可以清晰看到,在1990年代的诗歌文本中间,它的主人地位被放逐了,它不再是语言存在价值的持有者,这一任务落到了曾经受它支配的其他词汇那里,主奴关系发生了辩证性的改变。由此,臧棣这节诗便构成了对语言本体论装置的辩证性调整的言说,"天使"离场,便意味着"纯诗"所隐喻的语言意识和诗学策略,在1990年代发生了重要的转变和调整,一方面,语言的表象价值与存在价值之间的关系获得了辩证性的调整,另一方面,这种语言价值的调整,也指向了言说与历史现实之间关系的新变。

[①] 参黑格尔:《精神现象学》(上),贺麟、王玖兴译,商务印书馆1979年版,第127—132页。

第三章 母题研究

以"天使曾是最好的学生"所引领的这节诗,可以说构成了对臧棣 1990 年代以来很长一段时间里诗歌语言意识的宣言式概括。自此以后,"天使"以及由之衍生出的同构性词汇(譬如"神""天空"),开始频频在其诗中出现,且皆以相似的处理方式和语言意识,这使得他的诗中常常充满元诗意味:

> 作为宏伟蓝图的一部分
> 有一架飞机正待命升空
> 它模拟天使,而实际上
>
> 只能像超速的米粒
> 它穿越天空的便便大腹
> 然后坠落。
>
> ——《赴美签证》(1995)

> 照例,他解释着:正值高峰期
> 交通堵塞,难以抽身——
> 即使是插上天使的翅膀。
>
> ——《红桃皇后》(1996)

> 　　　　风出身于
> 神的叹息。这样,它就永远
> 不能代替我们呼吸新鲜事物。
>
> ——《未名湖》(1996)

> 如此,菠菜回答了
> 我们怎样才能在我们的生活中

看见对他们来说

似乎并不存在的天使的问题。

——《菠菜》(1997)

在臧棣这些诗中,我们可以看到,"天使"作为母题,所呈现出的面貌皆源自《结束》中塑造出的形象,"离场的天使"既构成了臧棣对"九十年代诗歌"去纯诗化写作的支持与努力,也构成了对其语言本体论装置迥异于1980年代整体诗学面貌的揭示。张桃洲在谈论上文所引《菠菜》中的几行诗时说:"我们几乎可以说,诗人要回避和抵制的乃是'天使'。'天使'是一种非人间的、高踞于现实生活之上的飞翔物,诗人从菠菜绿色的单纯性,联想到(或看出了)一种如'天使'般的生活'形象'及生活方式的单纯性,这种过于单纯的生活'形象'和生活方式,显然是诗人所要'回避'和抵制的。"[①]张桃洲的看法切中了臧棣借助"天使"母题所希望呈现的诗学策略。"纯诗的天使"造成了1980年代语言本体论装置的内在单纯性,而臧棣要回避和抵制的,正是这种语言的单纯性。事实上,语言的单纯性便意味着诗歌语言本体论的超验纯粹性,而臧棣的"天使",正是在这一单纯性意义上的命名。臧棣在1995年的《为您服务报》"知识分子如何对社会发言"专版上曾发表过一篇文章,名为《绝不站在天使一边》,仅看标题,就能对作者的态度略知一二,且与其诗歌文本之间具有紧密的呼应关系,该文中有这样一句话:"边缘离天使太近,离历史太远"[②],臧棣在这句表述里制造出了"天使/历史"的对立,并在价值判断上否定了前者,肯定了后者。分析过他诗中"天使"的语言本体论内涵以后,我们知道,同样的价值判断,也发生在他的诗歌文本中间。臧棣曾撰文《汉语中的里尔克》,谈论里尔克对汉语诗人的影响,他对里尔克语言观念、诗学观念的认知等。在近期一段微信表述中,臧棣以否定的方式阐述了他与里尔克之间的精神关联:"里尔克:诗是经

[①] 张桃洲:《语词的探险:中国新诗的文本与现实》,社会科学文献出版社2012年版,第277页。
[②] 臧棣:《绝不站在天使一边》,载《为您服务报》,1995年8月31日。

第三章 母题研究

验。臧棣:诗就是毫无经验可言。我热爱里尔克的方式就是与他保持强烈而微妙的分歧。直到最后,这分歧已变成我欣赏里尔克的一种方法。"越是强调分歧,就越是可见他受到里尔克的巨大影响。如果仔细研究,我们就会发现,里尔克的"天使"正是构成了被臧棣放逐的"天使"的重要诗学来源,重要的是,对比二者的"分歧",更能看出臧棣借由"天使"母题而寄寓的语言本体论装置模式。

在西方现代诗人中间,书写"天使"而名声最著者,则非奥地利诗人里尔克莫属。其晚期巨作《杜伊诺哀歌》中,"天使"就是最核心的意象,它凝结且传达着诗人的诗学观念和语言观念。在写给波兰文译者的信中,里尔克清晰阐述过"天使"的内涵,它极具超验纯粹的色彩:"哀歌中的天使是这样一种存在,它保证了在不可见中认识现实的更高秩序。"[①]朝向"存在"(Sein)进行言说,是里尔克倾力以求的诗学追求,这也使得他的诗歌获得了语言本体论的意味。具体而言,在里尔克这里,语言的存在价值呈现为纯粹的歌声、"处女之耳",具有永恒性,而现实中的声音、语言的表象价值则被视作"淫荡的耳朵",转瞬即逝。在著名的《布里格随笔》中,里尔克写道:"上帝关闭了这张脸的主人的听觉,好让这个世界上除了他自己的声音以外再无别的声响,好让他不至于被那些浑浊和倏忽即逝的噪音迷惑。而发自他体内的声音清纯透彻、永不消逝,只有静默的感官才能无声地赋予他一个紧张期待着的世界,一个未完成的、声音被创造出来之前的世界。"[②]语言的存在价值在里尔克这里与上帝相同构,是宗教般的存在,尽管里尔克与基督教的关系并不能以通常的宗教关系来理解。[③] 在上一节"镜子"中,我们知道,在里尔克的"镜子十四行"中,镜中出现的独角兽便

---

① 转引自王家新:《"大地的转变者"——德国的"诗性"传统与中国现当代诗人》,见王家新《为凤凰找寻栖所》,北京大学出版社2008年版,第113页。

② 里尔克:《布里格随笔》,徐畅译,见李永平编《里尔克精选集》,北京燕山出版社2005年版,第363页。

③ 这一问题,可参勒塞:《里尔克的宗教观》一文,见刘小枫编《杜伊诺哀歌中的天使》,林克译,华东师范大学出版社2005年版。

是对纯洁处女的隐喻，它为凡夫俗子所不可见，是语言存在价值超验纯粹的象征物。而在《布里格随笔》中，诗人则从上帝的声音出发，继续追问着"处女之耳"的所在，这无疑正是对语言存在价值的最终极叩问："主啊，在你的音乐声中，那只纯洁的处女之耳在哪里？"[①]而语言的表象价值则是人世间混乱的声响，需要被赶出"存在的音乐厅"："现在谁把你从那些淫荡的耳朵中取回？谁把那些可收买之人赶出音乐厅？——他们的耳朵仿佛娼妓一般纵情交欢但却从不受孕。"[②]而在《杜伊诺哀歌》中，"天使"正是被里尔克塑造成存在的化身，是语言存在价值的承载者，诚如瓜尔蒂尼所说，哀歌的天使"具有出自它们起源的内涵和感受"，"它们是本质"，[③]正如张枣在《卡夫卡致菲丽丝》中想去触摸而不得的"天使"一样，里尔克的"天使"也具有相同的不可触摸性："如果我们觉得天使只是远远地出现，或者藏而不露，那么我们感到它美；但是，如果它以任何方式一显尊容，并靠近我们，它就会毁了我们。它对于我们是极限的本质。"[④]正因为"天使"是存在的化身，它不可触摸也不可见，所以里尔克在第一首哀歌中才会如是歌咏："每一位天使都是可怕的。"它的可怕之处在于，人类永远无法承受其携带的存在之重，或者说，人类永远不会是它所携带的语言的存在价值的持有者，只能是永恒的追问者，而且重要的是，里尔克在《布里格随笔》中借由"处女之耳"所定义的存在之超验纯粹，也使得哀歌中的"天使"具有了超验纯粹性，而作为追问者的人类，若想承受这"极限的本质"，也唯有使自己获得同样的纯粹："人类无法抵御天使的可怕。即使他的力量或知识或经验增长了，他也无能为力。只有一种态度能够承受天使本质的威力，即单纯。"[⑤]

总而言之，在里尔克这里，世界区分为可见的表象与不可见的存在，哀歌

[①] 里尔克:《布里格随笔》，徐畅译，见李永平编《里尔克精选集》，北京燕山出版社2005年版，第363页。
[②] 同上注。
[③] 瓜尔蒂尼:《〈杜伊诺哀歌〉中的天使概念》，见刘小枫编《杜伊诺哀歌中的天使》，林克译，华东师范大学出版社2005年版，第213页。
[④] 同上注，第214页。
[⑤] 同上注，第215页。

中的"天使",是高于现实表象的事物,它是存在本身。在语言本体论的意义上,它指向了语言的存在价值。里尔克的存在具有超验纯粹性,"天使"也是超验纯粹之物,语言的存在价值在里尔克那里也因此具有高于表象的超验纯粹性;它的纯粹,也必然要求着它的言说者——诗人——葆有单纯的态度。在里尔克这里,世界的存在与表象、语言的存在与表象之间存在着清晰的高下之分,二者绝无混淆的可能。

张桃洲在一篇文章中曾说过:"在一定程度上,西方文化语境中的里尔克被中国诗人'简化'了,不同诗人之选择里尔克,也会显示出各自诗学的侧重点。"[①]臧棣这里便是典型一例。他在1999年的文章《汉语中的里尔克》中曾谈及过里尔克对世界的认知,与上述通行的认知比较起来,臧氏的看法大相径庭,这甚至可被视作某种有意的误读:"对里尔克来说,世界只是一个可供观察的存在,它既没有表象,也没有本质。它甚至不能作为一个整体来感知,它只是一些珍贵的时刻和奇异的图像。"[②]二者相较,差异立现。臧棣的表述有意无意地抹杀了里尔克认知中存在与表象之间的差异与高低,与其说这是臧棣在谈论里尔克的看法,毋宁说这是臧棣在借里尔克来谈论自己的认知。实际上,这样的谈话策略正是臧棣的惯用手法。比如,他曾将九十年代诗歌的主题归纳为"历史的个人化和语言的欢乐"[③],而洪子诚对此评价道:"用于描述九十年代诗歌写作特征是否允当另当别论,如指认他自己的诗歌写作趋向,则大体确切。"[④]同样,将臧棣谈论里尔克这段话当作对他自己诗歌认知的指认,也大体确切。在深入比对了二者之间的分歧以后,里尔克对臧氏的影响也明白地显示出来。可以说,臧棣在诗中放逐的"天使",正是里尔克冥思苦想要去呼唤的

---

① 张桃洲:《从里尔克到德里达——郑敏诗学资源的两翼》,载《徐州师范大学学报(哲学社会科学版)》2007年第4期,第27页。

② 臧棣:《汉语中的里尔克》,载《郑州大学学报(哲学社会科学版)》1999年第3期,第34页。

③ 臧棣:《90年代诗歌:从情感转向意识》,见王家新、孙文波编《中国诗歌九十年代备忘录》,人民文学出版社2000年版,第246页。

④ 洪子诚:《中国当代文学史》,北京大学出版社2007年版,第347页。

"天使"。二者在使用"天使"这一母题时,实际上分享着共同的符号学(能指/所指)对应系统,只不过是彼此截然悖反而已。在里尔克这里,对"天使"的呼唤构成了诗意的来源和语言存在价值的抵达,而在臧棣这里,对"天使"的放逐则实现了相同的效果。既然臧棣认为世界既无表象与存在的区分,那么在语言本体论的意义上,我们也有理由认为,在臧棣的语言观念里,语言的表象价值与存在价值之间也无截然的区分,表象即是存在。或者说,语言存在价值的实现,并不依赖于对表象价值的超越与逃离,相反,需要被放逐的倒是"天使",是需要超越与逃离方能实现之物。放逐了"天使",便意味着接纳了表象,因此,臧棣对"天使"的书写,在母题的意义上便完成了语言本体论的辩证。与张枣的"天使"一样,臧棣的"天使"也内在于1990年代以来诗歌的整体策略之中,并提供了母题的意义。

如前所论,钟鸣在分析张枣当时舍里尔克而选卡夫卡之原因时认为,里尔克属于1980年代的"美学英雄"之列,在这个意义上讲,里尔克在美学功能上同构于中国新诗1980年代的纯诗构想和语言本体论装置。因此,在中国当代诗歌的结构性谱系里,里尔克哀歌中的"天使"便是"纯诗的天使"之题中一义。有鉴于此,最后还需要分辨一点,与张枣改写"天使"形象,为其"换血"不同,臧棣仍是在"纯诗的天使"的八十年代意义上使用这一词汇,只不过是以对其进行语言本体论批判的方式完成诗歌写作与诗意的推演。因此,从对"天使"母题的处理上看,臧棣的写作暗含着反抗美学英雄的意味。在一篇文章里,臧棣有言:"在后朦胧诗那里,写作有意避开对峙的话语系统,拒绝成为带有任何意识形态神话色彩的艺术形式……写作主体不再是反叛者,而是异教徒:就像真正的诗歌的写作永远与反叛无缘,仅仅表现为历史的异端一样。"[①]对美学英雄的反叛,虽然与外在政治意识形态无关,但是,在语言本体论内部,在诗歌的话语系统内部,这实际上仍未摆脱"对峙",仍是与1980年代纯诗构想的语言本

---

① 臧棣:《后朦胧诗:作为一种写作的诗歌》,见王家新、孙文波编《中国诗歌九十年代备忘录》,人民文学出版社2000年版,第207—208页。

体论装置之间激烈的缠斗。我们虽然知道,将臧棣个人的"九十年代诗歌"概括为"历史的个人化和语言的欢乐"大体确切,但是透过他对"天使"母题的处理方式,我们就会发现,一个反抗的幽灵,暗中游荡,贯穿着他的"九十年代诗歌"语言本体论之始终。

第三节 "鸟类的传记"

一、"他着了魔!"

在一篇谈论"土拨鼠"的文章里,张柠曾整体性地夸赞过动物们卓越的目光:"动物的确见得很多。它们看见了人所能见的部分,还看见了人不能见的那一部分。"[①]在很多写作者笔下,动物的目光都远胜人类,它们往往能看见本体性的东西,这样的能力,长久以来一直为诸多写作者所倾慕。对于写作者来说,让自己的语言获得这一能力,在言说中呈现本体性的境域,构成了写作者的终极期待,这也使得他们的写作获得了语言本体论的意味。美国诗人伊丽莎白·毕肖普笔下就出现过许多动物,它们在诗中出现的时刻,就经常闪烁着语言本体论的光辉,是诗歌抵达语言存在价值的时刻。比如长诗《麋鹿》中,班车穿行过一路的美景,车中乘客皆沉入梦幻,突然,班车猛然一颤,作为标题的麋鹿终于出现:

它挺立着,没有角,
高耸如一座教堂,
朴实如一间住房
(或者说,安全如住房)。

---

① 张柠:《我们内心的土拨鼠》,见张柠《感伤时代的文学》,新星出版社 2013 年版,第 166 页。

......

非常从容地，

它把汽车看了个遍。

那么高贵，超然世外。

为什么，为什么我们感觉到

（我们全都感觉到）这种

甜蜜的愉悦之震悚？[①]

麋鹿出现的时刻，车内之人所感受到的"震悚"，诗外的读者们也能强烈地感觉到，正如诗中括号内所说的，"我们全都感觉到"（we all feel）。"麋鹿"超凡脱俗，宛如一座教堂，看见它的人，皆感受到震悚，这是存在之震悚，是诗歌的语言存在价值显现的时刻。诚如雷武铃所说："它是这么朴素，自然，就像不是出自人心的愿望与渴求，而是自然，是造物本身创造的，是世界本身所具有的，和我们的痛苦一样，这种活力与生气，这种神奇的超越的存在，是世界本来就具有的……我相信，这样的诗不是随便，不是依靠想象和个人的努力就能写出，它是让你遇到，在实际中照亮你，赋予了你这样的光，然后你用一生去理解去抓住这光。"[②]这样的评论，让我们很容易想到王家新在《人与世界的相遇》中对语言本体论的阐述，主体的消解，人与世界的本源性在语言中相遇，写作要抵达的便是这样的语言本体论状态，毕肖普对麋鹿的书写，无疑正是对这种语言本体论状态的呈现，正因如此，它才如此"超然世外"，具有巨大的神秘感和不可知性。毕肖普的另一译者包慧怡对其笔下的动物，也有相似的看法："与中世纪彩绘动物寓言集（Bestiary）传统中相对简纯、固定的象征系统不同……毕肖普诗中的动物们大多迷人而费解，既不属于此世也不属于彼世，仿佛从世

[①] 此处参雷武铃译本，略有改动，该诗英文原本参 Bishop, *Poems, Prose, and Letters*, Literary Classics of United States, 2008, P158.

[②] 见《活页 2010：翻译卷》，未刊行，第 19 页。

界的罅隙中凭空出现,几乎带着神启意味,向人类要求绝对的注目。"①

在诸多动物之中,鸟类对于写作者来说是极为特别的一种,几乎很少有写作者笔下没出现过与鸟类相关的词汇。人类文学史上,对鸟类的书写往往留下经典之作。仅为人所耳熟能详的,便有济慈《夜莺颂》,雪莱《致云雀》,泰戈尔《飞鸟集》,郭沫若《凤凰涅槃》,沃尔科特《白鹭》,更遑论中国古代诗人们写鸟类不可胜数的名句。其中非常重要的一个原因或许是,鸟类懂得飞翔和歌唱,而这两样能力,则构成了人类千百年来想在写作中实现的最重要的渴望和梦想。因此,鸟类在整体上往往构成了对飞向理想世界、寻找理想世界中的声音的隐喻。对于诗人来说,对鸟类的书写则往往隐含了语言本体论的意味。鸟类的目光,以及鸟类身上所携带的光辉,比其他动物要求着更高的注目和仰视——它们身上携带着语言的存在价值。在很多由鸟类所支撑起的诗歌中,鸟类在语言的符号系统中往往占据着中心的位置,就像华莱士·史蒂文斯在其名作《坛子轶事》中放置在田纳西的"坛子"一样,其他词语围绕着这一中心结成有秩序的、有意义的符号系统。张枣在《卡夫卡致菲丽丝》第三首中写道:"致命的仍是突围。那最高的是/鸟。在下面就意味着仰起头颅。""鸟"在这里构成了"突围"不断被渴望、试图去达成的归旨,是符号系统的最高处,是语言存在价值的居所。保罗·策兰收在《罂粟与记忆》(Mohn und Gedaechitnis)的诗作《逆光》("Gegenlicht")中著名的"那是春天,树林飞向它们的鸟"句,也传达着相同的语言本体论思想,"树林"飞向"鸟",无疑是对常规的、工具论式语言的逆反,是对语言本体论的揭示,"鸟"在这里成为符号系统的中心,"树林"围绕着它形成了有意味的符号秩序。在这个意义上讲,毕肖普写鸟类的名诗《矶鹞》("Sandpiper")的结尾让人难忘,它所展示的正是语言本体论显现的时刻,那令人晕眩的美:

---

① 引自译者序《"忘我而无用的专注":地图编绘者毕肖普》,伊丽莎白·毕肖普:《唯有孤独恒常如新》,包慧怡译,湖南文艺出版社2015年版。

寻找着某种事物,某物,某物。
可怜的鸟儿,他着了魔!
数百万沙砾呈黑色、白色、黄褐、灰,
掺杂石英颗粒,玫瑰晶与紫晶。

　　被元素照亮的海滩,仿佛创世之初的景象,闪烁着本源性的光辉。只有沉浸到语言存在价值的深处,语言才能呈现出这样的状态,正如诗中的"鸟儿"所转喻的那样,语言在此状态下"着了魔"(he is obsessed),它摆脱了常规性、传达性的工具状态,挣脱了福柯意义上词与物分离的隔绝,久违而必然短暂地返回到那一直被梦幻的重逢之境。总而言之,鸟儿出现的时刻,诗歌总会进入"着了魔"的语言本体论状态。在这个意义上讲,"鸟儿"对于很多诗人来说,都构成了自己希望在语言中抵达的理想自我之镜像。因此,鸟类对于诗歌写作来说具有母题性的意义。约瑟夫·布罗茨基在谈论德里克·沃尔科特的文章中说:"诗人们的真正传记就像鸟类的传记一样。"[1]

　　由此出发,本节接下来所要讨论的问题是,在 1990 年代以来,中国当代诗人们对鸟类的书写是否也能够形成母题性的意义,它们会呈现出怎样纷繁的面貌?我们透过这种纷繁,是否能够从中看到某些清晰而一致的语言本体论策略,这是否内在于 1990 年代诗学的整体性策略?以及,借由鸟类母题书写而呈现出的语言本体论策略,在 1990 年代以后,是否与 1980 年代有所不同?

二、"天鹅之死"与"领受天鹅"

　　1983 年初秋,欧阳江河写出了短诗《天鹅之死》。而在正好三十年后,欧阳

---

[1] 约瑟夫·布罗茨基:《潮汐的声音》,王家新、沈睿译,见《钟的秘密心脏:二十家诺贝尔奖获奖作家随笔精选》,王家新、沈睿编,解放军文艺出版社 1997 年版,第 287 页。

江河在一篇访谈中极具追认性质地(敬文东将此称作"后置性"[①])将这首诗视作自己诗歌写作的起点。全诗如下：

> 天鹅之死是一段水的渴意
> 嗜血的姿势流出海伦
> 天鹅之死是不见舞者的舞蹈
> 于不变的万变中天意自成
>
> 或仅是一种自忘在众物之外
> 一个影子摇晃一座空城
> 使六面来风受困于幽谷
> 使开过两次的情窦披露隔夜之冷
>
> 谁升起，谁就是暴君
> 战争的形象在肉体中逃遁
> 抚摸呈现别的裸体
> ——丽达去向不明

在那篇访谈里，欧阳江河谈到了这首诗写作的来由："后来是我写《天鹅之死》那首诗，已有了我后来诗歌的雏形了，里面有压缩得、浓缩得很厉害的诗句，诗句背后有一个语义场，和一个思想的动力场，就是内驱力，诗意不光是表面的语言本身，它已经有了一个深度的内涵空间了。这首诗表面上是在援引希腊神话，和叶芝的《丽达和天鹅》，好像是余光中翻译的，余光中的诗我后来

---

① 敬文东：《从唯一之词到任意一词：欧阳江河与新诗的词语问题》，东荡子诗歌促进会，2017年11月，第29页。

一直没有喜欢，但是他翻译的这首我喜欢，所以我的这首诗与那首诗构成了一个互文本。《天鹅之死》这首诗既对应神话的叙事，又对应另一首诗，甚至对应一种翻译。后来这首诗我又看了袁可嘉的翻译，袁可嘉对叶芝的翻译我是非常认可的，但这首诗余光中翻译得更好，给我一种张度。"[1]

一个诗人在写作发生期，往往因受到其他作品的影响而觉醒，这种觉醒机制与历史并不相关，而是与人类的生命规律和语言生成规律密切相关，也就是说，这本质上是个内在事件，至于每个诗人究竟受到什么作品的影响，则与历史的际遇有些关系。正如本书开头谈论的柏桦受波德莱尔《露台》译本（程抱一）之启发而作《表达》一样，欧氏这首起点之作是受到爱尔兰诗人叶芝《丽达与天鹅》译本（余光中）的影响而发生，在"词的觉醒"这个八十年代语言本体论肇始性的阶段里，二者的写作缘起可谓如出一辙。正如他在访谈稍后所提到的"《天鹅之死》中，我的风格，我诗歌隐隐约约的雏形已经有了，诗句的完成度也比较高，也比较流畅，有一种内涵"[2]，欧氏在这首诗中已然发生了"词的觉醒"，他找到了自己的语言应有的样态，或者说，他找到了自己语言本体论的推演、发生机制。那么由此而来的问题就是，在这首起始之作里，究竟隐含着怎样的语言本体论机制？他这首诗与叶芝《丽达与天鹅》之间是如何对照的，这首诗的语言本体论机制与1980年代诗歌的整体语言策略又有何关联？

叶芝名诗《丽达与天鹅》（"Leda and the Swan"）是晚期之作，收在诗集《塔楼》（*Tower*）中，同集中名诗极多，比如《驶向拜占庭》（"Sailing to Byzantium"）、《塔楼》（"Tower"）、《在学童中间》（"Among School Children"）等，都为人所耳熟能详。这首诗初成于1923年，后来几经修改，最后于1928年定型为如今的面貌。这是一首十四行诗，无论从形式还是内容上讲，都非常精湛，对于它的评价，历来极高，有西方学者称这首诗为"有史以来所有诗作中最无法再提升

---

[1] 欧阳江河、王辰龙：《消费时代的诗人与他的抱负：欧阳江河访谈录》，载《新文学评论》2013年3月，第46页。

[2] 同上注。

的诗之一"①。正如艾略特认领了"丁香",里尔克认领了"天使"一样,叶芝仅凭这首短诗,就在西方的文学谱系中认领了"天鹅"。

这首诗的取材来自希腊神话:宙斯化身天鹅,强奸了斯巴达王廷达俄瑞斯的王后丽达,并生下了海伦(性爱的象征)、克吕泰涅斯特拉(阿伽门农之妻)和狄俄斯库里兄弟(战争的象征)。作为这一强奸事件的著名结果,海伦因与特洛伊王子帕里斯私奔而引发了特洛伊战争,而得胜归来的希腊统帅阿伽门农则死于与人私通的妻子克吕泰涅斯特拉之手。据傅浩《叶芝评传》所云,晚年的叶芝,"年纪老大和健康恶化导致性功能衰退。叶芝深恐自己会因此丧失创造力。为了遮人耳目,他变本加厉地讴歌性爱……它不仅把性欲当作个人创造力之源,而且甚至视之为人类历史的原动力"②。这很有些弗洛伊德主义的影子,但不论如何,性欲以及由之而起的历史的暴力,是这首诗要书写的对象。如果仔细研读这首诗的英文原文,我们会发现,淫荡露骨,暴虐无耻,充满肉感,力量十足,是这首诗最明显的抒情风格③,作为凡人和受虐者的丽达,必须要领受的便是伪装成天鹅的神祇与施暴者宙斯所携带的暴力之爱,而对暴力之爱的领受,才会引发人类历史的原动力,当然,历史的动力、革命的动力,同时也是人类历史的巨大危机,这构成了一种辩证:人类有形、经验的肉体唯有陷入被无形、超验的暴力所虐待的巨大危机中,才能获得历史滚滚向前的动力学。

其实,灵与肉的碰撞、肉体与理念的冲突、经验与超验的龃龉,贯穿于叶芝一生写作的始终,晚年的叶芝,因为肉体的衰朽,开始格外重视肉体与经验的价值。这首诗所隶属的诗集《塔楼》,便是叶芝"晚期风格"昭著的作品:"此时,

---

① "*Leda and the Swan*, one of the most unimprovable poems ever written, is the final fusion of history, myth and vision." See Balachandra Rajan, *W. B. Yeats, A Critical Introduction*, Routledge, 2017, p. 132.
② 傅浩:《叶芝评传》,浙江文艺出版社1999年版,第190页。
③ 正因如此,这首诗写成之后,曾引发巨大的争议,它的约稿人 AE 也对此深表不安,叶芝的女秘书甚至哭着拒绝打抄原稿。

叶芝已进入第三个阶段,比之前任何时候都更要贴近现实世界,与中期的'但丁时期'相比,他不再那样傲岸不群、漠视世情。"[1]因为此时的叶芝,面对衰老的肉体("一个令人舒适的老稻草人"),不再坚持超验价值的永恒之美,正如他在《在学童中间》所写的,自己作为一个"六十岁的含笑的公众人物",去参观修女办的女校,看到年幼的女孩子,突然想到"一个丽达那样的肉体"(这映射着其终生之爱毛特·冈),那样的美,如今也已衰老,永恒又安在呢?"所有躯体的美不都是注定要衰朽的吗?即使是修女们所崇拜的神性之美,不也是无法跟肉体的形象分离的吗?"[2]唯有灵肉合一的状态,才是完满的"月相"(Phase)[3],正如这首诗著名结尾所暗示的,舞蹈与跳舞人本来就是合一的,根本无法区分,灵肉合一才是永恒的美。正因为源自叶芝晚年对肉身的重视,这首《丽达与天鹅》才如此肉感,虽然它表现的是"暴力与无助之间不可避免的冲突"[4],但是,这冲突的不可避免,正是晚期叶芝想要抵达艺术的永恒之境所必需的方式,人类的肉体与神性的暴力相媾和,相统一,不再区分,才能激发出最强劲的语言感染力。这首诗所要呈现的,正是肉体与神性、强者与弱者在性爱的暴力中实现的辩证与完满。

再回过头来,说欧阳江河。他外语不精,看的是中译本[5]。所有译本中,真正对他造成语言觉醒的是余光中的译本。那么问题来了,相比于其他译本,余光中的译本究竟有何种特色?这里面便暗藏着解开欧阳江河诗歌语言意识的密码。

从这首诗的最后七行中便可见端倪。英文原文及三个中译本如下:

---

[1] 埃德蒙·威尔逊:《阿克瑟尔的城堡:1870年至1930年的想象文学研究》,黄念欣译,江苏教育出版社2006年版,第46页。

[2] 同上注,第47页。

[3] "月相"(phase)是叶芝思想体系中非常重要的概念。参傅浩:《叶芝评传》,浙江文艺出版社1999年版,第195页。

[4] "The inescapable contrast is between power and helplessness," see Balachandra Rajan, *W. B. Yeats, A Critical Introduction*, Routledge, 2017, p. 133.

[5] 在前面所引那篇访谈中,欧阳江河亲口谈到这一点。

A shudder in the loins engenders there
The broken wall, the burning roof and tower
And Agamemnon dead.
      Being so caught up,
So mastered by the brute blood of the air,
Did she put on his knowledge with his power
Before the indifferent beak could let her drop?

腰际一阵颤抖，从此便种下
败壁颓垣，屋顶和城楼焚毁，
而亚加曼侬死去。
   就这样被抓，
被自天而降的暴力所凌驾，
她可曾就神力汲神的智慧，
乘那冷漠之喙尚未将她放下？
     （余光中译）

腰股间的一阵颤栗带来
墙坍，房顶和塔楼燃烧，
阿伽门农死了。
  如此被抓获，
被空中飞来的野种所制伏？
在无情的喙放开她之前
她是否从他的力量获得了知识？
     （袁可嘉译）

腰际一阵战栗于焉产生
是毁颓的城墙,塔楼炽烈焚烧
而阿加梅侬死矣。
　　　　被如此攫获着,
如此被苍天一狂猛的血力所制服,
她可曾利用他的威势夺取他的洞识
在那冷漠的鸟喙废然松懈之前?
　　　　　　　　(杨牧译)

　　三个译本各有千秋,相比起来,袁可嘉译本更为口语一些,杨牧的译本则最为文气,传达出一种汉语古典之美。而余光中的译本似乎居于两者中间。该诗第十二行是个孤悬小短句,在形式上,就像一只鸟爪一样将整首诗抓了起来,而且它在内容上也正是在表现丽达的被抓获状态,可以说形式与内容结合得非常完美。灵与肉、强与弱被包孕在一起,它所承载的正是莱辛在《拉奥孔》中说的"艺术最富包孕性的瞬间"。王家新对此处短句的评价与莱辛的理念形成了清晰的呼应:"显得很突兀,但又定格了那个'神人合一'的瞬间。"[1]对此短句的翻译,杨牧译本以"着"字的使用而翻译出了它的状态感和瞬间感,另外两个译本则在此方面有所丢失。其实,这三个译本更为重要差别还不在此处,而是在对"brute blood"的翻译上,可以说,三者此处的差异完美凝结着各自译本的追求。杨牧译本为"狂猛的血力",传达出了"血"的形象,是三个译本中最具语言肉感的一个;而袁可嘉译为"野种",意在强调强奸的背德感,突出的是道德判断,有一种巴塔耶意义上的"文学与恶"[2]的意味;而余光中将此译为"暴

---

[1]　王家新:《"我们怎能自舞辨识舞者":杨牧与叶芝》,见王家新《翻译的辨认》,东方出版社2017年版,第168页。
[2]　参乔治·巴塔耶:《文学与恶》,董澄波译,北京燕山出版社2006年版。

力",且用"凌驾"一词来与之搭配,其实是将肉感取消了,将语言抽象化了,在语言本体论的意义上讲,余光中的译本最具语言的暴力,它突出的是"天鹅"所承载的语言存在价值作为强者,对"丽达"的肉体所承载的语言表象价值的"凌驾"与取消,因此说,这是极具语言暴力的翻译。晚年的叶芝,推崇性爱,推崇肉欲,然而他在将性爱尊为神的暴力时,恰恰不能取消的是丽达的肉体,因为如果暴力被抽象化了,那么性爱的力量便无法实现,其结果,恰恰是性爱的失败,也是诗歌实现诗意完满的失败。对于晚期叶芝来说,暴力永远不能消灭肉体而成为孤立的存在,在语言本体论的层面讲,"丽达之死"便意味着"天鹅之死",这对于叶芝来说意味着诗歌创造力的衰亡,因此,暴力与肉体之间必须实现一种辩证,这也使得诗歌的语言本体不可能是抽象化、概念化的"暴力状态",而是与语言的肉感相联姻,抵达一种语言本体论的辩证。由此观之,余光中的译本在语言肉感的层面上流失最多,正如"暴力"一词所揭示的,他的译本相比之下,清晰地呈现出语言的抽象化、概念化状态,很大程度上放逐了语言的肉感。"暴力"一词的选用,恰好构成对他译本的语言本体论追求的转喻。

行文至此,我们便清晰明了为何欧阳江河如此喜欢余光中的译本,也在源头性的意义上佐证和揭示了欧氏诗歌的语言意识。钟鸣在《旁观者》中曾说过欧氏的诗歌语言"太过理念化和论辩性"[1],总之肉感不足,崇尚语言暴力,理念性的词总是凌驾于现实性的词。在这首《天鹅之死》中,"谁升起/谁就是暴君"句,很明显有余光中译本的影子,它直接来源于余氏对"暴力"一词的翻译。余光中译本究竟如何影响了欧阳江河,以及欧阳江河对语言暴力的迷恋,透过他这首起始之作与叶芝这首诗诸译本的比较研究,已然清晰可见。欧阳江河这首诗中还有一处,也构成了对此的佐证:"天鹅之死是不见舞者的舞蹈",这句

---

[1] 钟鸣:《旁观者》,南海出版社1998年版,第342页。

诗很显然来自叶芝晚期另一首名作《在学童中间》的结尾"我们怎能自舞蹈辨识舞者",然而在语言追求和价值理念上与后者背道而驰。如前所述,叶芝这个结尾的意思是肉体与理念不可分割,理念不可能脱离肉体而独自永恒,而欧阳江河这里明显取消了"舞者"的价值,独尊"舞蹈",这实际上呼应了"暴君"的姿态。正如余光中译本中的"暴力"转喻了他的语言本体论追求一样,欧氏的"暴君"和独尊"舞蹈",也转喻了同样的语言本体论追求:推崇理念,忽视肉体;推崇"天鹅",凌驾"丽达";推崇语言的存在价值,取消语言的表象价值,其结果正如这首诗的结尾所暗示的,只能是"丽达去向不明",诗歌语言"沦陷于无物状态"。①

如果我们将从上述源头性考察中获得的理解投放到对欧阳江河这些年来的写作中去看,就会发现,欧阳江河语言的秘密正是他多年来一直迷恋语言暴力,他的语言中永远泾渭分明地区分着强者与弱者,存在价值永远凌驾于表象价值,且对后者进行着奸污与消灭(敬文东意义上的"嫖词者"),这使得他的语言呈现为单向度话语。正因这单向度,阅读欧氏的诗,总会引发伦理上的不适感,其实,伦理的不适正是来自语言本体的不适,二者之间并不割裂,而是件内在辩证统一的事情。欧阳江河的语言,是 1980 年代语言本体论策略中最残忍、暴力的一个。敬文东将欧阳江河语言的暴力性及近些年写作的困境命名为"嫖词者的黄昏",并由此而言:"将因自信无意识的恒久存在,沉醉于甚或陶醉于漫长的梦游,逐渐从他原本前途无量的正午,走向黯然无趣的黄昏。"②那么,《天鹅之死》中草蛇灰线般隐藏的语言暴力之肇始,则无疑是"嫖词者的正午",然而正如"天鹅之死"这个谬误的短语所暗示的,施暴者也必死,取消了"丽达"的"天鹅"也无法独自实现——欧阳江河后来写作的全部"黄昏",在

---

① 敬文东:《从唯一之词到任意一词:欧阳江河与新诗的词语问题》,东荡子诗歌促进会,2017 年 11 月,第 119 页。
② 同上注。

1983年的"正午"中便早已一语成谶。①

1990年，身在上海的诗人陈东东写下了《动物园的黄昏》。在其新近出版的短诗集《海神的一夜》里，这首诗被收入第二辑中（七十二首：1990—1999），算作其九十年代创作最初的几首诗之一。事实上，以阶段性的目光来打量每首诗的位置感，并以此确定其意义、价值，对于陈东东来说，或许并不像很多其他诗人那样有效。陈氏的诗学，自八十年代以来一以贯之的东西很多，尽管几十年的写作历程中不可避免地会出现变化调整，但是在整体性的诗学策略、语言意识上，陈东东变化不大。在这个意义上讲，无论作为诗学概念还是史学概念的八十年代诗歌与九十年诗歌的分野，在陈东东这里很大程度上并未发生，诚如颜炼军近日在一篇为《海神的一夜》所写评论中所说的："陈东东属于少数写作观念前后变化不大的诗人，且这是一种自觉的立场。"②开个玩笑说，陈东东是位"冻龄诗人"。在这篇评论稍后的地方，颜炼军谈到了陈东东的语言意识："他痴迷于'语言夜景'……'夜景'对应'白昼'，'白昼'的语言，是各种话语/意义的天下，'白昼'生产的意义光芒，在'语言夜景'里产生剧变……在诗人这里，语言的'夜景'或'梦境'，不但是对'白昼'意义/话语的拒斥、瓦解，也是对语言的内在构成的重铸。"③陈东东专注语言本体几十年，且一直以八十年代纯诗的策略示人，这已是广被接受的认知。"夜景"对"白昼"、语言对话语的逃逸和反对，会让我们想起福柯所说的现代文学语言是一种反话语的论断。总之，在陈东东这里，"夜景"构成了语言存在价值的居所，它是某种语言乌托邦式的所在。可以说，陈东东是位很大程度上符合文学现代性原教旨的诗人。

---

① 笔者认为，欧阳江河在1983年写下"天鹅之死"这个短语时，并没有经过深思熟虑，也似乎并未消化叶芝此诗的意义。"天鹅之死"造成了"丽达去向不明"，欧氏在语义上同时消解了两者，且将前者命名为"没有舞者的舞蹈"，而后者只是前者的一个被动结果。"天鹅"必须以死来自我成就，而且"天鹅之死"就会自动导致丽达的消失，二者之间存在着费解且谬误的默契，总之这首诗的语言系统相当得吊诡。不过无论如何，"天鹅之死"不啻一句谶语，在欧阳江河写作的发生期就埋下了语言本体论的"祸根"。俗话说"三岁看老"，语言其实也是有生命的，这句话用在欧氏诗歌语言上，也相当恰当。

② 颜炼军：《陈东东的"语言夜景"》，载《新京报》书评周刊，2019年3月2日。

③ 同上注。

《动物园的黄昏》里,语言发生在黄昏时分,在"语言夜景"的意义上讲,"黄昏"无疑是夜的开始,它是语言从话语中挣脱,朝向本体完成一次短暂回归的初始时刻。有趣的是,这首诗的结尾出现了"天鹅":

> 末日之星由谁高举
> 你看见她,隐身于群禽的
> 灵魂一点,趋近无辜
> 灿烂的肉体——
> 那象征的白金戒指已脱落
> 云影的女儿,又领受天鹅

正如"象征"一词所提示的,与欧阳江河语言的暴力不同,陈东东的诗歌语言呈现出与象征主义者们相似的忧郁。"忧郁"这黑色胆汁和浪荡子的同源词,根据西方传统的体液病理学说,是干燥和冰冷的,而在西方文学谱系里,忧郁这一品质的发现,正是来自波德莱尔的直觉。[①] 而忧郁本身冰冷干燥的品质,也正适合"黄昏"这一暧昧含混的时刻。波德莱尔早年一首给圣伯夫的诗里就曾写过黄昏,与陈东东这首诗一样,其中也出现了"她的肉体":

> 然后,不良黄昏、狂热黑夜降临,
> 让姑娘们爱恋上她们的肉体,
> 让她们在镜子里——不育的满足——
> 静观她们成年的成熟的果实

"镜子"在现代文学中的语言本体论内涵已在本章第一节详细谈论过,因

[①] 让·斯塔洛宾斯基:《镜中的忧郁》,郭宏安译,华东师范大学出版社2012年版,第131页。

此,这里的"镜子"中成熟的肉体,也构成了对语言存在价值的隐喻。而这一语言事件发生的时刻,正是黄昏与黑夜,这与陈东东迷恋"夜景"的语言意识之间存在着波德莱尔式的"感应"。当然,这并不是说陈氏一定读到了波德莱尔这首诗,但二者之间"感应"的存在则是清晰的,这正是对二者语言本体论默契绝好的证明,诚如钟鸣所说:"诗的瞬息神,超过任何思维张牙舞爪的神祇,否则,波德莱尔便不必叙'感应'了。"[①]"黄昏",是语言挣脱话语束缚之始,"末日之星"也构成了对此的提示。这一词汇会让我们想起波德莱尔所说的"末世感",在他看来,"末世感"是对现代社会塑造出的进步神话的对抗[②],它与忧郁息息相通,渲染着浪荡子的美学,在语言本体论上,构成了对以"进步"为中心的现代话语的不信任,其中暗含着福柯式"反话语"的内涵。在这个意义上讲,陈东东的"末日之星"与波德莱尔之间第二次发生了"感应"。那么最后,就来到了"领受天鹅"这里,而这为我们带来了第三次"感应"。在这次由"黄昏"所诱发的语言事件里,结尾处对"天鹅"的领受,无疑是全诗的完满之时,是语言挣脱话语,抵达语言存在价值的时刻,而"天鹅"正是对语言存在价值的母题性象征。如同波德莱尔诗中的姑娘们在镜中看见自己成熟的肉体,"云影的女儿"在黄昏中"领受天鹅",也是语言抵近成熟的标志。事实上,在西方文学谱系里,"天鹅"并非为叶芝所独享,另一位"天鹅"的化身正是波德莱尔,以与叶芝相迥异的方式。波德莱尔曾写过一首献给维克多·雨果的伟大诗作,名曰《天鹅》,其中有如下诗行:

> 我看见了一只天鹅逃出樊笼,
> 有蹼的足摩擦着干燥的街石,
> 不平的地上拖着雪白的羽绒,
> 把嘴伸向一条没有水的小溪,

[①] 钟鸣:《变化的经验:读陈东东〈海神的一夜〉》,载《扬子江评论》2019年第1期,第54页。
[②] 参胡戈·弗里德里希:《现代诗歌的结构》,李双志译,译林出版社2014年版,第28页。

> 它在尘埃中焦急地梳理翅膀,
> 心中怀念着故乡那美丽的湖:
> "水啊,你何时流?雷啊,你何时响?"
> 可怜啊,奇特不幸的荒诞之物,
>
> 几次像奥维德笔下的人一般,
> 伸长抽搐的颈,抬起渴望的头,
> 望着那片嘲弄的、残酷的蓝天
> 仿佛向上帝吐出了它的诅咒。

译者郭宏安详细解释过这只"天鹅"的意义:"'天鹅'象征着人,'樊笼'象征着人所受到的困扰和束缚,'雪白羽绒'象征着人在天堂中的纯洁无邪。然而摆脱了桎梏的人并未回到天堂,只是走出了小樊笼,进入了大樊笼……他只能在心中怀念失去的乐园——故乡那美丽的湖。而那上帝居住的蓝天是'嘲弄的',嘲弄在地上笨拙地挣扎着的人,它又是'残酷的',听凭尘埃玷污雪白的天鹅。终于,天鹅怀着渴望复归天堂的心情向上帝发出了谴责,'吐出了它的诅咒'……这个人,无论身在何处,受到何种磨难,终生都将在向往希冀中度过,他的向往是天堂,他的希冀是获救。"[①]这只"天鹅",象征了现代人的伦理处境,同时也象征了文学现代性的语言本体意识。这段话实际上与福柯对词与物分离之后,词语渴望挣脱话语、返回本体之境,但又无法抵达、只能永恒流亡的状态如出一辙。如果说张枣所谓"诗的困难正是生活的困难"能够成立,正是在这个意义上的成立,现代人的伦理处境正是现代语言的本体论机制。伦理的忧郁,即是语言本体的忧郁:"笼子里的天鹅是忧郁极好的象征。"[②]至此,

---

① 郭宏安:《论〈恶之花〉》,上海译文出版社2014年版,第9页。
② 让·斯塔洛宾斯基:《镜中的忧郁》,郭宏安译,华东师范大学出版社2012年版,第129页。

我们便可明了，陈东东在诗末尾对"天鹅"的领受，在语言本体论上与波德莱尔的"天鹅"之间发生了第三次"感应"。脱离话语的语言，脱离"白昼"的"夜景"，正如挣脱樊笼的天鹅，散发着来自语言本体的忧郁，真正的挣脱是不可挣脱，真正的抵达是不可抵达，真正的言说是不可言说，这便是语言的存在价值，这便是陈东东所领受的忧郁天鹅。正因如此，在同一年稍早些的《病中》里，陈东东同样忧郁地写道：

> 病中一座花园，香樟高于古柏
> 忧郁的护士仿佛天鹅

无论是欧阳江河的语言暴力，还是陈东东的语言忧郁（我们甚至还会想到本书第一章第二节中海子笔下那只"受伤的天鹅"），相同的是，他们都选择了"天鹅"作为语言存在价值的象征。不得不说，"天鹅"自身的洁白、纯粹，以天堂为"故乡"的精神形象，甚为符合 1980 年代纯诗构想中的语言本体论策略。无论是欧氏笔下"天鹅"对丽达的暴力挣脱，还是陈氏笔下"领受天鹅"所抵达的"语言夜景"，都内在于 1980 年代纯诗构想中，语言存在价值对语言表象价值的脱离、放逐之语言本体论装置。正因如此，"天鹅"被诗人们在 1980 年代纷纷选中，赋予其语言存在价值的地位，便很好理解了。"天鹅"作为 1980 年代诗歌的"鸟类传记"，也成为 1980 代新诗中间一个重要的艺术母题。

三、"玉渊潭公园的野鸭"

到了 1990 年代以后，或者说在更为符合"九十年代诗歌"内在精神气质的诗人那里，"天鹅"的地位则发生了变化，陷入了危机之中：

> 我能清晰地
> 记得一群天鹅那优美的姿态，

但这并不能帮助我。

——臧棣《伪证》(1995)

我们头脑中的一阵晕眩
引发了空难。令人惊奇的是
我们在私人领地饲养的天鹅
羽毛变黑、嗜血，几乎患上了不育症

——西渡《雪》(1998)

在臧棣这里，"天鹅"尽管十分优美，但不能施以帮助，正如他对"天使"母题的书写一样，对"天鹅"的书写仍是对1980年代诗歌符号学的"优美"延续，只是进行了否定性的价值判断；而在西渡这里，"天鹅"则不再优美，变得十分可怕，成为患病的天鹅，很难再为新的诗歌策略供血。实际上，二者对"天鹅"的书写，都指向了同一种态度：不再信任1980年代的纯诗构想及其语言本体论装置，这也就意味着纯诗的"天鹅"在他们这里不再是有效的诗歌母题，如果他们不想以争吵的方式进行写作的话。而且重要的是，二者皆是具有语言本体论意识的诗人，比如西渡早在写于1991年的一篇文章中就曾说过，"我只信任一种存在，就是语言的存在"[①]。那么有趣的问题便是，对于信任语言但不信任"天鹅"的诗人来说，语言本体论装置究竟有何内在特点呢？它在西渡的写作中，又是否以新的母题而呈现出来呢？很清楚，这一问题并非单纯指向西渡个人，而是指向当代新诗经历过1980年代纯诗构想之后，某种结构性的变化。而在仔细研究过西渡的写作之后，非常珍贵的是，在西渡的写作中，确实出现了一个新的鸟类母题：西渡对它的书写与"天鹅"之间形成了截然的对照，可以说，这为1990年代以来新诗的语言本体论提供了一个极具代表性的、异常重

---

① 西渡：《词语的谦卑》，见西渡《守望与倾听》，中央编译出版社2000年版，第1页。

要的"鸟类传记"——"玉渊潭公园的野鸭"。

　　西渡以《玉渊潭公园的野鸭》命名的诗,一共有两首,分别作于2001年8月和2002年8月,皆收在2010年出版的诗集《鸟语林》中,而且这两首诗正是这本诗集的开卷之作,其地位与诗人的诗学自觉,由此皆可见一斑。除此之外,这本诗集里写道"玉渊潭公园的野鸭"这一母题的其他诗仍有很多,比如《在玉渊潭公园》《玉渊潭踏雪》等。可以说,以"野鸭"所引领的"鸟类",在这本诗集中扮演着核心的角色,以"鸟语林"来命名,也足见诗人的写作期待与抱负。

　　正如西方古谚所说"罗马不是一天建成的",西渡的语言本体论意识实际上也经历过重要的变化,这客观上呼应着且参与到了当代新诗自1980年代纯诗构想到"九十年代诗歌"的整体性变化之中。在写于1991年的那篇文章中,西渡的语言本体论意识明显契合于1980年代纯诗构想的语言意识,将存在与表象、此岸与彼岸、经验与超验之间的对立表达得非常清晰:"我们必须运用从阅读和写作实践中得来的经验以及其他间接得来的经验,调动我们的意识,慎重地考察我们写下的每一个词语,使之自始至终建立在语言的内部联系的基础上。由此建立起来的诗歌文本,提供了一个相对封闭的存在。它的每一行诗都包含它自身存在的秘密。它不是对宇宙的阐释,而是和另一个宇宙息息相通,互为映证。"[①]对"另一个宇宙"的追求、对存在的封闭性的认识,显然更为接近"天鹅"的领地,接近纯诗构想的语言本体论装置,语言的存在价值是对语言表象价值的超越和对抗。这样的语言意识带有明显的封闭性和内部性。在西渡写于1992年4月的一篇短文里,"另一个宇宙"被置换成了"内心生活",它与"外部生活"截然对立:"一个人的内心生活的丰富、生动和复杂程度是他的外部生活所无法比拟的。但是这种多姿多彩的内心生活正日益受到我们的外部生活的侵蚀。"[②]在具体的诗歌实践上,能与这一阶段诗学意识构成呼应的

[①] 西渡:《词语的谦卑》,见西渡《守望与倾听》,中央编译出版社2000年版,第6页。
[②] 西渡:《追寻内心生活》,见西渡《守望与倾听》,中央编译出版社2000年版,第8页。

作品是收入西渡第一本诗集《雪景中的柏拉图》中的"卡斯蒂利亚"和"挽歌"系列,大而化之地讲,这本诗集整体上就呈现着这样的风格与意识。据西渡自己谈论,这组作品"代表了一种融入神圣事物的渴望,一种纯洁的愿望"[①]。这样的诗学意识和语言意识发生调整,是在1995年之后,在西渡自己的判断里,这是他写作的第三个阶段之到来。[②] 西渡的"挽歌系列"作于1993年,是内在于"纯诗构想"阶段的终结之作,之后写作暂停了两年,而昭示着崭新语言本体论装置之到来的起始之作则是完成于1996年的《寄自拉萨的信》:"在《挽歌》之后,我曾感到已没什么可写。如果不发生某种变化或者转向,写作就很难再继续下去。《寄自拉萨的信》的重要性就在于它使我意识到诗歌还能处理许多我从未想到的东西,它一下子给我的写作提供了许多新的可能,我感到自己突然被带到了一片从未开垦的开阔地之前。"[③]

如果我们可以从西渡这两个阶段的诗学表述中分别提取出一个关键词,那么来自前者的是"封闭",来自后者的则是"开阔"。这两个关键词所引领的语言本体论装置,既内在于1990年代以来新诗整体语言策略的调整,也在母题上呼应了从"天鹅"到"野鸭"之间的第一个面向:由私人领地到公共空间。

玉渊潭公园,坐落于北京市海淀区,总面积136.69公顷,水域面积61公顷。辽金时代便已形成,1960年正式定名,并对外开放,是北京市最著名的公园之一。这样的"人民公园"显然是典型的现代公共空间,在对自然与风景进行空间生产的时候,与私家园林有着本质性的不同。对于私家园林来说,园林的主人是风景的生产者,观看与居住重叠在同一个空间里,它生产着一种目光的私密性,风景即生活,对于园林外的世界来说,风景提供了隐逸与保护:"园林作为再创造和提炼过的自然,为隐居者提供了一个保护性的空间。主体对

---

① 《面对生命的永恒困惑:一个书面访谈》,见西渡《草之家》,新世界出版社2002年版,第304页。
② 同上注,第302页。
③ 同上注,第303页。

此空间持有主动权,在此空间内,主体戏剧性地展现自己的体验。"①这样的主体,生活与风景嵌套在一起,其目光在这嵌套成的环形结构中不断进行着内部循环。而现代公共空间的目光则具有外向性。风景是公共的,它不断向目光索要着从私人生活内部的溢出,这些从各自私人领域中溢出的目光,分别来自其主体,但在公共的空间中交汇、碰撞,于是风景形成了:它是目光的共同体,大于私人生活的狭小、循环领域,也远比后者要丰富、纷杂。如果将空间视作某种隐喻,由私人领域到公共空间的转换,则恰好构成了当代新诗的语言本体论从1980年代的纯诗构想向1990年代以来的装置性转换。不同于上面所引西渡《雪》中,"私人领地的天鹅"所陷入的败血症危机,"玉渊潭公园的野鸭"则在语言本体论的丰富性中向诗人索要着溢出私人生活的目光:

说到生活
我们所拥有的领域
不大于这片狭小的水面
但更单调。

而且重要的是,在目光共同体所构筑的风景中,"野鸭"并不是强势的存在,既不像欧阳江河笔下暴力的天鹅,也不像陈东东笔下需要领受的忧郁天鹅,而是弱小之物,在公共空间中,它并不居于目光的中心,为最高限度的公共性所仰视和崇拜,恰恰相反,常常是被忽略的边缘性生物,是狭小水域中的遨游者,这无疑是对诗歌本体在现实结构中的位置感的言说,因此极具元诗意味:

---

① 杨晓山:《私人领域的变形——唐宋诗歌中的园林与玩好》,文韬译,江苏人民出版社2008年版,第72页。

> 它们为什么留恋
> 这小片寒冷的水面？
> 它们小心移动的样子
> 仿佛随身携带着什么易碎的器皿
> 忍耐而胆怯，生僻如信仰
> 仿佛刚刚孵化出来，
> 等着我们去领养。

"这小片寒冷的水面"无疑是诗歌在当代社会文化中的位置，它边缘且遭冷落，鲜有人问津，野鸭就在这狭小水面上游弋着。然而尽管狭小、边缘，但它仍处于公共空间之中，而非私人领地的幽闭。这实际上暗含了诗人对诗歌本身的认知和期待：诗歌不是纯粹、自洽的存在，它需要与异质性的事物之间发生结构性的联动，并明确自身的位置感，由此来获得言说的契机和可能性。也就是说，语言的存在价值不是来自内部的循环与幽闭，而是来自结构性空间中的联动和对话，语言的存在价值不是忽视一切的自律性妄自尊大，而是某种伦理性探寻的结果。由此而来，从"天鹅"到"野鸭"，1980年代纯诗构想到1990年代以后诗歌的语言本体论装置调整，在"鸟类传记"这一母题上呈现出的第二个面向就是，与陈东东"领受天鹅"不同，西渡所要的，是"领养野鸭"，从极具神学崇拜意味的"领受"，到充满伦理温度的"领养"，其中暗含的语言意识之调整便非常清晰了：对于西渡所隶属的"九十年代诗歌"语言本体论装置来说，语言的存在价值不是披着神性光芒的"天鹅"，需要诗人在自上而下的超验式"领受"中去抵达，而是不起眼的"野鸭"，它朴实入世，并且直面自身的脆弱与危机，需要诗人在公共性、结构性的横向联动中去发现和"领养"。这就意味着，与1980年代纯诗构想中"天鹅"纯洁唯美、睥睨语言表象价值的高傲姿态不同，置身在公共空间里，"野鸭"并不比语言的表象价值更强大，毋宁说更弱小，它孵化于伦理的温度之中，需要细心的领养与呵护。它如此弱小，以至于我们有时会怀疑,它是否还会飞翔,是否已经丧失了语言存在价值应有的能力与意义。在语言本体论的意义上讲,我们不禁会怀疑,当代新诗在八九十年代之交所经历的是否真是一次决绝的断裂?可喜的是,在西渡的诗里,我们消除了这样的疑虑。与高傲的"天鹅"一样,弱小的"野鸭"也会飞翔,诗歌并未因为降低身段就顺势放弃责任,难能可贵的是,降低身段获得了更为开阔的飞翔空间。正因如此,"野鸭"突然的展翅就更加惊人,1990年代以来新诗的语言本体论装置,在"鸟类的传记"中"煽动"着更具生产性和教育性的伦理力量:

> 看它们慢吞吞、笨拙的步伐
> 你会怀疑它们是否仍属于
> 飞行的族类,但如果
> 你想驱逐它们,它们就会
> 煽动翅膀,飞起来
> 飞过你的头顶,飞向
> 另一片天空:把惊呆的你
> 留在一片污浊的水塘边

第四章 句法研究

第一节 从"该怎样说'不'"到说"不"的游戏

一、元诗意识与"该怎样说'不'"

2011年5月下旬,诗人张枣刚刚过世一年有余,《名作欣赏》刊发了臧棣的悼亡之诗《万古愁丛书》的创作谈《可能的诗学:得意于万古愁——〈万古愁丛书〉的诗歌动机》,忆及张枣生前,二人友谊甚笃时,有趣的诗歌交往。其中有一段谈到1990年代中期,臧棣赠书给张枣的往事:"上世纪90年代中期,他有一度很喜欢我寄给他的荷兰人写的《游戏的人》。他曾夸张地说,兄弟啊,我才不过壮年,有不可限量的才能,怎么就写不动了呢。这下好啦。你寄来的《游戏的人》,让我又恢复了写诗的冲动。"[①]

这"荷兰人的书"为荷兰学者约翰·赫依津哈所著,1996年在国内出版了中译本,臧棣所赠,张枣所读,正是此书。书中如此定义"游戏"(play)这一概念:"游戏是在某一固定时空中进行的自愿活动或事业,依照自觉接受并完全遵从的规则,有其自身的目标,并伴以紧张、愉悦的感受和'有别于''平常生

[①] 臧棣:《可能的诗学:得意于万古愁——〈万古愁丛书〉的诗歌动机》,见《名作欣赏》2011年第15期,第11页。

第四章　句法研究

活'的意识。"①此外,全书第七章"游戏与诗"中,则有如下观点:"诗,实际上就是一种游戏功用。它在心智的游戏场、在心智为了诗所创造的自身世界中展开。在那里事物具有一副迥异的面貌,它们披戴着'普通生活'的装束,并受到不同于逻辑因果律的关系的约束。如果严肃的陈述可以定义为清醒生活中产生的陈述,那么诗就永远不会提升到严肃性的层面。"②我们可以将这两段话整合为:诗是一种心智的游戏,它以语言呈现日常生活的图像,但在逻辑上与日常生活又迥然不同,诗不受日常生活之法则的约束,如果说后者是严肃性的,或曰乏味的,那么前者则是游戏性的,有意思的。

　　作家的回忆文字往往有虚构的成分,甚至有时候本身就构成一种创作。但是对于本节的研究来说,我们透过张枣九十年代中期以来的诗歌文本,以及相关访谈、通信等外部资料,能够清晰看到与臧棣这段回忆文字之间彼此印证的关系。这种印证,实际上指向了张枣在九十年代中期以来,受到上述"游戏"观念的启发,对原有诗学策略进行了自觉的调整。本节即意在结合相关资料,揭示这一转变的内在诗学逻辑,及其在诗歌文本面貌上的呈现,并对其得失限度试做反思与评价。

　　张枣一生,写诗共一百多首,考其创作年谱,在1996年之前的几年内,其实仍有一定的创作量:1994至1996年,目前可以查到的作品共有十几首,参照其一生的创作总量,这两年的密度并不算低。而且,张枣最重要的作品之一,十四行组诗《跟茨维塔伊娃的对话》正是完成于1994年,即使此后一两年内,也仍不乏佳作,代表性的作品有《厨师》、《纽约夜眺》、《祖国》等。③那么,张枣口中的"写不动了",该作何理解?这一表述,其实与其著名的元诗意识相关。

　　在谈论好友柏桦名诗《表达》中一连串莫名的追问时,张枣曾言:"对这一切不会存在正确的回答,却可以有正确的,或者说最富于诗意和完美效果的追

---

① 约翰·赫依津哈:《游戏的人》,多人译,中国美术学院出版社1996年版,第30页。
② 同上注,第131页。
③ 颜炼军:《张枣生平与创作》,见《张枣随笔选》,颜炼军编选,人民文学出版社2012年版。

问姿态。"①这句话用来揭示柏桦这首诗中呈现的诗学意识相当合适,而用来整体性地揭示张枣自己的诗学意识,则更为合适。它的意思是说,面对这种追问,作为结果的回答并不是目的,而追问这个动作本身才是目的。另一方面,这种意义上的追问,具有一种乌托邦的气质,其本体不在寻求一个一劳永逸的回答,而在西绪福斯式地不停刷新追问这个动作。实际上,我们从阿多诺的《美学理论》中可以找到一段话,它的内在逻辑,与张枣这句表述之间构成了互相阐释的关系:"新事物乃是对新事物的渴望,而非新事物本身。这正是新事物的祸因。由于是对旧事物的否定,新事物在自认为是乌托邦空想的同时,也从属于旧事物。"②从逻辑上讲,张枣所说的"追问姿态"便对位于阿多诺口中的"对新事物的渴望",也就是说,追问姿态意味着追问的永恒进行,每一次追问都与之前的追问构成否定性的关系,如是演进,永无终结,这便是对新事物渴望的乌托邦,也是追问姿态的乌托邦。

如果对现代主义的文学、美学有所了解,便会知道,这样的追问逻辑实际上是西方现代主义文学艺术的核心理念。而张枣作为诗人,在当代新诗中间,可谓对这种西方现代主义理念最自觉的支持者之一。他曾说过:"我个人是要求在学术上将这'现代性'定义为'现代主义性'的争辩者。"③在他看来,中国新诗现代性追求的成败,并不在于习得多少现代主义的文学技法,其关键正是在于能否建立起这种本体性的追问姿态:"中国文学在遵循白话这一开放性系统的内在规律追求现代性时,完成现代主义的文学技法在本土的演变和生成并非难事,成败关键在于一种新的写者姿态的出现,偏激地说,关键在于是否在中文中出现将写作视为是与语言发生本体追问关系的西方现代

---

① 张枣:《朝向语言风景的危险旅行》,见《张枣随笔选》,颜炼军编选,人民文学出版社2012年版,第176页。
② 阿多诺:《美学理论》,王柯平译,四川人民出版社1998年版,第57页。
③ 张枣:《朝向语言风景的危险旅行》,见《张枣随笔选》,颜炼军编选,人民文学出版社2012年版,第172页。

意义上的写者。"①所谓"与语言发生本体追问关系",其内在逻辑与前面所述的"追问姿态"相同。落实到诗人身上,即,诗歌的语言不是用来传达一个固定的信息或内容,而是语言的形式本身构成了诗歌写作的本体与目的。因此,这种现代主义意义上的诗人才能的标志,便在于是否具有创造足够多变且有效的崭新语言形式的能力。用索绪尔的理论来说,这种才能指向了"命名"的能力:具有此种"追问姿态"的诗人,致力于打破能指(signifier)与所指(signified)在一种语言系统中间约定俗成的对应关系(约定俗成意味着传达信息与内容的便利),并敏感着个人与整体的存在、伦理状况,对相关词汇的能指与所指之间对应关系进行不停的追问与重组,由此书写出一个个有效的语言符号系统,这便是现代主义意义上的诗。这种追问姿态,是张枣元诗意识的核心内涵。

实际上,这样的追问姿态经常会遭到质疑:为什么一定要如此? 为什么这样的姿态就是现代主义的,其历史的依据何在? 面对这样的质疑,许多的已有回应都只是对结论的同义反复而已,要解释清楚其历史依据,需要从现代主义文学的符号模式与意识形态关联的角度给予回答。

詹明信曾以符号学的方式,对前现代、现实主义、现代主义及后现代主义的词、物关系模式进行了整体性的梳理,以此说明每种模式并非简单的书写技巧,而是有着深层的历史依据。在前现代时期,对应于其森严的现实等级秩序(要么是古典帝国秩序,要么是中世纪宗教秩序),文学书写中也存在着一套"专制的指符"(despotic signitiers),比如但丁的写作虽然充满人文主义精神,但仍是基督教的人文主义,贝阿特丽彩的位置必须属于天堂,只有这样的书写模式,在当时才是有效的。而现代时期到来以后,这套秩序开始解体,相应的文学书写体系也发生了变化。第一个阶段便是现实主义,它对应于早期资本主义,其符号模式是对"秩序解体"的书写,现实中的物体、事件作为参符

---

① 张枣:《朝向语言风景的危险旅行》,见《张枣随笔选》,颜炼军编选,人民文学出版社2012年版,第174页。

(referent)的意义凸显出来,并与能指和所指紧密呼应在一起。这意味着经验世界作为客观对象,本身具有了书写的价值与必要。现实中人可以现实中人的意义与经验被书写,而不必皈依于某个既定的书写秩序,这便是现实主义的书写原则,它是现代性符号模式的第一个阶段,本质上造成了前现代书写秩序的解体。而现代主义原则对应于发达资本主义时代,它试图在"一切坚固的事物都烟消云散了"之后重新建立书写的秩序。由此,前面所述的"命名"原则出现了,这首先意味着与经验事物相同构的参符与能指、所指之间产生了断裂,语言不再随着现实/参符而变动,而是具有了自律性,写作者可以将能指与所指之间的对应关系重新命名,由此在符号系统中建立起自己想要的秩序。最经典的例子之一便是华莱士·史蒂文斯笔下的"坛子"(jar),它作为符号,在整首诗中便是对这秩序的暗喻与命名。但问题在于,现代社会的特质是,并不存在一个前现代式的固定的秩序体系,所以,现代主义者敏感于这一现状,便不可能因一次命名而一劳永逸,而是不断命名,不断追问。正如张枣《空白练习曲》这一标题所揭示的,现代主义的书写原则本质上是朝向价值、秩序之空白而进行的言说与追问。从理论上讲,现代主义者在一部作品中只能完成一次命名,作品的完成便意味着命名的终结与消失,他必须不断创造出新的命名以完成一次次新的写作。当然,这种一次性几乎不可能,但是自觉的现代主义写者总会在自己的写作历程中创造出许多阶段,每一个阶段都是对崭新命名方式的实践、完善与否定,并在否定中抵达下一个命名方式。后现代主义对应于资本主义晚期,是继参符的断裂之后,能指与所指之间的断裂,后现代书写者不再在意重建秩序,不再关注命名,而是彻底的解构者,他们笔下的符号,宛如精神谵妄者的呓语。① 总之,这样的符号学探究,会让我们明了张枣所谓"与语言发生本体追问关系"的现代主义内涵,及其之为现代主义书写模型的历史依据。

---

① 这一段的论述,参詹明信:《晚期资本主义的文化逻辑》,陈清侨、严锋等译,三联书店2013年版,第224—245页。

张枣所青睐的这种现代主义书写原则,包含着两重否定意味:其一,参符的断裂所指向的,是这种书写原则对现实的逻辑与语言惯习的否定,它以命名的方式,致力于对现实进行符号的重构,从而透过纷乱的现代经验世界而建构起一个语言内部的逻辑和秩序。这样的书写者是语言的异端,他们经由语言的自律性而完成对现实的否定与批判。其二,追问的无止境意味着,每一个命名都是对已有命名方式的否定。对于现代主义写者来说,由于秩序实际上是转瞬即逝的,是经由每次命名而闪现出来的,因此,由命名而建立的秩序并不重要,命名这个行为本身才是书写的本体。诚如张枣所云,不存在正确的回答,但可以有完美的追问姿态:现代主义写者是词语的西绪福斯,是词语的异乡人。实际上,这两重否定指向了变与不变的辩证:参符的断裂所造成的否定,是现代主义写者永恒的否定词,这一点使他们面对现实的风云变幻时处变不惊,永远在语言的本体追问中言说现实。追问姿态则意味着现代主义写者在处变不惊之外,还需要在能指与所指的对应性上时时而变,不断创造崭新的命名方式,并以此保持对现实之变幻的有效言说能力。可以说,每一个现代主义写者,都是能够在这两重意义上说"不"的人。

在考察了现代主义书写方式的内涵以后,我们得以回答本节开头的问题:张枣口中的"写不动了"该如何理解?它并不肤浅地意味着"写不出了",或者说创作量的匮乏,否则这几年并不低的创作密度便无法解释。它的意思,其实是张枣在传达自己作为一个现代主义写者的危机:在前一种命名方式已经饱满之后,尚未找到一个新的命名方式的危机。实际上,张枣对臧棣所说的这句看似"诉苦"之语,与他对鲁迅《野草》的理解之间存在着隐秘而重要的关联。在张枣看来,鲁迅在创作《野草》的阶段也同他一样,"在发表《狂人日记》《阿Q正传》等作品后面临着一个写不下去的危机"[①]。这种"写不动"的危机,通常会

---

① 亚思明:《张枣的元诗理论及其诗学实践》,载《当代作家评论》2015年第5期,第55页。

被单纯负面地视作家"创造力的损毁,精神的颓靡"①,然而,若以元诗的观念来看,其中恰好蕴藏着"语言的增殖力",指向"危机与战胜危机的意愿、失语与对词语的重新命名"。② 将张枣对鲁迅《野草》时期"写不下去的危机"的理解方式,与张枣自己对臧棣所说的"写不动"的危机对比来看,便会在元诗理论的层面上印证,臧棣的回忆绝非虚言。

当然,如果仅以上述经典的理论模型来得出这个判断,是不充分的,我们还必须从张枣这一时段的作品与相关谈论、资料中找到印证。对于张枣这类元诗意识极为自觉的诗人,如果本节的判断是正确的,那么一定会从其文本中找到有力的线索。本节发现,张枣在这几年的诗歌中以一句表述来传达这一"写不动"的危机,这极具元诗意味。有趣的是,这句表述是"该怎样说'不'"。这种否定性表达,在诗中所扮演的元诗信号的角色,也昭示了张枣作为如前所述的现代主义写者的"正典性"。

张枣最早以"不"作为元诗信号的作品,是1992年的《护身符》。此外,完成于1993年的《今年的云雀》和《空白练习曲》,以及这一时段许多其他作品中都出现了极具元诗意味的否定性表达:

> 灯的普照下,一切恍若来世
>
> 宽恕了自己还不是自己
>
> 宽恕了所窃据位置的空洞
>
> "不"这个词,驮走了你的肉体
>
> "不"这个护身符,左右开弓

---

① Zhang Zao, *Auf die Suche nach poetischer Modernitaet: Die Neue Lyrik Chinas nach 1919*, Tübingen: TOBIAS-Lib, Universitaetsbibliothek, 2004. S. 34. 这是张枣的德语博士学位论文,第二章为鲁迅《野草》研究。其中文译本见张枣:《鲁迅:〈野草〉以及语言和生命困境的言说(上)》,亚思明译,《扬子江评论》2018年第6期,第6页。

② 张枣:《鲁迅:〈野草〉以及语言和生命困境的言说(上)》,亚思明译,《扬子江评论》2018年第6期,第6页。

> 你躬身去解鞋带的死结
>
> ——《护身符》（1992）

> 但最末一根食指独立于手
> 但叶子找不到树
> 但干涸的不是田野中的乐器
> 总之它们不是运载信息
> 这是一支空白练习曲
>
> ——《今年的云雀》（1993）

> 天色如晦。你，无法驾驶的否定。
>
> ——《空白练习曲》（1993）

有论者已经注意到了张枣在《护身符》中传达出的命名的危机："一个词可以被另一个词替代，一个词形成的空洞可以被另一个词占有；对命名危机的解答不是停止命名而是坚持不懈地命名。"[①] 了解过前文的现代主义书写原则，这样的谈论便很好理解。我们可从三个方面来理解"不"作为元诗信号的意义。首先，现代主义书写原则试图重建秩序，但是现代主义意义上的秩序已不可能恢复到前现代阶段，它本质上是一种词语的乌托邦，一种空白。张枣的诗中经常出现"空白"、"空址"、"位置的空洞"等词汇，其实正是对这种词语的乌托邦的言说。其次，以否定性的方式来言说空白，这样的追问，具有语言的自律性，就像"最末一根食指独立于手"，它不像约定俗成的语言一样用来"运载信息"，而正是"与语言发生本体追问关系"这一现代主义书写原则的内核。最后，追问、命名的永恒性意味着说"不"的永恒性，"笛卡尔告诉我们，只有'不'是永恒

---

① 王东东：《护身符、练习曲与哀歌：语言的灵魂》，载《新诗评论》2011年第一辑，第109页。

的"①。正如《今年的云雀》的句式所暗示的,只有"空白练习曲"这一终极的否定是肯定的,其余的都是否定的。因此,危机永远存在,"不懈地命名"即不断地否定,正是这一逻辑塑造了"空白"的秩序。《空白练习曲》中的"你"就是对"空白"的指认,它是"无法驾驶的否定"。

从前引的三首诗来看,《空白练习曲》复杂而完整,《今年的云雀》看起来像是对前者的说明,而《护身符》则是一首元诗信号全然赤裸的诗,正如诗中"驮走肉身"所暗示的,它就像一副骨架,除了反复将"不"指认为"护身符"和元诗的信号之外,再无任何语言的趣味与转圜。这首诗的内在缺陷,我们从黄灿然对张枣1996年的一篇访谈中可见印证:"我不满意我92到93年一段时期的作品,比如《护身符》、《祖国丛书》等,我觉得它们写得不错,技术上没有什么可遗憾的,但太苦,太闷,无超越感,其实是对陌生化的拘泥和失控。"②由此可见,张枣对自己写作的状况是极为自觉的。一个足够优秀的现代主义写者,不仅需要认识到"不"的本体性价值,更重要的是,还需要能够以足够独特且创造性的方式将"不"说出来,并且投射自身及历史的伦理性与真理性。按照这一要求,《护身符》这样的作品缺陷明显,是对"不"的概念化,整首诗看起来像是关于现代主义书写方式的咒语,它只是在说"不"而已,诗人独有的方法论与命名方式并未显露出来。也就是说,一个优秀的现代主义写者要做到的,不只是在诗中说"不",而是显示出自己究竟是怎样说"不"的。对于这一问题,张枣依然是自觉的,在完成于1994年的十四行组诗《跟茨维塔伊娃的对话》结尾,他就发出了这一重要的追问:

    对吗,对吗?睫毛的合唱追问,
     此刻各自的位置,真的对吗?

---

① 张光昕:《茨娃密码:张枣诗歌的微观分析》,见《诗探索》2011年第三辑,第55页。
② 黄灿然:《张枣谈诗》,载《飞地》第三辑(2013),第112页。

王,掉落在棋局之外;西风
将云朵的银行广场吹到窗下:
正午,各自的人,来到快餐亭,
手指朝着口描绘面包的通道;
对吗,诗这样,流浪汉手风琴
那样?丰收的喀秋莎把我引到

我正在的地点:全世界的脚步,
暂停!对吗?该怎样说:"不"?!

  这首组诗以莎士比亚十四行的形式,在"我"与知音,即俄国白银时代女诗人马琳娜·茨维塔伊娃之间的对话中展开。它的结尾,元诗意识清晰显现出来:对话到了最后,正是语言内部的秩序显现的现代主义时刻,诗中写到的物象看起来已安居于"此刻各自的位置"。正如"丰收的喀秋莎"所隐喻的,这是一种语言丰收的时刻,"我"也被她引到了自己此刻该在的地方,"此刻"是一个万物"暂停"的时刻,因为它是现代主义书写意义上的秩序显现的时刻。还是在与黄灿然的那篇访谈里,张枣谈到了这首诗:"我的起步之作是84年秋写的《镜中》,那是我第一次运用调式找到了自己的声音……出国后情况更复杂了,我发明了一些复合调式来跟我从前的调式对话,干的较满意的是《祖父》和《跟茨维塔伊娃的对话》。"[1]如果熟悉张枣的诗歌历程,便会知晓,它指向了张枣1990年代中期一个写作阶段的饱满与终结。这个阶段肇始于张枣1986年赴德留学,到这首《跟茨维塔伊娃的对话》则抵达了饱满,可以说,这首组诗是张枣这一阶段命名方式的最高成就。对于这一阶段的命名方式,有论者概括为

---

[1] 黄灿然:《张枣谈诗》,载《飞地》第三辑(2013),第121页。

"'知音对话'模式被创造性地转化出来,作为对其自身孤独困境的解救"①。张枣最好的诗往往能做到将现代主义写者姿态与具体的伦理处境、时代感受结合起来。"孤独困境"构成了孤悬海外时期张枣的处境,而与"知音"之间的对话则构成了现代主义写者意义上的"解救"。这首组诗的优异无须赘言,已受到广泛的赞誉,是张枣最重要的作品之一。然而问题在于,对于现代主义书写原则来说,否定才是永恒的,而秩序只是在"此刻"转瞬即逝之物,诗人依然要不停地问"对吗",对于现代主义写者来说,只有"不"才是唯一的"对"。这意味着诗人必须对"丰收的此刻"说"不",主动开启一个"写不动的危机",并开始西绪福斯式地寻找下一个命名的可能,下一个"此刻"。因此,这首诗的结尾便极具元诗意味:既然此刻已如此完满,万物的位置与秩序看起来都这么"对",那么该怎么对它说"不"?找到一个新的命名方式无疑是困难的,每一次寻找的过程,都意味着诗人与言说的危机缠斗的过程。在"知音对话"这一命名方式抵达"丰收"之后,崭新的命名方式在哪里?崭新的诗歌可能性又在哪里——这便是张枣所说的"写不动了"的真实含义。

"知音对话"是孤绝的诗人在日常生活缺席的伦理境遇下的命名方式。在完成这首组诗一年以后,张枣在《厨师》(1995)中虚构了一个烹饪的日常情境,其中也写到"不"字:

> 有两声"不"字奔走在时代的虚构中,
> 像两个舌头的小野兽,冒着热气
> 在冰封的河面,扭打成一团……

"舌头的小野兽"可被理解为对烹饪、饮食的明喻,对言说的暗喻。这意味

---

① 余旸:《"九十年代诗歌"的内在分歧——以功能建构为视角》,人民出版社2016年版,第103页。

着这首诗中的"不"仍然是元诗的信号，而且与以烹饪为名的日常生活关联起来，这与"知音对话"模式中日常生活的缺席相比，似乎发生了说"不"的新变。事实是否真的如此？

二、从唯美启示到游戏伦理

诗学意义上的"九十年代诗歌"，在整体上强调对历史的介入，但如何认知历史，诗人们也有诸多自由，"九十年代诗歌"因此在整体性之上也能够呈现出纷繁的面貌。在张枣这里，"所谓历史，无非是今天鲜活的日常细节"[①]。对于张枣来说，处理与历史的关系，主要是处理与日常生活的关系。正如法国学者米歇尔·德·塞托所说，"这个巨大的宝藏中有着各种各样丰富多彩的区别，使各种现象都富含多种意义……日常生活中还有昙花一现的'无名英雄'发明的无数玩意等着我们去了解，城市里走路的人、居住区里的居民、爱好读书者、梦想家、厨房里卑微的人，正是他们让我们惊叹不已"[②]，张枣也格外青睐这细微而丰富的日常生活，这构成了他对时代认知的最主要来源，甚至构成了他所信赖的民族传统。这一点，他早在1987年就已经确认："传统从来就不是那些家喻户晓的东西，一个民族所遗忘了的，或者那些它至今为之缄默的，很可能是构成一个传统的最优秀的成分。"[③]对他来说，传统就隐藏在这一代代的日常生活中间，但它不会主动"留传到某人手中"，只有在日常生活中找到进入传统的方式，"语言才能代表周围每个人的环境，纠葛，表情和饮食起居"[④]。

此外，张枣所青睐的"生活"是享乐性的，是"有意思的生活"，"气场是汉族的"。[⑤] 旅居德国多年，他心念着"汉族"的生活，始终难以爱上德国的生活，或

[①] 张枣：《庆典》(2009)，见《张枣随笔选》，颜炼军编选，人民文学出版社2012年版，第18页。
[②] 米歇尔·德·塞托、吕斯·贾尔、皮埃尔·梅约尔：《日常生活实践2：居住与烹饪》，冷碧莹译，南京大学出版社2014年版，337页。
[③] 张枣：《一则诗观》，见《张枣随笔选》，颜炼军编选，人民文学出版社2012年版，第59页。
[④] 同上注。
[⑤] 张枣：《枯坐》，见《张枣随笔选》，颜炼军编选，人民文学出版社2012年版，第2页。

者说,德国的生活并非"生活":"住在德国,生活是无聊的","德国日常生活的刻板和精准醒了……一切都那么有序,一眼就望到了来世,没有意外和惊喜,真是没意思呀"。① 在这样的对比中可知,德国日常生活的枯燥乏味,在张枣笔下,构成了被工具理性所充斥和压抑着的世界图像,它从来没有成为其诗歌中理想的对话者,尽管他借用德语作家卡夫卡的题材,写出了《卡夫卡致菲丽丝》这样代表性的作品,但这种对话之达成,实际上是因为德语文学是他理想的对话者,存在于他的知识谱系中,而德国的日常生活,则是他出于诗人的文化使命感而被迫的忍受与牺牲,就像坐牢一样:"我在海外是极端不幸福的,试想想孤悬海外在这儿有哪点好?! 不过这是神的意旨,我很清楚。这个牢我暂时还得坐下去……"②

在与《护身符》同时期的、同样为他所不满意的那首《祖国丛书》里,张枣表达出了对"生活"的强烈抉择,伴随着同样强烈的牺牲感:

我舔着被书页两脚夹紧的锦缎的
小飘带;直到舔交换成被舔
我宁愿终身被舔而不愿去生活

"舔"与"被舔"的交换,暗喻了他沟通中西的诗歌对话使命。那一时期,他的抉择是,为了这样的使命,他必须放弃掉"生活","海底的魔王"(见《海底被囚的魔王》)般囚禁在德国的枯燥中。"不愿去生活",在抉择上应和了《护身符》中"驮走肉体"式的直接说"不"。而当张枣在《跟茨维塔伊娃的对话》、《厨师》中去思考"该怎样说'不'"时,这就意味着,旅德多年,经过"不愿去生活"的"知音对话"书写阶段的洗礼,他想过的"气场是汉族的、有意思的生活",重新成为他想在诗中抵达与呈现的景观和焦虑。

---

① 张枣:《枯坐》,见《张枣随笔选》,颜炼军编选,人民文学出版社2012年版,第2页。
② 陈东东:《亲爱的张枣》,见陈东东《我们时代的诗人》,东方出版社2017年版,第157页。

第四章 句法研究

对中国"有意思"的日常生活该如何关注与提炼，张枣早在1980年代就已有自觉，这实际上是他在"知音对话"模式之前，创作的第一个阶段。在为柏桦《左边——毛泽东时代的抒情诗人》所作的序言《销魂》中，张枣回忆自己早年的诗歌取径："我试图从汉语古典精神中演生现代日常生活的唯美启示的诗歌方法……"[①]早期张枣的诗歌富于唯美主义色彩，在音调上往往是一种精致的"阴性语调"，且不说《镜中》、《何人斯》，就连《楚王梦雨》、《卡夫卡致菲丽丝》中的抒情主体，虽然皆为男性，但也并不阳刚，正如张枣、钟鸣等都认同的"北峻南靡"这一说法，这些诗的抒情声音都透着一股南方楚地浓郁的靡丽声息。

而去国十年以后，1996年春节刚过，张枣与老友陈东东在上海南京路上闲逛，"或许因为看见了少女"，他对陈东东说："东东我跟你说，我痛失中国啊，真是痛失……"[②]在分析了张枣1984年写于重庆的《那使人忧伤的是什么》一诗中单纯青葱的少女般的唯美气氛之后，陈东东对这段往事追加评论道："十二年后，张枣从德国回来，面对的已经是另一个时代，当他觉得甚至从少女那儿所见的也只是失落的中国，他点起一支烟来的叹息里，是否又有了那种'你怀疑它是否存在过'的忧伤？但他早就不再写那样的诗了。但他也许一直都在写那样的诗。"[③]陈东东的这段评论很能提点张枣九十年代中期以后诗歌中所面对的"生活"的危机：张枣"痛失"的"中国"，在诗歌层面便意味着，面对变化了的国内语境，提取日常生活的唯美启示已经不再是有效的诗歌方法。"少女"的隐喻意味着，当他终于下定决心挣脱德国式的枯燥日常时，他发现，面对中国当下语境，他一贯追求与拿手的阴性语调和唯美启示也已经失效，正如"少女"已从纯真变为"堕落"一样。这一隐喻所指向的价值判断，实际上是张枣对变化了的国内语境的觉察与认知。对于信奉"诗的危机就是人的危机，诗歌的困难正是生活的困难"的张枣来说，由"痛失中国"所隐喻的生活的困难与

---

① 张枣：《销魂》，见《张枣随笔选》，颜炼军编选，人民文学出版社2012年版，第28页。
② 陈东东：《亲爱的张枣》，见陈东东《我们时代的诗人》，东方出版社2017年版，第134页。
③ 同上注，第135页。

人的危机,也造成了诗的困难与危机:"不愿去生活"的"知音对话"模式已陷入"写不动了"的危机,而当自己将目光重新转回日常生活时,以往的阴性语调和唯美启示也失效了,那么,新的诗歌可能性又在哪里?

这段往事发生于1996年春节过后。正是在这一年,他与《游戏的人》相遇。面对变化了的国内语境,张枣的诗歌方法,从演生日常生活的唯美启示,转变为营造日常生活的游戏伦理。我们可以从他在1998年9月12日给其知音好友钟鸣的一封信里找到证据,该信结尾处有这样一句话:"我内心对事物的融联之幻觉越来越强,越来越稳定。我想更偏重更阳性的语调说话,以超越或包容我的精致。总之,更游戏一点。"①

臧棣所赠之书究竟如何启发了张枣,或曰,面对演生"唯美启示"之可能性已经丧失的当下日常,"游戏的人"究竟如何启发张枣找到了"该怎样说'不'"的崭新方式,至此可窥一斑。面对国内"生活"的变化,张枣的写作在音调层面发生了由阴性到阳性、在伦理层面发生了由唯美到游戏的转变。纵览张枣1996年以后的诗歌,无论他身在德国与否,很多作品中都清晰地出现了同步于国内时间的景观与事件,而且有趣的是,他对这些景观的营造、对事件的讲述,都很清晰地呼应了本节开头处《游戏的人》一书中给出的"游戏"定义:"它显现为语言中的日常生活,但在逻辑上与日常生活之间却又迥然不同,诗不受日常生活之法则的约束,如果说后者是严肃性的,或曰乏味的,那么前者则是游戏性的,有意思的。"面对"痛失中国"的危机,"游戏"的意义便是,虽然唯美难求,但从枯燥的日常生活中提取出一种生活情境,有着迥然不同的逻辑与规则,由此敷衍出一种乐趣,一种游戏般的乐趣,则构成了诗的崭新可能性。在此后的张枣看来,枯燥的日常之所以枯燥,因为它是个"无词讲述的艰辛故事"②。若想把这份"艰辛"转化为"好的故事",就需要找到"那些讲述的词":"如果有了那些讲述的词,那么,我们的日常就会有一种风格,而如果有了风格,我们的日

---

① 张枣:《鹤鸣瘗:张枣致钟鸣书简》,钟鸣编,未刊稿。
② 张枣:《庆典》(2009),见《张枣随笔选》,颜炼军编选,人民文学出版社2012年版,第17页。

复一日就不再只是重复某种幸存,而会跳跃升腾,变成节日的庆典和狂喜。"①
转向"游戏伦理"的张枣,正是要追求一种将日常转变成"节日"的写作。它脱胎于日常,仍需从细微小事做起,但又必须有着与日常之细微枯燥迥然相异的面貌与姿态,宛如一个狂喜的野人:

你猜那是说:"回来啦,从小事做起吧。"
乘警一惊,看见你野人般跳回车上来。

——《祖国》

"野人"的形象,构成了张枣"回归祖国"的方式与起点。在游戏中消遣了"乘警"这一能指,即是解构了枯燥驯顺、秩序井然的日常生活。这场景分明脱胎于日常,但张枣给予我们一个迥异的逻辑和游戏规则,相比于"知音对话"阶段"不愿去生活"的姿态,我们清晰可见此时的张枣对"生活"之理解与言说,发生了何等的转变。这首《祖国》,仅仅透过其标题的修辞意图,便可视作张枣"返乡"之作的开始。面对"乘警"所隐喻的日常之法,"野人"般的"你"不啻一个冒犯者,它对权力构成了挑衅与消解。然而,我们读到这个形象,并不会感受到他如同日常生活中冒犯者般的危险,而是觉得颇具喜感,仿佛庆典的嘉宾,凸现出冒犯、否定了日常逻辑的主体形象。实际上,这一"野人"形象,正是在元诗意义上构成了对张枣九十年代中期诗歌转变的隐喻,它第一次揭开了"该怎样说'不'"的谜底:作为现代主义书写方式的核心,张枣在诗中对说"不"、或曰否定性的实现方式,不再如《护身符》那样,以"驮走肉身"的、概念性的言说来完成,而是从日常生活中为其找到一个个经验性的赋形。"野人"便是张枣这次诗歌转变中的第一个"不"字。由此,张枣这一阶段的诗歌呈现出变与不变的辩证情态:依然围绕着说"不"这一否定性诗学展开,且依然坚持用

---

① 张枣:《庆典》(2009),见《张枣随笔选》,颜炼军编选,人民文学出版社2012年版,第17页。

词讲述"好的故事"这一与语言之间发生本体性追问的语言观念,这两点"处变不惊";面对变化了的日常生活,诗歌的音调由阴性变为更偏重阳性,诗歌内在景观与日常生活之间由提取唯美启示变为提取游戏伦理,这两点则是因时而变,力图突破生活的变化所造成的诗的危机。这种辩证,昭示了张枣诗歌转变的意图与努力所在:依然坚持西方现代主义的书写方式与语言观念,但结束"不愿去生活"的"知音对话"模式,返回日常生活,并面对变化了的语境,为其在内在观念与文本面貌上找到新的回应方式与可能性。诗人的创作,也由此开启了其后期阶段。

实际上,在张枣后期的一系列诗中,"不"字以"野人"式的形象,一次次得到经验性的赋形与命名。这些诗也由此被诗人塑造为一个个有趣的游戏景观。接下来,我们便要深入文本,对这些诗的游戏伦理进行细致的分析。总体而言,这些诗可被归纳成一个个说"不"的游戏(play),它包含了两个主要角色:"犯罪人"、"立法者",还有一个游戏规则:"特赦"。

三、说"不"的游戏

伴随着说"不"的调整,在张枣后期诗歌的游戏景观里,"不"从《厨师》中依旧略显抽象的"舌头的小野兽"被赋形成《祖国》中具体的"野人般的你":"你"犯禁,让"乘警"受惊,构成了日常之法的"犯罪人",也成了张枣后期诗歌"游戏"中的主要角色。张枣后期诗歌中的"犯罪人",更为突出的还有两处:《祖母》中的"小偷"与《枯坐》中的"白领夫妻"。先看《祖母》:

　　四周,吊车鹤立。忍着嬉笑的小偷翻窗而入,
　　去偷她的桃木匣子;他闯祸,以便与我们
　　对称成三个点,协调在某个突破之中。
　　圆。

第四章 句法研究

这里的"小偷"是个典型的"犯罪人",伴随着中国城市化与市场化进程的不断深入,入室盗窃已成为当下中国最为常见也最为典型的犯罪形态,它构成了中国当下日常生活中的典型"祸事",对其进行的法学调查、研究也不乏其例。如果说这里的"小偷"是底层犯罪,那么《枯坐》中的夫妻则是一对携款潜逃的标准"社会精英":

> 枯坐的时候,我想,那好吧,就让我
>
> 像一对夫妇那样搬到海南岛
> 去住吧,去住到一个新奇的节奏里——
> 那男的是体育老师,那女的很聪明,会炒股;
> 就让我住到他们一起去买锅碗瓢盆时
> 胯骨叮当响的那个节奏里。
>
> ……
>
> 那女的后来总结说:
> 我们每天都随便去个地方,去偷一个
> 惊叹号,
> 就这样,我们熬过了危机。

要读懂这首《枯坐》,我们需要参考张枣的一篇同名随笔,里面记录了这首诗的写作动机:"我想写两个陌生人,一男一女,揣着偷税漏税的钱,隐姓埋名地逃到海南岛去了。他们俩特搞得来,待在一起很贴心,很会意,很好玩。比这个时代好玩多了,悠远多了。"[①]这首诗里所讲的犯罪,在法学界有专门的学

---

① 张枣:《枯坐》,见《张枣随笔选》,颜炼军编选,人民文学出版社2012年版,第6页。另,本节内容也曾于《名作欣赏》2010年第4期刊发。

术研究，名曰"白领犯罪"(White Collar Crime)，它由美国社会学教授 E.H.萨兰瑟于 1939 年提出，并且继其专著《白领犯罪》于 1949 年出版后，"白领犯罪"已成为社会学、犯罪学及刑法学的一个专业术语。萨兰瑟给出的定义是："'白领犯罪'可以大体上界定为由具有体面身份和较高社会地位的人在其职业活动中实施的犯罪行为。"[①]《枯坐》中的"白领夫妇"与"小偷"虽然有着不同的法学意义，但是与后者一样，也是当下中国日常中典型的犯罪人。对此，中国法学界的已有研究可资证明："国外，对白领犯罪的研究已经形成相对完整的体系，在犯罪学和刑事政策学专著中白领犯罪研究往往占据相当大的篇幅。我国犯罪学对它的研究仍然处于初级阶段，尚未建立起白领犯罪的比较完善的理论体系，可以讲，理论研究已远远落后于实践的需要。已有的研究成果表明，我国事实上存在着大量的白领犯罪现象，如贪污、贿赂、挪用公款、滥用职权以及许多经济犯罪……由于白领犯罪往往不易被人发现，且受害人对其权益受损通常不易察觉，因而，公众的关注程度远不如街头犯罪、暴力犯罪等普通刑事犯罪的程度高。"[②]

从这样的现实认知中提取说"不"的赋形，正是后期张枣诗学的努力所在。在法学上了解过这两种"犯罪人"以后，我们再来读这两首诗，就会发现，张枣对他们的书写，虽然极具现实意义，但并非现实主义文学意义上的"典型人物"，而仍是以他所隶属的现代主义书写方式表现出对当下语境的符号学指涉。张枣诗中的"犯罪人"非但没有现实生活中危险贪婪、为祸社会的精神气质，反而让人亲近和喜爱，比如有学者在评论"小偷"时就说他是个"喜人的形象"[③]，而《枯坐》中的这对白领夫妇，虽然不像"小偷"那样极具喜感，却也给人一种怅惘情调，用张枣口中"悠远"一词来形容就相当合适。"小偷""白领夫妇"作为能指，在诗中的所指恰好是"喜人""悠远"这类涵义，并非现实意义上

[①] E.H.萨兰瑟:《白领犯罪》，赵宝成等译，中国大百科全书出版社 2008 年版，第 7 页。
[②] 唐永军:《中国白领犯罪研究》，吉林大学博士学位论文，2005 年，第 1 页。
[③] 余旸:《"九十年代诗歌"的内在分歧——以功能建构为视角》，人民出版社 2016 年版，第 88 页。

第四章　句法研究

危险的"犯罪人"这一参符的涵义。这就意味着,这些诗虽然极具现实指涉性,但书写方式上仍是现代主义的自律性命名。

接下来的问题是,这种命名,在张枣的诗中是否有方法论的信号呢?这便引出了说"不"游戏的规则——"特赦"。张枣后期诗歌中,明确出现"特赦"一词共有两处:

> 是的,无需特赦。得从小白菜里,
> 从豌豆苗和冬瓜,找出那一个理解来,
>
> 来关掉肥胖和机器——
> 　　　　　我深深地
> 被你身上的矛盾吸引,移到窗前。
>
> 　　　　　　　　　　——《春秋来信》(1997)

> 那些一辈子没说过也没喊过"特赦"这个词的人;
> 那些否认对话是为孩子和环境种植绿树的人;
>
> 他们同样都不相信:这只笛子,这只给全城血库
> 　供电的笛子,它就是未来的关键。
> 　一切都得仰仗它。
>
> 　　　　　　　　　　——《大地之歌》(1999)

从这前后相继的两处引用中,我们可以看到张枣对"特赦"的态度存在着一个变化过程。在《春秋来信》中,诗人枯坐室内,虽然已经耐心地在蔬菜的隐喻中寻找着"返乡"的可能性,但"特赦"还并未最终被抉择为"游戏伦理"中的具体规则。因此,这首诗笼罩在一种抉择的迷惘和等待的神往两相缭绕的精

神氛围中,深深的矛盾感就凝聚在诗中。而在《大地之歌》中,诗人则借着对"那些一辈子没说过也没喊过'特赦'这个词的人"的否定,明确了自己的伦理抉择。并非巧合的是,与"犯罪人"极具现实指涉意味一样,"特赦"也与当下中国的法制状况有着紧密的呼应。

"特赦"是赦免制度的一种,古今中外的法律体系中,都曾或繁或简地设置有赦免制度。另一种赦免是"大赦"。仅从中华人民共和国现有历史看,从1959至1975年共实施了七次赦免,且都是特赦,对象是国民党及伪满洲国官员等战犯构成。1982年《宪法》中只规定了特赦,未规定大赦。① 可以说,赦免制度作为"调节利益冲突、衡平社会关系乃至弥补法律不足之有效的刑事政策",在我国现行法律中"既无实体规定,也无程序规定,已被完全边缘化了"。② 但从实际需要看,如果能有效行使"特赦",那么改革开放进程中出现的很多社会、经济问题会得到更好解决,比如二十世纪七十年代,特赦令就曾在香港的廉政风暴中发挥过重要作用。③

考察了这些背景以后,我们会发现,张枣在后期最清晰、成熟的作品,比如《大地之歌》中,对"特赦"的态度冥冥之中非常切中时弊:它如此边缘,在当下中国,"那些一辈子没说过也没喊过'特赦'这个词的人"大有人在,它远远尚未深入人心,"使我国社会从政府到民众整体上还缺乏基本的宽容"。④ 因此,后期张枣诗歌的生产性就在于,面对现实逻辑的缺陷、不宽容,他在游戏逻辑中说"不",即宽容、实行仁政,将"特赦"设置为游戏规则,他的"游戏伦理"实际上正是"特赦伦理",现实中不能被容忍和赦免的"犯罪人",在他的诗歌里被及时赦免。正因为设定了"特赦伦理","小偷"、"犯罪白领"等这些"犯罪人",在诗中才得以发生了参符的断裂,不再同构于日常逻辑中的危险和有害,相反,变

---

① 郭金霞、苗鸣宇:《大赦·特赦:中外赦免制度概观》,群众出版社2003年版,第176页。
② 阴建峰:《现代赦免制度论衡》,中国人民公安大学出版社2006年版,第4页。
③ 同上注,第2页。
④ 同上注,第4页。

第四章 句法研究

得或喜人,或悠远,成为张枣后期诗歌中核心且动人的意象。在元诗意上,如果说"犯罪人"是"不"在张枣后期诗歌中的赋形,那么"特赦"则构成了说"不"的动力学。

至此,说"不"游戏中的最后一个角色就浮出水面了:"立法者"。它所携带的问题是,在说"不"游戏中,"立法者"如何呈现自身,拥有怎样的品质和能力,并联通怎样的诗学问题? 与"犯罪人"的具体性和现实性不同,"立法者"形象在诗中往往是缥缈的、高度象征化的,只在"特赦"发生的瞬间闪现:

四周,吊车鹤立。

——《祖母》

这只笛子,这只给全城血库
供电的笛子,它就是未来的关键。
一切都得仰仗它。

——《大地之歌》

我们得发明宽敞,双面的清洁和多向度的
透明,一如鹤的内心;

——《大地之歌》

学界对张枣诗中"鹤"的理解,通常认为它要么是汉语性的象征,正如《祖母》中练"仙鹤拳"的祖母所隐喻的语言维度一样,要么是纯诗的象征,总之隐喻了一种至高、缥缈、清洁而又精致的诗歌语言境界。如果联想到"笛子"[①]的形象和声音,我们会觉得二者这方面具有同构性。然而研读过张枣后期诗歌

[①] 张枣《大地之歌》的创作灵感是德国作曲家马勒的交响曲《大地之歌》,该曲歌词七首取自汉斯贝特格(Hans Bethge)中国唐诗集德文版《中国笛》,故张枣笔下之"笛",灵感应出于此处。

的特质,并参照他给钟鸣信中要"增添阳性音调,以超越和包容精致"的说法,我们有理由判断,上面所引的"鹤""笛子"所包蕴的意涵,在这一时段绝不仅限于张枣早期汉语性与纯诗的"精致之瓮",它们在"特赦"伦理的意义上,还代表了最高的善与正义,增添了政治哲学的维度。它们既是日常生活中的"我们"需要"发明"和"仰仗"的境界与对象,又是说"不"游戏的逻辑中,"犯罪人"的注视与同情者,"特赦"的制定与执行者,即"立法者"。

本节将这些超凡脱俗、空白缥缈的意象视为说"不"游戏中的"立法者",是有其政治哲学上的依据的。对于"立法者"这一身份,卢梭在其《社会契约论》中有专节谈论"立法者在一切方面都是国家中的一个非凡人物……这一职务缔造了共和国,但又决不在共和国的组织之内;它是一种独特的、超然的职能,与人间世界毫无共同之处"[①],可见,卢梭心目中的"立法者"为人类工作着,但超越于"人之境",可以说精神气质相当呼应张枣诗中的"鹤"、"笛子"等意象。按照西方古典学的观点看,"立法者"之中蕴含着某种神学的意味[②],正像化鹤的吊车一样,其目光足以俯瞰众生:"这种超乎俗人们的能力之外的崇高的道理,也就是立法者所以要把自己的决定托于神道设教的道理……"[③]

对于张枣诗中的"立法者",还需一点分辨:无论是西方古典学意义上的立法者,还是卢梭笔下的立法者,二者共性在于皆具有神圣性,这内在于西方前现代的神圣秩序。而在现代主义写者这里,神圣秩序消解了,唯一悖论性地残留的神圣性之物便是空白本身。现代主义写者在对这"空白之神"保持反身性(reflexivity)[④]的信仰中才得以一次次完成写作。在后期张枣这里,"立法者"一方面在"特赦"伦理的层面具有现实指涉意义和政治哲学维度,而另一方面,

---

① 让-雅克·卢梭:《社会契约论》,何兆武译,天津人民出版社2014年版,第53页。
② 参《立法者的神学——柏拉图〈法义〉卷十绎读》,林志猛编,华夏出版社2013年版。
③ 让-雅克·卢梭:《社会契约论》,何兆武译,天津人民出版社2014年版,第56页。
④ "反身性"概念,意味着现代性的一种对秩序保持修正的敏感性。联系到本文,则与否定性、永恒的追问意义相关。可参安东尼·吉登斯《现代性与自我认同:晚期现代中的自我与社会》,夏璐译,中国人民大学出版社2018年版,第19页。

第四章　句法研究

其书写模式仍然隶属现代主义之内,"立法者"是对"空白之神"的命名。[①] 因此,后期张枣的说"不"游戏每次到了终结的瞬间,"立法者"总会显现出来,神一般地俯视一切,并转瞬即逝。比如《祖母》中的"吊车鹤立",而《大地之歌》的结尾,"鹤"则又飞了出来,它作为"空白之神",在显现的瞬间组织起世界的秩序:

> 飞啊。
> 鹤,
> 不只是这与那,而是
> 一切跟一切都相关;
> ……
> 这一秒,
> 　　　至少这一秒,我每天都有一次坚守了正确
> 并且警示:
> 　　仍有一种至高无上……

与《跟茨维塔伊娃的对话》结尾那个"此刻"相同,"这一秒"也是参符与能指、所指之间最终断裂,命名完成的现代主义时刻,但不同的是,这里的"这一秒"是遵循说"不"游戏完成命名的时刻。"这一秒","犯罪人"得到赦免,"特赦"发挥了效力,"立法者"俯视世界。"这一秒"的正确性,在《祖母》结尾被命名为"圆",在《枯坐》为"熬过了危机",在《大地之歌》则是"至高无上",但无论如何,对它的信仰只可能是反身性的,因为它的立法者是"空白之神"。在后期

[①] 后期张枣笔下以"鹤"为代表的"立法者",在现代主义书写的意义上,与晚期里尔克笔下的"天使"具有同构性。二者在以"空白"为秩序的书写模式中,都代表了"最高的位格"。可参张伟栋《"鹤"的诗学——读张枣的〈大地之歌〉》,见张伟栋《修辞镜像中的历史诗学》,华东师范大学出版社2018年版,第102—123页。

的另一首诗《钻墙者和极端的倾听之歌》结尾,张枣写道:"源自空白,附丽于空白/信赖它……"

作为现代主义诗学之核心的否定性,在张枣后期的诗中依然延续着,但以说"不"游戏的崭新命名方式得到文本上的实现。围绕着"犯罪人"、"立法者"与"特赦",说"不"游戏挪用了日常生活的图景与经验,但以游戏的逻辑进行了重构。可以说,从"该怎样说'不'到"说"不"的游戏,张枣诗歌的语言本体论装置在1990年代中期发生了一次重要的调整。

第二节 "必须"句法与第二人称

一、"必须"句法:语言存在价值的伦理化

赵汀阳在其完成于1990年代中期并后经修订的伦理学名著《论可能生活》中写道:"伦理学问题通常是一个'ought to be'的问题,或者是一个能够还原为'to be'形式去解释的问题。"[①]在"经验主义——元伦理学——分析哲学"这一近代西方哲学的两条进路之一的思想谱系之中,这两个概念扮演着重要的角色。"ought to be"译为"应该",属于道德判断和应然的范畴,是规则伦理的核心命题。"to be"译为"是",属于事实判断和实然的范畴,是知识论存在论[②]的核心命题。关于应然和实然的关系问题,历来争论不休,著名的休谟律(Hume's Law)便是由此而来:休谟认为实然句法并不能推出应然句法,也就是说,事实判断不能推出道德判断,二者应该保持两分。当然,这些只是背景性的介绍,本节的目的并不是要讨论休谟律,而是由此表明:"ought to be"作

[①] 赵汀阳:《论可能生活》,中国人民大学出版社2010年版,第7页。
[②] 这里由"to be"引导的知识论存在论,属于经验论谱系中的存在论,与后期海德格尔的存在论(Sein)有所不同,后者是形而上学意味的存在论,即本源性、创生性的存在,而不是经验性的存在。实际上,对中国当代诗人造成语言觉醒的语言哲学,正是后期海德格尔"语言是存在之家"式的存在论,它是语言的形而上学,即语本身(本源),或曰终极语言,而不是经验论上的语言。

为一个句法和命题,指向的是道德判断和伦理学问题,它意味着,人基于知识(或不基于知识)而发出的朝向"善"或者理想生活形态的语言指令,其内涵的伦理性毋庸置疑。澳大利亚著名的元伦理学家约翰·L·麦凯则在句法上提出了增强道德判断内在强度的表述方式:"如此多的兴趣集中到了'应该'这个语词,它是一个相对较弱的情态助动词。任何真的不是随便说说的人会在他的道德声明中使用'一定要'(must)'必须'(shall)而不是'应该'(ought)[或者'该当'(should)]。"①

有趣的是,我们经常会在王家新1990年代的诗中看到这样的强力句法。比如写于1996年2月的《布罗茨基之死》:

> 在一个人的死亡中,远山开始发蓝
> 带着持久不化的雪冠;
> 阳光强烈,孩子们登上上学的巴士……
> 但是,在你睁眼看清这一切之前
> 你还必须忍受住
> 一阵词的黑暗。

1996年1月28日,诗人布罗茨基在美国纽约因心肌梗死突然去世,享年56岁。

布罗茨基一生的经历与写作所呈现出的面貌,无疑具有强烈的道德意味和历史见证感,尤其是对于1990年代以后继续写作的许多中国当代诗人来说,是引发了强烈共鸣的。对于布罗茨基之死,王家新本人就曾说过:"这可不是一般的事件,布罗茨基深刻影响了许多中国诗人,我们也与他一起分担了那么多共同的东西,如抗争、流亡,对母语的爱,等等。这是一种和我们深刻相关

---

① 约翰·L·麦凯:《伦理学:发明对与错》,丁三东译,上海译文出版社2007年版,第56页。

的死亡。"①也就是说,在王家新看来,布罗茨基之死,已经不是个个体性的事件,布罗茨基以其全部生命和写作,早已与许多中国当代诗人的生命和语言之间发生了深刻的联动。这种联动,正是所谓"同呼吸,共命运",如果用语言本体论的方式翻译过来,便是"分担着同一个词"。因此,布罗茨基之死,在他们的语言本体之中必将造成一块死亡的黑暗,如果他们要继续写作,就必须承担这份死亡的重创,这既昭示了他们对与布罗茨基之间伦理关系的承担,也昭示了他们对布罗茨基的全部伦理重量的承担。在这个意义上讲,"词的黑暗"作为语言的存在价值,就具有了高浓度的伦理意味,它是超验性与经验性,或曰纯粹性与伦理性的结合,内在于1990年代以来新诗的语言本体论装置。而且重要的是,在王家新这句诗里,"词的黑暗"作为宾语,其前接谓词是"助动词+动词"的句法,即"必须+忍受+(词的黑暗)",这一句法如上所述,在元伦理学的意义上,也正是"ought to be"这一核心伦理命题的强力意志版,它传达的是一种异常严肃和强烈的道德判断,这就使得这句诗在句法上加强了伦理意味。另一点是,它是对"词的黑暗"这一语言存在价值所施加的道德判断,因此,这样的"必须"句法无疑迥异于1980年代纯诗构想中的语言本体论装置,它是语言存在价值的伦理化,因此具有了清晰的诗学伦理学意味,可以说为以元伦理学的方式研究诗歌语言提供了一个经典的范本。有趣的是,王家新这句诗中所传达出的诗学观念,与布罗茨基对文学的看法非常契合。在一篇散文里,布罗茨基谈到了他眼中的文学,同样是以极具道德判断意味的"必须"句法,这无疑也增强了其观点的伦理性:"我们就需要坚信,文学是社会所具有的唯一的道德保险形式……人的丰富多样就是文学的全部内容,也是它的存在意义。我们必须谈论,因为我们必须坚持:文学是人的辨别力之最伟大的导师,它无疑比任何教义都更伟大。如果妨碍文学的自然存在,阻碍人们从文学中获得

---

① 王家新:《"走到词/望到家乡的时候"》,见王家新《雪的款待》,北京大学出版社2010年版,第24页。

教益的能力,那么,社会便会削弱其潜力,减缓其进化步伐,最终也许会使其结构面临危险。"①

与"词的黑暗"相似的诗歌表述,我们在王家新 1980 年代的学徒期中就可看到,它也清晰呈现着诗人的语言本体论观念,承担着语言的存在价值,但内涵与《布罗茨基之死》相迥异,比如 1988 年的《刀子》:

我停下来,听黑暗的深度

刀子已不再闪光
大地突然转暗,我逼近
一种夺目的纯粹

此处所呈现的也是"词的黑暗",但是与伦理无关,句法上也没有任何道德判断的意味,它是一种"夺目的纯粹"。王家新 1980 年代中期以后诗歌中的语言意识,究竟如何呼应并构成 1980 年代纯诗构想的内在装置,此处一望可知。九十年代以后的王家新,"将自己的文学目标定位在对时代、历史的反思与批判的基点上"②,总之是在与纯诗构想相迥异的诗学策略下写作,这方面因为成就确实很高,广为人所接受,因此他在 1980 年代的诗歌写作中所呈现出的语言意识和诗学策略很大程度上被忽略掉了。另一点是,在句法上,与"夺目的纯粹"相匹配的动词是"逼近",这在内在姿态上与《布罗茨基之死》中的"必须忍受"就恰好相反,后者是坚忍的,具有不得不为的被动感和选择性,而"逼近"则是主动出击,展现出对语言存在价值的追寻与叩问,这无疑非常契合 1980 年代昂扬、浪漫的时代精神与诗学策略,对纯粹的逼近,无论在句法、语义还是

---

① 约瑟夫·布罗茨基:《我们称之为"流亡"的状态,或曰浮起的橡实》,见约瑟夫·布罗茨基《悲伤与理智》,刘文飞译,上海译文出版社 2015 年版,第 23 页。

② 洪子诚:《中国当代文学史》,北京大学出版社 2010 年版,第 341 页。

姿态感上,都会让人想到王家新在1980年代为张枣所写那篇评论的题目:朝向诗的纯粹。彼时的王家新,之所以欣赏彼时的张枣,又之所以在这个语言向度上切入对张枣的评论,正是因为王家新本人在当时也怀揣着相同的语言意识和诗学策略:逼近语言的纯粹,对"词的黑暗"一探究竟。然而需要注意的是,"词的黑暗"在王家新的两个写作年代里虽然面目迥异,但是作为语言本体论意识的呈现,很明显有着一以贯之的地方,或者说至少是存在着明显的关联的:王家新并未放弃1980年代获得的语言本体论意识。但是,对其原有语言本体论装置进行的调整,还是清晰且自觉的,这也更加重要。正因如此,他才走向了布罗茨基这样的诗人;也是因此,"词的黑暗"到了1996年,才被赋予和调整出强烈的伦理意味,要进入"词的黑暗",不再是个纯粹的事件,而是需要背负死亡所携带的伦理感与历史感:"没有死亡带来的重创,就不可能进入这词的黑暗。"[①]

"词的黑暗"由死亡引发,这为语言存在价值赋予了伦理意义。如果说《布罗茨基之死》中的死亡,还是来自一种知音断弦式的单一具体的死者,那么在写于近年的《青年扎加耶夫斯基》中,死者再次出现,而且是普遍性的死者,是一切死者,是死亡本身。更加重要的是,这死亡本身所造成的"词的黑暗",在句法上,与1996年如出一辙:

> 祈祷,祈祷,
> 但他发现他自己也可以写祈祷词。
> (比教堂里的更好!)
> 祈祷,重新祈祷,
> 但他发现他更想赞美一个
> 嘴唇鲜亮的戴珍珠耳环的少女。

---

① 王家新:《"走到词/望到家乡的时候"》,见王家新《雪的款待》,北京大学出版社2010年版,第25页。

　　　　这就是他作为一个诗人的开始。

　　　　不过,一旦他真的这样写起诗来,

　　　　他还发现他必须忍受住

　　　　死者每天每天对他的嘲讽。

　　这首诗中所携带的布罗茨基的幽灵,清晰可见;相同的句法,最能在语言本体论的维度上说明问题。这首诗借助扎加耶夫斯基的青年故事,讲述的却是在日常生活的外在景观中发现"词的黑暗"之可能性这一问题。作为对日常生活的提示,这首诗中写到了《戴珍珠耳环的少女》,它是十七世纪荷兰风情画时期大师维米尔的名作,托多罗夫在其《日常生活颂歌》中深入研究了这一时代荷兰风情画的精神内涵:讴歌日常生活,肯定人的价值。[①] 然而在王家新这里,日常生活并非一场颂歌,而是一场伦理抗辩,是对人类精神创伤的揭示。对于扎加耶夫斯基来说,也同样如此。其中文译者李以亮将其创作主线概括为"以对不合理社会制度与秩序的反抗始,到与世界和上帝的和解终"[②],日常生活在他们眼里都意味着创伤的隐秘来源,布罗茨基又何尝不是如此?谈到荷兰风情画中的人物时,托多罗夫在书中说:"历史画中的人物,每一个都有名字,不管这个名字是猜测到的,还是由画名指示的;而在'风俗'画中,画家描绘的是匿名的人物……它拒绝表现一切脱离寻常生活范畴、无法为大多数凡人所触及的东西:这里没有英雄或圣人的位置。"[③]日常生活就是匿名的,而日常生活中的凡人们,生也匿名,死也匿名,承受着历史施加在日常生活中匿名的创伤。而诗人作为命名者,其语言存在价值的伦理性正在于,必须忍受将这些匿名的死者,并将他们的匿名作为创伤启示纳入词语中,将死亡的普遍性纳入

[①] 参茨维坦·托多罗夫:《日常生活颂歌:论十七世纪荷兰绘画》,曹丹红译,华东师范大学出版社2012年版。

[②] 亚当·扎加耶夫斯基:《无止境》,李以亮译,花城出版社2015年版,第3页。

[③] 茨维坦·托多罗夫:《日常生活颂歌:论十七世纪荷兰绘画》,曹丹红译,华东师范大学出版社2012年版,第37—38页。

词语中,正如日常生活的普遍性一样,唯其如此,才构成对"词的黑暗"的必须忍受。

对于日常生活与写作本体的关系,王家新在1990年底著名的《帕斯捷尔纳克》中已宣言式地言说过,这耳熟能详:"终于能按照自己的内心写作了/却不能按一个人的内心生活",生活与写作、伦理与存在被线条分明地对立起来。然而透过《布罗茨基之死》(也包括同年写的《尤金,雪》),以及《青年扎加耶夫斯基》,我们看到,1990年代中期之后,王家新以"必须"这一元伦理学核心道德命题"ought to be"的强力意志版,隐秘而剧烈地将语言的存在价值伦理化了。这样的句法命题,及其携带的伦理之重,在王家新1980年代的语言本体论装置中,是无从得见的。而在1990年代以后,尤其是中期以后,这样的句法及其塑造出的抒情意志与气质,则成为他的精神剪影,成为他最为人所熟知的诗学形象。"词的黑暗"作为语言的存在价值,构成一种生命不可承受的伦理之重,然而面对这种"不可承受",诗人的选择是"必须承受",以更具伦理强度的抉择,发明出"承担者的诗学"。这样的抉择,让王家新走向了元伦理学的强力句法,并以此强撑起比生命更重的伦理负担,除此之外,别无选择:

> 一棵孤单的树
> 连它的影子也会背弃它
>
> 除非有一个孩子每天提着一桶
> 比他本身还要重的水来

——《塔可夫斯基的树》(2012)

二、第二人称:语言存在价值的内在演变

语言的存在价值,在语言本体论装置中往往呈现为第二人称性的,即"你"。究其原因,或许正如王家新所说的:"我们大都是从'自我的抒情'开始

的。但总有一天你会意识到自己并不等于诗。"[1]"自我的抒情"是第一人称性的,它不会在意语言本体的存在,而是将语言当作制造第一人称的工具,这样的语言意识里,语言的存在价值是不在场的,也是就说,诗中没有"你"的存在,没有对"你"的追问,而只有"我"使用语言工具的自我成就。1980年代的纯诗构想,显然矫正了"自我的抒情",它要做的,便是放逐掉第一人称,将语言存在价值,这第二人称的"你",确立为诗歌中新的主体。如此,在纯诗构想的语言本体论装置指引下,1980年代诗歌呈现出的往往是"无我之境",是放逐了表象世界的另一存在空间。也就是说,虽然在纯诗构想下,诗歌的语言机制从第一人称转变为第二人称,但是说到底,仍然是单人称的语言机制,诗歌呈现为另一空间的独语,而非两个空间的对话。1980年代的王家新,受到后期海德格尔的语言哲学与中国佛道思想的双重影响,正是以纯诗构想的方式看待诗歌的语言机制的:"必须把诗当成一种具有本体意义的存在。它虽然以我们对生存的体验为依据,但在语言的运动中,它所展开的却是另一个空间。"[2]这另一空间,正是西方的存在澄明之境与东方的无我之境两相重叠的产物,它在语言的价值判断上,要舞蹈而不要舞者,要存在而不要表象,因而呈现出第二人称的统摄性地位。王家新1980年代的许多诗都呈现出这样的语言意识,面对着第二人称,第一人称要么缺席,要么只是个弱小的追问者,即使是以第二人称现身的"我",面对真正的"你",也显得惊慌失措:

不是隐士,不是神

你浑然坐忘于山林之间

如一突出的石头

---

[1] 王家新:《我对"诗"的把握》,见王家新《人与世界的相遇》,文化艺术出版社1989年版,第23页。

[2] 王家新:《对话:1986》,见王家新《人与世界的相遇》,文化艺术出版社1989年版,第38页。

来路早已消失，而木杖
被你随手一丢
遂成身之外的一片疏林

一千个秋天就这样过去
而谁能以手敲响时间，把你
从静静的画框里唤醒？

——《中国话·山水人物》(1983)

而我真想登临此亭
让一条条道路自亭下展开
远远地追寻你的足迹

——《晚亭》(1984)

但你走进来的时候，你感到
　　峡谷在等着你
　　峡谷如一只手掌在渐渐收拢

你惊慌得逃回去，在峡口才敢
　　回过头来：峡谷空空如也
除了风，除了石头

——《空谷》(1985)

在王家新1980年代的诗中，作为第二人称的语言存在价值中没有创伤，只有纯粹，一种强大到无限的纯粹："你"，是一座空谷，只允许远观和追问，不允许走进和对话，"我—你"之间不存在伦理的联动。到了1990年代以后，语言的存在价值在王家新的诗中很多时候仍然保持着第二人称性，但是两个人称之间对话的可能性出现了，而且两个人称都获得了经验的具体性，尤其是当"你"作为与"我"具有伦理共鸣的具体人物出现时，这种对话，在诗歌的言说中就显得更有词语的负重感，就仿佛"词的黑暗"在这种对话中出现：

> 这是你目光中的忧伤、探询和质问
> 钟声一样，压迫着我的灵魂
> 这是痛苦，是幸福，要说出它
> 需要以冰雪来充满我的一生
>
> ——《帕斯捷尔纳克》(1990)

　　就像布罗茨基被纳入"必须"句法，从而使得语言存在价值被伦理化一样，与诗人具有相似伦理感觉和历史感觉的帕斯捷尔纳克被纳入第二人称，语言的存在价值由 1980 年代的"空谷"所呈现出的纯粹状态，转变为极具伦理意味的俄国诗人，"你"成为"我"的阿甘本意义上的"同时代人"，由此而来，"我—你"构成了一种本体性的关系，两个人称之间形成了伦理性的联结。"我—你"关系是德国宗教哲学家马丁·布伯《我与你》中的核心观念，在布伯看来，"我—你"(Ich-Du)关系是一种本质性的关系，它是对"我—它"(Ich-Es)关系的突破与超越。"我"皆生存于"它"之世界中，二者之间形成的是一种有限的、利用性的关系；而"我"又存在于"你"之世界中，二者之间是一种本质性的、无限的存在主义式的关系。因此，"我"应该突破"我—它"关系，而抵达"我—你"关系。"你"即神明，即存在本身。[①] 王家新 1990 年代以后，受到马丁·布伯这一学说的影响很大，他在文章与演讲中多次谈到。可以说，1990 年代以后，王家新诗中的"我"，与帕斯捷尔纳克和"布罗茨基之死"之间，正是抵达了"我—你"

[①] 参马丁·布伯：《我与你》，陈维纲译，三联书店 1986 年版。

关系。在这样的关系里,语言的存在价值由独语式的第二人称演变为对话式的第二人称,"你"成为某种与"我"之间发生了伦理联动的存在,即使"你"常常是死者的幽灵。

实际上,马丁·布伯的学说深刻影响了保罗·策兰,他曾在阅读前者的书中做过笔记,并对他非常敬仰。保罗·策兰诗中出现了大量的第二人称(du[①]),据统计,共出现了九百多次。王家新深知这一点,也非常关注策兰诗中的"你"。他曾说:"在策兰的诗中,一直隐现着这样一个'你'。他中后期的诗,往往就在'我与你'这种关系中展开。"[②]而对于策兰诗中的"你",究竟该如何辨认,王家新也曾谈起过,这直接勾连着策兰奥斯维辛经历中痛苦的死亡经验:"他诗中的'你'无论怎样理解,都和他的灵魂构成了一种深刻关系。那是他诗的依托,也是他人生的依托。在'奥斯维辛'之后,这恐怕是他唯一的绝望下的希望了。"[③]由此可见,策兰诗中的"你"直接与死者相关,可以说,死亡这"来自德国的大师",构成了中后期策兰诗歌中的第二人称和语言的存在价值。因此,策兰诗歌中的"你",实际上毫不纯粹,承受着难以承受的死亡之痛,并在这种难以承受中做出必须承受的伦理抉择,从而赋予语言存在的价值。王家新1990年代诗歌中的第二人称,与策兰之间非常相近,也承受着死亡之痛,若不是因此,他就不可能将帕斯捷尔纳克这样的诗人指认为"你"。在这个意义上讲,我们透过王家新的句法,看到了一种奇妙而必然的相遇:"必须"与第二人称,在难以承受的死亡之痛中相遇,并且同构起来。没有"你"中凝聚的死亡之痛,就不会有"必须"这一强力的伦理抉择;没有"必须"这一强力的伦理抉择,"你"就不会在"词的黑暗"中显现。总而言之,在王家新1990年代以后的诗里,透过"必须"句法的出现与第二人称的内在演变,我们看到了其语言本体论装置的调整,"词的黑暗"超越了纯诗构想,获得了伦理性的内涵,而诗人语言意识的调整,在语言本体论的意义上,也促成了诗歌中句法的新变。

[①] "du"是德语中第二人称"你"的一格形式,德语共有四格,余下三格分别为:"deiner/dir/dich"。
[②] 王家新:《雪的款待:读策兰诗歌》,见王家新《雪的款待》,北京大学出版社2010年版,第117页。
[③] 同上注。

结语 "词的对表"与"感时忧国"

一

　　本书所研究的,既是一个内在于当代新诗的问题,也是一个具有普遍意义的现代诗学问题。它从当代新诗自身的历史之维中生发而来,在获得普遍性意义的同时,也完成了"返乡",返回了当代新诗的研究视域之内,在学术主体性的意义上,参与了当代新诗研究的理论与历史建构。在这个意义上讲,它也构成了一个"里应外合"的辩证装置,就像本书的研究对象"1990年代以来汉语新诗中的语言本体论"一样。

　　当代新诗中语言本体论意识的觉醒与获得,内在于西方文学艺术的现代转向,其本身昭示了对文学现代性语言意识的强烈追求与回归。一方面,当代新诗语言本体论意识的觉醒,将当代新诗重新置入文学现代性书写的经典文学谱系之中,这便使其重新接续了1940年代末开始逐渐中断的"新诗现代化"书写原则,对文学现代性的追求,又重新成为"新时期的新任务"。这是第一重"词的对表"。另一方面,由于当代新诗语言本体论意识的觉醒,与诗人们受到以"语言学转向"为核心的二十世纪西方语言哲学理论的影响直接相关,因此,这就决定了它虽与1940年代"新诗现代化"之间具有承续关系,但又有其自身逸出的位置感与研究向度。它与理论密切相关,而中国当代诗人如何对这些理论进行"文学接受与文化过滤",如何将理论接受转化为诗歌生产,则构成了当代新诗中的语言本体论研究独具内在学术主体性的问题意识与研究方法。在这个意义上讲,1940年代"新诗现代化"受到西方现代主义诗人如奥登、艾略特、里尔克等的重要影响,而这些诗人的语言意识无疑内在于作为文学现代性之核心的语言本体论意识谱系之中,但是如果我们因此就贸然以二十世纪语言哲学的诸多理论介入研究,那么非但未必能得到令人满意的发现,也势必陷入理论操练的嫌疑之中。但当代新诗中的语言本体论研究则不同,以这些语言哲学理论介入研究,不仅应当,而且必须。可以说,如果不对这些语言哲学理论有足够的了解,就很难将这一研究题目做好。实际上,当代新诗中的语言本体论所实现的第二重"词的对表",正是在文学现代性的重新追求之外,与西方二十世纪语言哲学诸理论的"对表"。

　　当代新诗中的语言本体论装置,在本书中分为两个时段,1980年代的装置被命名为"纯诗构想",1990年代以来的装置则被命名为"辩证装置",其各自涵义已无须赘述。1990年代以来新诗的诗学策略转向对历史的介入,对现实的关注,似乎因此,1990年代新诗的语言意识便指向了对语言存在价值进行追问的放弃,以语言的表象价值而言说现实生活、历史语境,从而在词语中构筑出一个散文化的世界。两个时段的诗学策略与语言意识之间构成了断裂。经由本书的研究以后,我们有理由对这样的判断完成放逐,1990年代以来新诗中语言意识最具先锋性的一批诗人,无论是经由1980年代"纯诗构想"中走来,还是直接登场于1990年代以后,他们都并未放弃对语言存在价值的追问,也就是说,语言本体论作为文学现代性的核心语言意识,经过1980年代的"觉醒"后,在他们1990年代以后的写作中被保留和延续了下来。从语言本体论的内在视域来看,两个时段的整体诗学策略,与其说是断裂式的,不如说是语言装置内在聚焦的一次重要调整:1990年代以来的诗歌,虽然在表象上呈现时代语境、现实生活等散文化的世界图像,但这与语言本体论并不矛盾,语言本体论并不是只能有"纯诗构想"这一种装置模式,1980年代人们形成了一种窄化的语言本体论意识,并且延伸进了1990年代以后。语言的表象价值与语言的存在价值之间以有效的方式呼应起来,构成装置性的内在联动,这本就是语言本体论自身具备的可能性,这一点,我们从西方现代文学的经典作品之中可以找到无数相呼应的范例。1990年代以来的汉语新诗,无论散文化的世界呈现得多么清晰、盛大,只要其内置了语言本体论装置,就不是教条意义上的现实主义与反映论式的文学。仍是内在于文学现代性追求与书写之中的诗歌,其语言系统结成了多重层次,透过这多层语言价值所建构出来的,是表象世界与可能生活辩证联动的人类生存境遇与存在图景。

二

唐晓渡在一篇文章里曾谈论过新诗自"五四"前后肇始之时,便具有的功利主义色彩:"五四新诗从一开始就不是一场独立的艺术运动,而是一场远为广泛的社会政治、文化和意识形态启蒙运动的组成部分。这场运动有明确的指归,就是要救亡图存,使日益衰败的古老国家重新崛起于现代的断层。它决定了新诗本质上的功能主义倾向,并把启蒙理性暗中降低为工具理性。"[①]这样的看法很容易让我们联想到夏志清对中国现代文学著名的"感时忧国"之论:"那个时代的新文学,却有不同于前代之处,那就是作品所表现的道义上的使命感,那种感时忧国的精神。当时的中国,正是国难方殷,企图自振而力不逮,同时旧社会留下来的种种不人道,也还没有改掉。是故当时的重要作家——无论是小说家、剧作家、诗人或散文家——都洋溢着爱国的热情。"[②]李欧梵的讨论又由此出发,揭示出中国现代文学注重内容的"现实主义"品质:"这种感时忧国精神继而又把主要目光集中到文学的内容上而不是形式上,集中到得

[①] 唐晓渡:《五四新诗的现代性问题》,见《辩难与沉默:当代诗论三重奏》,作家出版社2008年版,第11页。

[②] 夏志清:《中国现代小说史》,刘绍铭等译,香港中文大学出版社2001年版,第459页。

天独厚的'现实主义'上——因为中国现代作家力图对自己所处的现实环境中的那种社会——政治混乱有所了解。因此,中国现代文学研究负载着中国现代史的重负,同时,一种与内在的文学旨趣有关的一般历史探讨不仅绝对必要,而且势所难免。"①以"现实主义"来界定中国现代文学的气质,自然有其合理性,虽然积极进行形式探索、在语言文本内部完成现代性技法的实验,在史实上也必然是中国现代文学中的重要成分。这里想说的是,虽然夏志清对"感时忧国"的时间限定,到新中国成立为止,但是1990年代以来新诗的整体诗学策略上清晰呼应着"感时忧国"的精神,这一点应该毫无疑问。然而需要分辨的一点是,由于1990年代诗歌中有"辩证装置"这一语言本体论装置的存在,这就决定了本书的研究对象,其内在的"感时忧国"精神,并非以"现实主义"的方式完成,而是在文学现代性的追求之下完成,借用李欧梵上述"形式/内容"二分的话语来讲,就是虽然1990年代新诗在内容上积极介入历史语境,散发着"感时忧国"的精神,但是在形式探索上,则极具现代性文学精神和语言意识。在这个意义上讲,语言本体论未必不能"感时忧国",相反,它的加入,能让文学创作、诗歌创造在非反映论的、非现实主义的语言意识下介入"时代合唱",介入近代中国以来某种意义上一直延续的现代国家想象和批判。

  在西方的哲学脉络里,语言本体论是继古典时期的本体论哲学、近代以笛卡尔为开端的主体性哲学之后,第三次哲学任务的转向。它作为兴起于二十世纪的哲学思潮,实际上肩负着对主体性哲学进行批判的任务。也就是说,以笛卡尔为开端的主体性哲学,高扬人的理性的独立性与主体位置,其目的是为了肯定理性的价值,肯定人的意义,肯定人的独立性。而语言本体论正是要对此进行批判和调整的,其意在将哲学的任务从探究人与世界的关系转变为探究语言与世界的关系,其实西方的现代文学艺术,其任务内在于这一追求。比如说,现代艺术的去人性化、艾略特所说的"去个性化",凡此种种,皆是昭示了

---

① 李欧梵:《现代性的追求》,三联书店2000年版,第177页。

对主体性哲学的批判,以及对语言本体论观念的呼应。将语言视为本体,人并不能工具式地掌控语言,而是语言本体内在不可知性的追问者,这恰好意味着,人的主体性地位是可质疑的,人类及其理性并不是语言的主人和操控者。然而在当代新诗的研究视域内,在"感时忧国"精神贯穿中国文学现代性追求之始终的所谓"亚细亚生产方式"之中,语言本体论在1980年代新诗"语言觉醒"过程中所扮演的角色,从文学与外在社会思潮之间的互动机制上看,并非是对西方思想脉络的照搬,而是凸显了其内在特殊性与社会意义。在罗岗、贺桂梅、蔡翔、南帆等众多学者的研究中,1980年代兴起的"纯文学"热具有重要的文学社会学价值,追求文学性、在话语上要"返回文学自身"的"纯文学",实际上仍在发挥着外部的结构性作用。而对于1980年代新诗来说,语言本体论意识的觉醒,就内在于这"纯文学"的结构性作用之中。它看起来是与西方"语言学转向"的"对表"(这样的作用毋庸置疑也必然发生着),但是另一方面,"词的对表"在中国1980年代历史语境中所起到的结构性作用,全然不同于语言本体论在西方承担的进行主体性批判的任务,而相反,恰恰是要在洪子诚意义上的当代文学"一体化"时期结束后,对过往的集体性社会形式进行批判,从而支持现代独立个体的主体性建构,它非但不是"去人性化"的,恰好极具人道主义意味。诚如罗岗所说:"纯文学在80年代是个很神圣的词汇,它代表着一段专制的黑暗时代的结束,意味着现代理想的主体性及俗世大众的个体价值和尊严。"[1]

这样的结构性作用,也就意味着,以"纯诗构想"为名的1980年代新诗语言本体论装置,其内在诉求是摆脱文学与外部政治历史的关系,摆脱其自"五四"新文学肇始时便携带的"感时忧国"胎记与"原罪",但是当它以这样的话语诉求呈现时,其本身便参与到了时代的外在结构性问题之中,以去政治、历史的方式表达着那一时代知识分子甚至更广大社会人群的政治、历史诉求。对

---

[1] 罗岗主编:《现代国家想象与20世纪中国文学》,上海人民出版社2014年版,第496页。

此，贺桂梅在谈论1980年代纯文学的语言本体论转向时有精辟的揭示:"'文学语言学'(或类似的理解)，一方面借助对'符号'(语言)的觉察而划定了审美/文学的自律场地，而另一方面却并没有放弃人道主义和主体论的'中心化主体'的认知方式，于是，对文学语言的发现也就成为对通过语言创造意义的强调，并使文学作品成为向社会散发意义的中心场地。也就是说，那种内在的文学/政治的结构并没有改变，而只是借助'语言'这一中介，将曾经的'政治(社会)决定文学'的模式颠倒为'文学决定政治(社会)'。"[①]当然，我们大可不必为这样的事实而悲观，以这样的方式思考1980年代新诗中的语言本体论装置，揭示它作为一种文学现代性的内部追求与外部时代政治诉求之间的联动关系，实际上暗含着让研究别开生面的可能性，对其以去"感时忧国"为表象的"感时忧国"的谈论，"呈现'纯文学'的意识形态，固然是为了揭示它曾以怎样的方式参与历史，同时也是为了释放它在想象人的更合理生活时的乌托邦能量"[②]。

在这样的思路之下，当我们打量以"辩证装置"为名的1990年代以来新诗中的语言本体论装置时，就会陷入一种艰难的吊诡之境。不同于1980年代"纯文学"所承担的高强度意识形态内涵与任务，1990年代的"纯文学"很大程度上丧失了这种内外之间的张力，这直接导致了文学在1990年代以后的危机与失势:"导致文学在90年代'失效'和'失势'的原因，并不在于'纯文学'观念自身，而在于'纯文学'(或'纯艺术')的体制与具体作品内容的政治性之间的'张力关系'的消失。"[③]在这个意义上讲，我们就会发现，1990年代新诗中的语言本体论装置，致力于语言表象价值与语言存在价值之间的辩证联动，以期以语言本体论的方式达成对"感时忧国"的参与。吊诡之处在于，1980年代的"纯

---

① 贺桂梅:《"纯文学"的知识谱系与意识形态:"文学性"问题在1980年代的发生》，见刘复生编《"80年代文学"研究读本》，上海书店出版社2018年版，第144页。
② 同上书，第157页。
③ 同上书，第131页。

诗构想",以去"感时忧国"的方式有效践行着"感时忧国",而1990年代以后的"辩证装置",在具体作品内容上不断努力回归"感时忧国"时,在文学与外在社会机制的层面上几乎丧失了"感时忧国"的能力。与1980年代"纯诗构想"中暗含"感时忧国"这一极为"心机"的装置模式相比,1990年代新诗中的语言本体论装置所陷入的窘境,才是真正让人悲伤的。这让人不禁想起竹内好在《近代的超克》中的一段话:"文学诞生的本源之场,总要被政治所包围。这是为使文学开花的苛烈的自然条件。娇弱之花没有生长的可能,劲秀之花却可获得长久的生命。"①内置了"辩证装置"的1990年代以来新诗,丧失了内外之间的张力,但仍在积极追求着"感时忧国",积极梦幻着与政治之间联动的机遇与可能,"娇弱之花"耶,"劲秀之花"耶? 似乎从不同的角度看,我们会有不同的答案。但不论如何,其内在的丰富与精彩摆在这里,其外在的困窘与危机也摆在这里,在二者之间艰难的摆荡中,一首诗的位置感,或许有可能被捕获与确认,当然,这需要深入其精彩与危机之中的人,永远满怀忧郁地真诚追问,而不是以一种自洽和慵懒而陷入"词的幽闭"之中——姜涛在一篇文章的结尾写道:"当代诗人对'语言本体的沉浸',曾针对着写作自由的被剥夺,但当剥夺变得更为隐晦、更为内在的时候,元诗意识指向的,不应再是语言的无穷镜像,而恰恰是指向循环之境的打破。"②

---

① 竹内好:《近代的超克》,三联书店2005年版,第134—135页。
② 姜涛:《"全装修"时代的"元诗"意识》,见《内外之间:新诗研究的问题与方法》,社会科学文献出版社2012年版,第191页。

参考文献

绪论

一、文章

1. 王家新:《阐释之外:当代诗学的一种话语分析》,载《文学评论》1997年第2期。

二、专著

1. 余虹:《革命·审美·解构——20世纪中国文学理论的现代性与后现代性》,广西师范大学出版社2001年版。

2. 米歇尔·福柯:《词与物:人文科学的考古学》,莫伟民译,上海三联书店2017年版。

3. *The Oder of Things: An Archaeology of Human Sciences*, Taylor and Francis e-Library, 2005.

4. 马丁·海德格尔:《演讲与论文集》,孙周兴译,三联书店2011年版。

5. 马丁·海德格尔:《林中路》,孙周兴译,上海译文出版社2008年版。

6. 瓦尔特·本雅明:《启迪——本雅明文选》,汉娜·阿伦特编,张旭东、王斑译,三联书店2008年版。

7. 夏尔·波德莱尔:《恶之花》,刘楠祺译,新世界出版社2011年版。

8. 胡戈·弗里德里希:《现代诗歌的结构》,李双志译,译林出版社 2014 年版。

9. 伊夫·博纳富瓦:《词语的诱惑与真实》,陈力川译,香港牛津大学出版社 2014 年版。

10. 让·斯塔洛宾斯基:《镜中的忧郁》,郭宏安译,华东师范大学出版社 2012 年版。

11. 夏尔·波德莱尔:《1846 年的沙龙——波德莱尔美学论文选》,郭宏安译,广西师范大学出版社 2002 年版,第 424 页。

12. 弗雷德里克·詹姆逊:《论现代主义文学》,苏仲乐、陈广兴、王逢振译,中国人民大学出版社 2018 年版,第 23 页。

13. 乔吉·阿甘本:《论友爱》,刘耀辉、尉光吉译,北京大学出版社 2017 年版。

第一章　总体性诗学

一、文章

1. 柏桦:《始于一九七九:比冰和铁更刺人心肠的欢乐》,载《世界文学》2006 年第 5 期。

2. 程抱一:《论波德莱尔》,载徐迟主编《外国文学研究》1980 年第 1 期。

3. 张枣:《朝向语言风景的危险旅行》,见颜炼军编《张枣随笔选》,人民文学出版社 2012 年版。

4. 俞世恩:《现代性与民族性:1929 年"大上海计划"研究》,华东师范大学 2017 届博士学位论文。

5. 李心释:《语言观脉络中的中国当代诗歌》,载《江汉学术》2014 年第 4 期。

6. 李心释:《诗歌语言的反抗神话》,载《文艺争鸣》2012 年第 10 期。

7. 西川:《生存处境和写作处境》,载《学术思想评论》1997 年 1 月。

8. 欧阳江河:《当代诗的升华及其限度》,载《学术思想评论》,辽宁大学出版社 1997 年版。

9. 柏桦、余夏云:《"今天":俄罗斯式的对抗美学》,《江汉大学学报》2008 年第 1 期。

10. 欧阳江河:《1989 后国内诗歌写作:本土气质、中年特征与知识分子身份》,张涛编《九十年代诗歌研究资料》,百花洲文艺出版社 2018 年版。

11. 王家新、陈建华:《对话:在诗与历史之间》,载《山花》1996年第12期。

12. 肖开愚:《当代中国诗歌的困惑》,载《读书》1997年第11期。

13. 臧棣:《后朦胧诗:作为一种写作的诗歌》,载《中国诗歌九十年代备忘录》,人民文学出版社2000年版。

14. 臧棣:《可能的诗学:得意于万古愁——谈〈万古愁丛书〉的诗歌动机》,载《名作欣赏》2011年第15期。

15. 雷武铃:《希尼作为一种教育》,载《上海文化》2016年第7期。

二、专著

1. 柏桦:《左边:毛泽东时代的抒情诗人》,江苏文艺出版社2009年版。

2. 老木编:《新诗潮诗集》(下),北京大学五四文学社未名湖丛书编委会,1985年1月。

3. 胡戈·弗里德里希:《现代诗歌的结构》,李双志译,译林出版社2014年版。

4. 王光明:《现代汉诗的百年演变》,河北人民出版社2003年版。

5. 宋琳、柏桦编:《亲爱的张枣》,江苏文艺出版社2010年版。

6. 李欧梵:《上海摩登:一种新都市文化在中国1930—1945》,毛尖译,上海三联书店2008年版。

7. 董光器编:《城市总体规划》,东南大学出版社2014年版。

8. 卡尔·史密斯:《〈芝加哥规划〉与美国城市的再造》,王红扬译,译林出版社2017年版。

9. 陈东东:《我们时代的诗人》,东方出版社2017年版。

10. 亨利·丘吉尔:《城市即人民》,吴家琦译,华中科技大学出版社2016年版。

11. 西渡:《壮烈风景》,中国社会出版社2012年版。

12. 王家新:《人与世界的相遇》,文化艺术出版社1989年版。

13. 张玞:《骆一禾诗全编》,上海三联书店1997年版。

14. 颜炼军编:《张枣随笔选》,人民文学出版社2012年版。

15. 陈超:《个人化历史想象力的生成》,北京大学出版社2014年版。

16. 罗兰·巴尔特:《埃菲尔铁塔》,中国人民大学出版社2011年版。

17. 让·热内:《贾科梅蒂的画室:热内论艺术》,程小牧译,吉林出版集团2012年版。

18. 罗兰·巴尔特:《写作的零度》,人民文学出版社2011年版。

19. 钟鸣:《旁观者》,海南出版社1998年版。

20. 《俄国形式主义文论选》,方珊等译,三联书店1989年版。

21. 卡尔·曼海姆:《文化社会学论集》,艾彦、郑也夫、冯克利译,辽宁教育出版社2003年版。

22. 贺照田:《当社会主义遭遇危机……:"潘晓讨论"与当代中国大陆虚无主义的历史与观念构造》,见贺照田等《人文知识思想再出发》,2018年。

23. 钟鸣:《秋天的戏剧》,学林出版社2002年版。

24. 欧阳江河:《如此博学的饥饿》,作家出版社2013年版。

25. 王家新、孙文波编:《中国诗歌九十年代备忘录》,人民文学出版社2000年版。

26. 《1985年诗刊年度诗选》,作家出版社1985年版。

27. 余旸:《"九十年代诗歌"的内在分歧:以功能建构为视角》,人民出版社2016年版。

28. 臧棣:《后朦胧诗:作为一种写作的诗歌》,载《中国诗歌九十年代备忘录》,人民文学出版社2000年版。

29. 陈超:《个人化历史想象力的生成》,北京大学出版社2014年版。

第二章 观念研究

一、文章

1. 海子:《我热爱的诗人——荷尔德林》,见《世界文学》1989年第2期。

2. 洪子诚:《诗人的"手艺"观念》,载《文艺争鸣》2018年第3期。

3. 洪子诚:《〈玛琳娜·茨维塔耶娃诗集〉序:当代诗中的茨维塔耶娃》,载《文艺争鸣》2017年第10期。

4. 臧棣:《记忆的诗歌叙事学——细读西渡的〈一个钟表匠的技艺〉》,载《诗探索》2002年第Z1期。

5. 裴钰:《西方早期对位技法:从中世纪到巴洛克时期的演进》,西安音乐学院硕士学位论文,2017年。

6. 许晓琴:《对位批评:音乐"对位法"的精彩变奏》,载《小说评论》2010年第2期。

7. 张伟栋:《当代诗中的"历史对位法"问题》,载《江汉学术》2015年第1期。

8. 洪子诚:《如何对诗说话》,见《郑州大学学报(哲学社会科学版)》1998年第1期。

9. 肖开愚:《九十年代诗歌:抱负、特征和资料》,见《学术思想评论》,辽宁大学出版社1997年版。

10. 程光炜:《九十年代诗歌:另一意义的命名》,见《学术思想评论》,辽宁大学出版社1997年版。

11. 唐晓渡:《九十年代先锋诗的几个问题》,见《辩难与沉默:当代诗论三重奏》,作家出版社2008年版。

12. 臧棣:《90年代诗歌:从情感转向意识》,见《郑州大学学报(哲学社会科学版)》1998年第1期。

13. 耿占春:《一场诗学与社会学的内心论争》,见《辩难与沉默:当代诗论三重奏》,作家出版社2008年版。

14. 王家新:《阐释之外:当代诗学的一种话语分析》,见《文学评论》1997年第2期。

二、专著

1.《海子诗全编》,上海三联出版社1997年版。

2. 王小妮:《随手》,北京大学出版社2014年版。

3. 张松建:《现代诗的再出发》,北京大学出版社2009年版。

4. 陈超编:《最新先锋诗论选》,河北教育出版社2003年版。

5. 陈东东:《只言片语来自写作》,北京大学出版社2014年版。

6.《群岛之辨:"现当代诗学研究"专题论文集》,长江文艺出版社2014年版。

7. 李宏主编:《西方美术理论简史》,北京大学出版社2017年版。

8. 亚里士多德:《诗学》,陈中梅译,商务印书馆2017年版。

9. 茨维坦·托多罗夫:《走向绝对》,朱静译,华东师范大学出版社2014年版。

10.《十九世纪英国诗人论诗》,人民文学出版社1984年版。

11.《茨维塔耶娃研究文集》,译林出版社2014年版。

12.安娜·萨基扬茨:《玛丽娜·茨维塔耶娃:生活与创作(中)》,谷羽译,广西师范大学出版社2011年版。

13. Цветаева М. И. Поэт и время // Собрание сочинений в 7-х тт. Том 5, М.:《Эллис Лак》, 1994.

14.洪子诚:《〈玛琳娜·茨维塔耶娃诗集〉序:当代诗中的茨维塔耶娃》,载《文艺争鸣》2017年10期。

15.刘禾编:《持灯的使者》,广西师范大学出版社2017年版。

16.张桃洲:《语词的探险》,社会科学文献出版社2012年版。

17.西渡:《草之家》,新世界出版社2002年版。

18.臧棣:《假如我们真的不知道我们在写些什么……——答诗人西渡的书面采访》,见《从最小的可能性开始》,人民文学出版社2000年版。

19.王家新:《塔可夫斯基的树》,作家出版社2013年版。

20.敬文东:《从唯一之词到任意一词:欧阳江河与新诗语言问题》,东荡子诗歌促进会出品,2017年。

21.欧阳江河:《如此博学的饥饿》,作家出版社2013年版。

22.欧阳江河:《黄山谷的豹》,辽宁人民出版社2013年版。

23.敬文东:《追寻诗歌的内部真相》,见敬文东《守夜人呓语》,新星出版社2013年版。

24.爱德华·萨义德:《文化与帝国主义》,李琨译,三联书店2016年版。

25. Wallace Stevens, *The Necessary Angel*, *Collected Poetry & Prose*, Literary Classics of the United States, 1997.

26.汉斯-格奥尔格·伽达默尔:《美学与诗学:诠释学的实施》,吴建广译,北京大学出版社2013年版。

27.陈东东:《我们时代的诗人》,东方出版社2017年版。

28.伊曼纽尔·列维纳斯:《总体与无限:论外在性》,朱刚译,北京大学出版社2016年版。

29.宋琳:《俄尔甫斯回头》,北京大学出版社2014年版。

30. 林密:《意识形态、日常生活与空间——西方马克思主义社会再生产理论研究》,中国社会科学出版社2016年版。

31. 王敏:《文化视阈中的消费经济史:迈克·费瑟斯通的日常生活消费理论研究》,中国社会科学出版社2012年版。

32. 吴学勤等:《当代中国日常生活维度的意识形态研究》,人民出版社2014年版。

33. 王家新、孙文波编:《中国诗歌九十年代备忘录》,人民文学出版社2000年版。

34. 肖开愚:《九十年代诗歌:抱负、特征和资料》,见《学术思想评论》,辽宁大学出版社1997年版。

35. 程光炜:《九十年代诗歌:另一意义的命名》,见《学术思想评论》,辽宁大学出版社1997年版。

36. 唐晓渡、耿占春、陈超:《辩难与沉默:当代诗论三重奏》,作家出版社2008年版。

37. 陈东东:《只言片语来自写作》,北京大学出版社2014年版。

38. 亨利·列斐伏尔:《日常生活批判》,叶齐茂、倪晓辉译,社会科学文献出版社2018年版。

39. 陆扬:《日常生活审美化批判》,复旦大学出版社2012年版。

40. 阿兰·巴迪欧:《思考事件》,见《当下的哲学》,蓝江、吴冠军译,中央编译出版社2017年版。

41. 颜炼军编:《张枣随笔选》,人民文学出版社2012年版。

42. 余旸:《"九十年代诗歌"的内在分歧——以功能建构为视角》,人民出版社2016年版。

43. 王家新:《雪的款待》,北京大学出版社2010年版。

44. 王家新:《塔可夫斯基的树》,作家出版社2013年版。

45. 路德维希·维特根斯坦:《哲学研究》,陈嘉映译,上海译文出版社2012年版。

46. 阿格妮丝·赫勒:《日常生活》,衣俊卿译,黑龙江大学出版社2010年版。

47. 米歇尔·德·塞托:《日常生活实践》,方琳琳、黄春柳译,南京大学出版社2015年版。

第三章 母题研究

一、文章

1. 柏桦:《张枣》,见宋琳、柏桦编《亲爱的张枣》,江苏文艺出版社 2010 年版。

2. 钟鸣:《笼子里面的鸟儿和外面的俄尔甫斯》,见钟鸣《秋天的戏剧》,学林出版社 2002 年版。

3. 王家新:《朝向诗的纯粹》,见王家新《人与世界的相遇》,文化艺术出版社 1989 年版。

4. 黄灿然:《张枣谈诗》,载《飞地》第三辑(2013)。

5. 张枣:《"世界是一种力量,而不仅仅是存在"》,见《张枣随笔选》,颜炼军编,人民文学出版社 2012 年版。

6. 张闳:《介入的诗歌》,载孙文波、臧棣、肖开愚编《语言:形式的命名》,人民文学出版社 1999 年版。

7. 洪子诚:《如何对诗说话》,见王家新、孙文波编《中国诗歌九十年代备忘录》,人民文学出版社 2000 年版。

8. 陈东东:《亲爱的张枣》,见陈东东《我们时代的诗人》,东方出版中心 2017 年版。

9. 西渡:《历史意识与九十年代诗歌写作》,见孙文波、臧棣、肖开愚编《语言:形式的命名——中国诗歌评论》,人民教育出版社 1999 年版。

10. 臧棣:《绝不站在天使一边》,载《为您服务报》,1995 年 8 月 31 日。

11. 张桃洲:《从里尔克到德里达——郑敏诗学资源的两翼》,载《徐州师范大学学报(哲学社会科学版)》2007 年第 4 期。

12. 臧棣:《汉语中的里尔克》,载《郑州大学学报(哲学社会科学版)》1999 年第 3 期。

13. 臧棣:《90 年代诗歌:从情感转向意识》,见王家新、孙文波编《中国诗歌九十年代备忘录》,人民文学出版社 2000 年版。

14. 臧棣:《后朦胧诗:作为一种写作的诗歌》,见王家新、孙文波编《中国诗歌九十年代备忘录》,人民文学出版社 2000 年版。

15. 欧阳江河、王辰龙:《消费时代的诗人与他的抱负:欧阳江河访谈录》,载《新文学评论》2013 年 3 月。

16. 颜炼军:《陈东东的"语言夜景"》,载《新京报》书评周刊,2019 年 3 月 2 日。

17. 钟鸣:《变化的经验:读陈东东〈海神的一夜〉》,载《扬子江评论》,2019 年第 1 期。

二、专著

1. 吴晓东:《临水的纳蕤思:中国现代派诗歌的艺术母题》,北京大学出版社 2015 年版。

2. 朱迪斯·瑞安:《里尔克:现代主义与诗歌传统》,谢江南、何加红译,上海人民出版社 2011 年版。

3. 让·斯塔洛宾斯基:《镜中的忧郁》,郭宏安译,华东师范大学出版社 2012 年版。

4. 里尔克、勒塞等:《杜伊诺哀歌中的天使》,林克译,华东师范大学出版社 2005 年版。

5. 张枣:《张枣随笔选》,颜炼军编选,人民文学出版社 2012 年版。

6. 利莉·费勒:《诗歌、战争、死亡:茨维塔耶娃传》,马文通译,东方出版社 2011 年版。

7. 安娜·萨基扬茨:《玛丽娜·茨维塔耶娃:生活与创作》,谷羽译,广西师范大学出版社 2011 年版。

8. 王家新:《为凤凰找寻栖所:现代诗歌论集》,北京大学出版社 2008 年版。

9. 敬文东:《艺术与垃圾》,作家出版社 2016 年版。

10. 白轻主编:《文字即垃圾:危机之后的文学》,重庆大学出版社 2017 年版。

11. 欧阳江河:《如此博学的饥饿》,作家出版社 2013 年版。

12. 曾艳兵:《卡夫卡研究》,商务印书馆 2009 年版。

13. 余旸:《"九十年代诗歌"的内在分歧:以功能建构为视角》,人民出版社 2016 年版。

14. 潞潞主编:《面对面:外国著名诗人访谈、演说》,北京出版社 2003 年版。

15. W. B. Yeats, *Yeats's Poetry, Drama, and Prose*, edited by James Pethica, a Norton critical edition, W. W. Norton & Co., 2000.

16. 叶廷芳主编:《卡夫卡全集》第 7 卷,叶廷芳、赵乾龙、黎奇译,河北教育出版社 1996 年版。

17. 陈永国、马海良编:《本雅明文选》,中国社会科学出版社 1999 年版。

18. 汉娜·阿伦特编：《启迪——本雅明文选》，张旭东、王斑译，三联书店 2014 年版。

19. 黑格尔：《精神现象学》（上），贺麟、王玖兴译，商务印书馆 1979 年版。

20. 张桃洲：《语词的探险：中国新诗的文本与现实》，社会科学文献出版社 2012 年版。

21. 李永平编：《里尔克精选集》，北京燕山出版社 2005 年版。

22. 洪子诚：《中国当代文学史》，北京大学出版社 2007 年版。

23. 张柠：《感伤时代的文学》，新星出版社 2013 年版。

24. Robert Giroux, *Elizabeth Bishop, Poems, Prose, and Letters*, Literary Classics of United States, 2008.

25. 伊丽莎白·毕肖普：《唯有孤独恒常如新》，包慧怡译，湖南文艺出版社 2015 年版。

26. 《钟的秘密心脏：二十家诺贝尔奖获奖作家随笔精选》，王家新、沈睿编，解放军文艺出版社 1997 年版。

27. 敬文东：《从唯一之词到任意一词：欧阳江河与新诗的词语问题》，东荡子诗歌促进会，2017 年 11 月。

28. Balachandra Rajan, *W.B.Yeats, A Critical Introduction*, Routledge, 2017.

29. 傅浩：《叶芝评传》，浙江文艺出版社 1999 年版。

30. 埃德蒙·威尔逊：《阿克瑟尔的城堡：1870 年至 1930 年的想象文学研究》，黄念欣译，江苏教育出版社 2006 年版。

31. 王家新：《翻译的辨认》，东方出版社 2017 年版。

32. 乔治·巴塔耶：《文学与恶》，董澄波译，北京燕山出版社 2006 年版。

33. 钟鸣：《旁观者》，南海出版社 1998 年版。

34. 胡戈·弗里德里希：《现代诗歌的结构》，李双志译，译林出版社 2014 年版。

35. 郭宏安：《论〈恶之花〉》，上海译文出版社 2014 年版。

36. 西渡：《守望与倾听》，中央编译出版社 2000 年版。

37. 西渡：《草之家》，新世界出版社 2002 年版。

38. 杨晓山：《私人领域的变形——唐宋诗歌中的园林与玩好》，文韬译，江苏人民出版社 2008 年版。

第四章　句法研究

一、文章

1. 臧棣:《可能的诗学:得意于万古愁——〈万古愁丛书〉的诗歌动机》,见《名作欣赏》2011年第15期。
2. 张光昕:《茨娃密码:张枣诗歌的微观分析》,见《诗探索·理论卷》,2011年第三辑。
3. 黄灿然:《张枣谈诗》,载《飞地》第三辑(2013)。
4. 张枣:《鹤鸣瘗:张枣致钟鸣书简》,钟鸣编,未刊稿。
5. 李海鹏:《意外的身体与语言"当下性"维度——重读张枣〈祖母〉》,《飞地》第八辑(2015)。

二、专著

1. 约翰·赫依津哈:《游戏的人》,多人译,中国美术学院出版社1996年版。
2. 《张枣随笔选》,颜炼军编选,人民文学出版社2012年版。
3. 敬文东:《感叹诗学》,作家出版社2017年版。
4. 陈东东:《我们时代的诗人》,东方出版社2017年版。
5. 米歇尔·德·塞托、吕斯·贾尔、皮埃尔·梅约尔:《日常生活实践2:居住与烹饪》,冷碧莹译,南京大学出版社2014年版。
6. E.H.萨兰瑟:《白领犯罪》,赵宝成等译,中国大百科全书出版社2008年版。
7. 唐永军:《中国白领犯罪研究》,吉林大学博士学位论文,2005年。
8. 余旸:《"九十年代诗歌"的内在分歧——以功能建构为视角》,人民出版社2016年版。
9. 郭金霞、苗鸣宇:《大赦·特赦:中外赦免制度概观》,群众出版社2003年版。
10. 阴建峰:《现代赦免制度论衡》,中国人民公安大学出版社2006年版。
11. 让-雅克·卢梭:《社会契约论》,何兆武译,天津人民出版社2014年版。

12. 赵汀阳:《论可能生活》,中国人民大学出版社2010年版。

13. 约翰·L·麦凯:《伦理学:发明对与错》,丁三东译,上海译文出版社2007年版。

14. 王家新:《雪的款待》,北京大学出版社2010年版。

15. 约瑟夫·布罗茨基:《悲伤与理智》,刘文飞译,上海译文出版社2015年版。

16. 洪子诚:《中国当代文学史》,北京大学出版社2010年版。

17. 茨维坦·托多罗夫:《日常生活颂歌:论十七世纪荷兰绘画》,曹丹红译,华东师范大学出版社2012年版。

18. 亚当·扎加耶夫斯基:《无止境》,李以亮译,花城出版社2015年版。

19. 王家新:《人与世界的相遇》,文化艺术出版社1989年版。

20. 马丁·布伯:《我与你》,陈维纲译,三联书店1986年版。

后 记

一

大概十年前,我第一次接触到"后朦胧诗"或者叫"第三代诗歌",以及一些对它的论述与批评观念。其中印象最深的一点就是对它与其前辈"朦胧诗"之间差异的谈论,大概观点是说,诗人对语言的认知发生了变化,比如北岛《回答》中,诗人对语言是有着强力的掌控的,而柏桦《表达》中的言说者则说不清自己究竟想要表达些什么,似乎"说什么"这个结果变得不再重要,而"言说"这件事、这个动作本身才是关键。稍晚一些,也读到过张枣的一句话,他说"大多数读者对阅读的期待是'读懂',却不知道'读不懂'才是阅读的最大乐趣"。柏桦与张枣的观点可以说是一致的,那个时候我只是觉得这样的观念非常新颖非常迷人,好像朦朦胧胧"懂了"一点它的意思,但深究起来,又"不懂"其所以然,不懂这样的观念究竟从何而来。后来有一次,读完了海德格尔那本《荷尔德林诗的阐释》,坐在校园的树林里,看见阳光从天而降,洒在茂密的树冠上,还有一些从叶缝间渗漏出来,像黄金一样。我突然觉得,那些树,连同我眼中可见的世界变得模糊、可疑起来,当我说出"树"这个词的时候,它与"树"这种植物之间的对应关系变得不再那么必然,也就是说,"树"这个词具有了更多的可能性,就像我眼前的"树"被金色的阳光所笼罩一样。那一刻,我觉得我理解了"读不懂"究竟是什么意思：我们长久习惯了每一个词必然对应其物这样的语言意识，却不知道，其实这样的语言意识束缚了我们对语言和世界的理解。当我们自负地"读懂"些什么时，却并未意识到，我们已经暗自放逐了很多丰富的东西。当语言为了现实效率的需要而变得单一、可控时，真正的诗人，以写作而保留了词的可能性，这便是创造力的开始。当我们懂得语言不只是工具，不只是传达意义的媒介，而是有着其内在不可知性时，当我们对这不可知性保持敬畏，并以言说而开始不懈追问时，我们就获得了语言本体论意识。我们不是语言的主人，而是语言的学徒。

二

我要感谢我的导师王家新先生。品园四年，无论是在创作、研究、翻译还是生活上，都多承老师关照与指导，如师如父，不能不感恩于心而略表于言。四年里，难忘与老师课上课下、教室餐桌、书内酒中的请教与交往，老师对我的启迪与疼爱，终生铭记。老师从八十年代的文学深处一路走来，如今年过六旬，仍保持旺盛的创作力和丰富的产量，每年都有重头文章、诗作、译作发表和出版，如此状态，是我终生仿效的楷模，驱策我一刻不敢稍息于"手艺"。同时也愿老师永远身体健康，切莫太过操劳。我本顽童，于诗于文，原都喜欢游戏为之，似乎若不如此，便不足以证明自己睥睨调笑于时代精神的缓慢。然而四年里追随老师学习，懂得最大的道理便是追随缓慢、敢于燃烧、懂得牺牲。一等一的聪明人也并不比时代更强大，唯有将一己之生命放置在时代车轮的运转和摩擦之中，才是对生命与智慧的最大尊重，而写作便应该是二者摩擦与燃烧的产物，是生命真诚存在过且真诚付出过的印痕。学着追随缓慢，是一个人写作与生活走向成熟的标志，确认了责任，才能无愧于时代人心。

感谢我的硕导冷霜先生。相识已近十年，师徒之间默契日渐深厚，以冷师的诗歌做譬，犹紫、白两株丁香，情谊相傍，终见幽香。这四年里我虽转会人大,但向冷师的请教并未停止,每次回民大听课、聚会,都有返回主场的感觉。这四年里,无论是完成这篇博士论文过程中,还是完成其他小论文过程中,也包括诗歌创作和翻译上,冷师对我均多有指导与点拨,在此致谢。今生今世,冷师治学和为人的严谨、低调与谦逊,都是我心向往之之所。感谢张洁宇老师、敬文东老师,这几年多有请教叨扰,衷心感谢。感谢程光炜、孙郁、李今、姚丹、杨联芬、夏可君、常培杰诸师,这几年转益多师,也多有会心。学海无涯,必须关掉坐井观天之眼,才能一窥学术之门径;打破学科、方法的限制与樊篱,触类旁通,眼界开阔,才是学术研究别开生面之始,我愿为此不懈努力。感谢李莎姐为我论著中俄罗斯诗歌方面相关内容提供的指导与帮助。感谢赵天成、李屹,二位学问精深,且精明能干,四年里不仅多有交流和交游,且多次拯救我因初来乍到和性格粗枝大叶而犯下之错误于万一。感谢同窗、室友石绘、子昂、祁磊、发哥、少航诸友,四年里励精图治、把酒言欢,受益匪浅,必有回响。感谢贾鑫鑫、杨东伟、唐小祥、许敏霏、方邦宇、罗伯特诸同门。感谢邵泽鹏、徐姜汇、时嘉琪、樊宇婷、李金花、张阳等同班同学。感谢"同代人"诸君。感谢父母对我多年来一心漫游、不事产业的理解与支持。感谢我热爱的品园,这里的一草一木都让我留恋,难忘四年里生活学习的点滴。唯愿能时常回来,寻找昔日里教室、食堂、图书馆、足球场与寝室间散落的身影与声息。

最后,我要感谢我的工作单位南京大学文学院、中国新文学研究中心。入职以来,多承各位老师教诲、帮助,自己在南京的工作与生活才得以顺利开展。也正是因为中心的关爱与提携,自己这本博士论文才能够顺利出版。感谢南京大学出版社。凡此种种,皆铭于心。

如果学术研究能够与个人的生命经验、内在困惑联动起来,并且共同克服困难,抵达生命的"大欢喜",那么这样的学术研究在我看来是珍贵的,是我希望倾尽毕生心血去钻研和叩问的。在这个意义上讲,这篇博士论文的写作,从无到有,看似近半年多来为了获得博士学位而"狂飙突进"的产物,实际上,它在六七年前我在校园里"辨认出"荷尔德林的阳光之时便已悄悄肇始,且在这段岁月里慢慢发酵、细水长流，如今以这篇博士论文的形式涌出了一个阶段性的水花。它在某种意义上解答了我个体生命的困惑，算是为我自己而写，因此，我最后要感谢它。文毕掩卷，看着它，真像是看着自己生命的一个镜像，或者化身：维特根斯坦说"语言的边界就是世界的边界"，由文字所筑起的身体，也如人的血肉之躯一样，随着光阴之流慢慢厮磨过历史和时代的烟火与演义，点染了体温，升华了魂灵。

2021/5/11　于南京，鼓楼

图书在版编目(CIP)数据

1990年代以来汉语新诗中的语言本体论研究：以辩证装置为中心/李海鹏著．—南京：南京大学出版社，2022.10

(教育部人文社会科学重点研究基地南京大学中国新文学研究中心学术文库/丁帆主编)

ISBN 978-7-305-25052-1

Ⅰ.①1… Ⅱ.①李… Ⅲ.①新诗-诗歌研究-中国 Ⅳ.①I207.25

中国版本图书馆CIP数据核字(2021)第202998号

出版发行	南京大学出版社
社　　址	南京市汉口路22号　　邮　编 210093
出 版 人	金鑫荣
丛 书 名	教育部人文社会科学重点研究基地南京大学中国新文学研究中心学术文库
书　　名	1990年代以来汉语新诗中的语言本体论研究——以辩证装置为中心
著　　者	李海鹏
责任编辑	郭艳娟
照　　排	南京紫藤制版印务中心
印　　刷	南京爱德印刷有限公司
开　　本	718×1000　1/16　印张13.75　字数200千
版　　次	2022年10月第1版　2022年10月第1次印刷
ISBN	978-7-305-25052-1
定　　价	80.00元
网　　址	http://www.njupco.com
官方微博	http://weibo.com/njupco
官方微信	njupress
销售热线	025-83594756

* 版权所有，侵权必究

* 凡购买南大版图书，如有印装质量问题，请与所购图书销售部门联系调换